『パリの秘密』の社会史

―ウージェーヌ・シューと新聞小説の時代

小倉孝誠

新曜社

『パリの秘密』の社会史――目次

装幀――加藤俊二

プロローグ

私は今シューの『パリの秘密』を読んだ所である。此の力作は目新しい、巧に仕組まれた出来事の陳列館であり、完璧な技巧と子供らしい愚劣さとの逆説的な結合である。

――エドガー・アラン・ポー『マルジナリア』(1)

ウージェーヌ・シューとは誰か？

もしあなたが仏文科の学生でなく（あるいはかつて仏文科の学生であったこともなく）、フランス文学の教師でもないのにウージェーヌ・シューの名前を知っているとすれば、さらに彼の作品の表題をいくつか挙げられるとすればなおのこと、あなたは相当の文学通と呼ばれてしかるべきである。もし文学に格別の関心を抱いていないにもかかわらずシューの名前に親しんでいるとすれば、あなたは社会思想、とりわけ十九世紀フランスの社会主義思想に精通していると想像できる。おそらくマルクスの愛読者だろうし、少なくとも彼の『聖家族』（一八四五）という著作を読んだ経験があるにちがいない。あるいはまた、漠然と現代思想と呼ばれているものに興味があり、それを代表する思想家、たとえばミシェル・フーコーやウンベルト・エーコの著作を繙《ひもと》いたことがあるだろう。一見なんの関係もなさそうなこれらの知の領域を横断して喚起されたシューとは、いったい何者なのか。

十九世紀フランスの作家ウージェーヌ・シュー（一八〇四—五七）は、社会派大衆小説の先駆者と見なされている。その代表作である『パリの秘密』（一八四二—四三）は、文学史や文学事典の類においてかならずといっていいほど言及される作品になっている。しかしわが国では、一部の専門家を除けばほとんど未知の名前であろう。『パリの秘密』が一九七一年に不完全なかたちで邦訳されたのを最後に、翻訳はまったく出てないし、それもすでに絶版だから、日本の読者が書店や公共図書館でシューの名を目にすることは皆無なのである。

ウージェーヌ・シュー

一八〇四年生まれのシューは歴史家ミシュレ（一七九八—一八七四）、作家のバルザック（一七九九—一八五〇）、ユゴー（一八〇二—八五）、デュマ・ペール（一八〇二—七〇）、そしてジョルジュ・サンド（一八〇四—七六）らと同じロマン主義世代に属し、作風は異なるものの彼らと同時代に活躍した。これらの作家たちが研究者から評価され、今日でも多くの読者に恵まれ、邦訳も数多く刊行されているのに対し、シューの場合はそうではない。また文学史の記述において、シューの位置づけはきわめて慎ましやかなもので、せいぜい新聞小説の書き手としてその名が挙げられる程度にすぎない。

しかしシューは七月王政期（一八三〇―四八）にもっともよく読まれ、もっとも高く評価された作家の一人であり、その名声は西欧諸国にあまねく轟《とどろ》いていた。とりわけ一八四二年から翌年にかけて『ジュルナル・デ・デバ』紙に連載され、洛陽の紙価を高めた『パリの秘密』が、彼を一躍、流行作家の地位に押し上げた。サンドやデュマ・ペールは最上級の賛辞を呈し、バルザックはシューへの対抗意識を露わにして『現代史の裏面』（一八四八）や『娼婦盛衰記』（一八四三―四七）を書き、ユゴーはシューの作品に触発されながら『レ・ミゼラブル』（一八六二）を上梓する。サン＝シモン派やフーリエ派といった社会主義者たちは、シューが労働や貧困という社会問題に世論の注目を向けさせたことに機敏に反応した。さらにロシアの文豪トルストイはシューの愛読者であり、ドストエフスキーのいくつかの作品（たとえば、作者のシベリアでの獄中体験を語る『死の家の記録』）には、下層社会や犯罪者の習俗を語った『パリの秘密』が濃密に反映していると言われる。二十世紀に入ると、一九三〇年代の数年間パリに住んだアメリカのヘンリー・ミラーは、十九世紀フランスの作家たちに深い敬意を抱き、『わが読書』のなかでシューの小説が「ぼくら子供にとって、不思議な世界だった(2)」と回想している。

なぜ『パリの秘密』なのか

私は以前からウージェーヌ・シューのことが気にかかっていた。しばしば論じられ、よく読まれる作家だからではない。本国フランスでもシューに関するモノグラフィは数えるほどしかないし、『パリの秘密』と『さまよえるユダヤ人』が廉価版の叢書に収められているのを除けば、今日出版市場に流通している作品はない。一般読者への流布の度合いを示すと思われるポケットブック版になると、文字どおりまったく入っていない。要するに、フランスでも日本でもほとんど読まれない作家ということだ。気にかかっていたというのは、十九世紀フランス文学史においてはかなり重要な名前であるにもかかわらず、このように読まれなくなったのはなぜかという素朴な疑問がわだかまっていたからであり、それと同時に、生前は絶大な名声と人気を博した彼の作品がいったい何を物語っているのか、文学研究者として好奇心が刺激されたからである。

文学史のなかでは一般に、シューは「大衆小説」あるいは「新聞小説」の発達という歴史的文脈で触れられる。一八三〇年代に始まった新聞の連載小説は、四〇年代に入るとデュマ、シュー、ポール・フェヴァルら才能に恵まれた作家たちが登場してきて、最初の隆盛期を迎える。とりわけ『パリの秘密』と『さまよえるユダヤ人』は、パリの下層社会を描き、富と貧困、善と悪を鋭く対比させながらブルジョワ社会の偽善性を告発した作品として、ベストセラーとなった。同世代のデュマが『三銃士』や『王妃の首飾り』など歴史冒険小説のジャンルで成功を収めたのに対し、シューはみずからが生きた時代を観察、分析し、その病弊を抉り出した、とされる。これは正しい指摘なのだが、しかし文学史の記述にはそれ以上の説明はないから、シューの文学世界の具体的な特徴についてはよく分からない。

『パリの秘密』という作品にはさまざまな逸話と伝説が付着して、その神話性を高めているのも事実である。たとえば、人々は作品が連載されていた『ジュルナル・デ・デバ』紙を争うように買い求めたので、新聞の発行部数はケタ違いに伸びた。買えない人は、新聞が置いてあった貸本屋の前に長蛇の列をなした。その人気の沸騰ぶりには、あのデュマやバルザックでさえ激しく嫉妬したと伝えられる。しかも、シューのもとには連載中から数多くの「ファンレター」が舞い込んだのである。作家自身、読者との交流に魅了され、ついにはみずからを主人公ロドルフに見立て、パリの貧しい界隈をめぐり歩くようになったという。

つまり文学史的にはなかば伝説的な作品であり、少なくとも十九世紀フランス文学に親しんでいる者にとっては周知のタイトルということである。わが国で刊行される十九世紀フランス文学関係の研究書でも、ときにシューへの言及を目にすることはある。しかしそれはたいてい、ジャーナリズム史やメディア史との関連で逸話的に語られるのであって、シューの小説がどのようなテーマをどのように扱い、どのような構造をもっているのかについてはほとんど触れられていない。換言すれば、シューの作品は文学としてではなく、もっぱら社会現象として語られてきたということである。そして読まれるより前に（あるいは読まれることなしに）語られ、論じられるより前に判断を下されてしまったのだ。

これは不幸な情況だと思う。

たしかに、大衆文学は同時代の読者の心をとらえた度合いが強いほど、その時代が過ぎ去ったときに古びた印象をあたえることがある。古さの原因は作中人物の造型や、物語の布置や、心理描写や、風俗などに求められるかもしれない。そして『パリの秘密』のなかに、そうした意味で古びたページがあることを私は否定しようと思わない。しかしそのような避けがたい制約を超えて、文学史的、社会史的に見たとき、この作品はきわめて興味深い細部に満ちあふれている。本書はその細部に注意深く視線を向けながら、シューの作品をさまざまな観点から読み解こうとする試みにほかならない。

『パリの秘密』はデュマの『モンテ＝クリスト伯』や、バルザックの『娼婦盛衰記』や、ユゴーの『レ・ミゼラブル』としばしば比較される。いずれも読者の意気を阻喪させかねないほどの大長編であり、十九世紀フランスの闇の世界を照射している。しかし現在ではフランスにおいても日本においても、この三作に比してシューが読まれ、論じられることはあまりに少ないし、読者や研究者の側からの関心も低い。『モンテ＝クリスト伯』や『レ・ミゼラブル』が繰り返し映画化されたり、舞台にかけられたりして大衆的な認知度が高いのに反し、『パリの秘密』はそうした幸運と無縁だった。しかし端的にいって、シューの作品がなければ『娼婦盛衰記』や『レ・ミゼラブル』は書かれえなかっただろう。それくらい文学史的には価値の大きい作品なのである。それにデュマ、バルザック、ユゴーの長編小説を愛読しつづけているわが国の読者には、『パリの秘密』を受容できる文化的素養がそなわっていると私は思う。

シューの作品は、時代や国境を越えて長いあいだ読み継がれてきた古典と異なり、人間性をめぐる深遠な考察や、世界に関する普遍的な問いかけをいくらか欠いているだろう。シューはバルザックやプルーストではない、というのは改めて確認するまでもないことだ。しかしながら、大衆小説や新聞小説というレッテルを貼りつけることによって事足れりとし、シューの作品を文学の大衆性や辺境性のなかに閉じ込めてしまうのは、あまりに狭隘な考え方である。同時代の社会と心性にできるかぎり密着しようとしたこの作品は、どんな作品にもまして豊かな意味をはらんだ夾雑物をもっている。その夾雑物を、大衆文学に固有の余剰な細部、あるいは無用な逸脱として排除してしまうのは、作品を貧しくしてしまうことにつながる。私はこれからそうした夾雑物と、一見したところ過剰なまでの細部を読み解いていこうと思う。

じつは、私がシューを語るのはこれが初めてではない。拙著『19世紀フランス　夢と創造』(一九九五)や『19世紀フランス　光と闇の空間』(一九九六)において、地下世界の表象、市場《いちば》のメカニズム、温室という特異な空間、そして犯罪と文学というテーマとの関連で、文化史の立場から論じたことがある。また「週刊朝日百科　世界の文学」第十六巻(一九九九)には、「ウージェーヌ・シュー　社会派大衆小説の先駆者」と題する一文を寄せた。[3] 前者は十九世紀フランス文化史という総体のなかの限られた主題と結びついていただけであるし、後者はシューを紹介した啓蒙的な短文であって、いずれも本格的なシュー論ではない。シューにたいするこれまでの持続的な関心にもとづいて、『パリの秘密』を全体的に論じるというかたちでシューの本質と価値に肉迫してみたい。

邦訳について

邦訳について、いくつか所見を述べておく。

かつてほどではないにしても翻訳大国・日本のことだから、ウージェーヌ・シューの邦訳の歴史を辿ればかなり昔にまで遡ることができる。その嚆矢は『七つの大罪』の第一篇『吝嗇』で、訳者は二愛亭花実、淡々亭如水の共訳により『情態奇話　人七癖』の邦題で明治十八(一八八五)年に

武林無想庵

出版されている。これはフーリエ流の社会主義の理想を色濃く反映している作品だが、当時は一篇の人情小説あるいは教訓小説として紹介されていたようである。その次が本書の主な対象たる『パリの秘密』で、明治三十七（一九〇四）年、原抱一庵訳で『巴里の秘密』という題で出ている。

筆者がじかに参照した『パリの秘密』の邦訳は三種類ある。「世界大衆文学全集」第十二巻として刊行された武林無想庵訳『巴里の秘密』（改造社、一九二九年）、「世界大ロマン全集」第十五巻として刊行された関根秀雄訳によるもの（東京創元社、一九五七年）、そして江口清の訳によるもの（集英社、全四巻、一九七一年）である。いずれも、いわゆる純文学シリーズの一環としてではなく、明瞭に大衆文学というカテゴリーに属する作品として紹介、翻訳されている。同時代の、そして現代のフランスでもシューの位置づけはそのようなものだから、日本での紹介は慣例に倣ったものということになろう。武林無想庵（一八八〇―一九六二）は仏文学者ではないが、一九二〇年代に数年間パリで暮らした経験があり、独特の文章スタイルでゾラやモーパッサンなども翻訳しており、フランス文学のわが国への移入という面では無視しがたい名前である。

武林と関根の訳はどちらも抄訳で、原作全体の一〇分の一にも満たない。物語の筋道が不明確にならないよう配慮しながらこれだけ分量を減らすのは、訳者としては大きな苦労をともなう作業のはずである。当然どのような規準と原則にもとづいて抄訳したか気になるところだが、訳者たちはその点については一言も述べていない。関根は作品の完全版のほかに、一九五〇年代にフランスで出版された二種類の縮約版を参照したと「あとがき」のなかで断っているので、それが訳出した章の選択をかなり強く規定したと考えられる。『パリの秘密』は何しろ長大な小説で、シューの死後に縮約版は数多く出まわったから、武林の場合も似たような事情があったろうと推測される。江口の訳は原書に忠実だが、しかし正確な意味での全訳ではなく、理由は分からないがところどころ割愛されている。それでも現在までのところ、日本語訳としてはもっとも良心的な仕事である。

世界大衆文學全集

巴里の祕密

武林無想庵

改造社

武林訳『巴里の秘密』の扉ページ

武林は作中人物、都市、地区、通りの名前などをすべて原語の発音に近似した漢語に置き換えている。つまり固有名詞のカタカナ表記をしていない。主人公ロドルフは緑郎、サラはさよ子、マーフは室生、トムは東馬、アルヴィル（むしろダルヴィル）は春日となり、サン＝ラザール監獄は聖羅座監獄という具合である。明治から昭和初期にかけての西欧文学の翻訳でしばしば見られた手法で、彼もそれを踏襲したのである。当時の一般読者を相手にした大衆文学の邦訳となれば、できるかぎりバタ臭さを払拭して、日本の大衆の趣味や生活様式に適合するような訳文が求められていたはずである。現代のわれわれが読むといくらか奇異な印象を抱くが、慣れてくると、十九世紀前半のパリが明治期の東京に置き換わったようなもので、時代錯誤的な感じはしない。十九世紀のパリも明治の東京も、きわめて異質で遠い過去の時代という点で違いはない。

『パリの秘密』は第十部までであり、その後にエピローグが続いて物語が閉じる。第十部とエピローグが少し短いのを除けば、第一部から第九部まではほぼ同じページ数になっている。他方、武林と関根による抄訳は、採録されたページの配分は部構成の割合に比例していない。武林においては、第一―三部から採った章だけで全体の半分を占め、第八部とエピローグはまったく削除され、第十部に関しては「数日の後、緑郎と娘とは永遠に巴里を立去って了った」という一文で片づけている。そしてそれが彼の訳書の末尾の一文である。関根の場合は、第一―三部に相当する章だけでやはりほぼ半分を占めており、第七部以下は邦訳にして全三一五ページのうち四〇ページほどにすぎない。つまり両者の日本語訳において、初めの三部が特権的な扱いを受け、後半にいくにつれて削除の割合が高くなっている。

これは何を意味するのだろうか。

作者シューの意図では、『パリの秘密』は数カ月の連載で終わるはずであり、連載を開始する前はその予定で執筆の準備をしていた。それが読者の絶大な支持と人気を博したために連載期間が延長され、ときどき中断を挟みながら『ジュルナル・デ・デバ』紙で一年四カ月にわたって読者の興奮を刺激することになった。さすがのシューも、それだけの期間むらなく作品の緊張感とドラマチックな展開を維持することは困難だったとみえ、そしてまた当初は作品の構想に含まれていなかったこともあり、後半部は前半部に較べるといくらか見劣りがすることは否定できない。武林と関根もその質的な不均衡を認識していたに違いない。

次に指摘すべき点は、二人の訳者はこの作品を主人公ロドルフとフルール＝ド＝マリーをめぐる物語と見なし、彼らと直接的に関係する部分をおもに採録していることである。二人があまり登場しないページや、二人の行動圏域と交錯しないような人物をめぐるエピソード（したがって物語論的には逸脱した部分）は、たとえそれがテーマとして興味深いものであっても切り捨てられる。第七、八部がまさしくそうである。第八部は、ロドルフの庇護者ジェルマンという青年がフォルス監獄で送る生活を描いた章で、ロドルフ自身はまったく介入してこないし、フルール＝ド＝マリーも現われない。

そして第三に、労働者階級の貧困、それを改善するための社会的施策、社会主義的な主張、監獄制度とその問題、病院と医療といった当時の政治・社会的な側面が等閑に付されている。シューと同時代の読者大衆の関心を強く惹き、今日では社会史的にみてもっとも注目すべき主題群がきわめて意図的に除外されているのだ。武林と関根は『パリの秘密』における家庭小説としての側面を強調し、加えて下層民や犯罪者たちの習俗を描写した風俗小説としての次元に着目した。そして物語のエピソードは訳すが、その合間あいまに挿入されている社会的言説や理論は排除していく。犯罪者の生態を描くページは取り上げるが、犯罪を生む温床や犯罪者の家族を守るための法律をめぐる議論のページは削除されるのだ。大衆小説なのだからこむずかしい議論など読者の興味を殺《そ》いでしまう、と考えたのだろう。

しかし、そうした社会的言説、あえて言えばイデオロギーの表出こそ十九世紀フランス大衆小説の本質的な次元であり、けっして物語の流れを阻害する無用な突出物などではないのである。この点については、後ほど詳しく論じることにしたい。

本書の構成

本書の構成は次のとおりである。

第一章ではまず、新聞小説の生成と発展を記述しながら十九世紀前半の「文学場」の特性について考察する。シューの代表作はすべて新聞に連載された後に単行本として刊行されたものなので、その構造と主題は新聞小説という形式と深い繋がりがあるし、逆に、シューの作品がその後の新聞小説の規範をおおきく決定づけたという側面が強い。しかも現代の視点に立つと、十九世紀の新聞小説は娯楽的な文学と規定されがちだが、当時は社会の秩序を脅かしかねない危険な思想を伝播する文学とされていた。つまり、きわめてイデオロギー的な実践にほかならなかったわけで、その位相を明らかにする。

続く第二章では、シューの生涯と作品を簡単に跡づける。シューに関して日本語で読める文献はまったくないし、けっして長くない生涯ながら波瀾万丈の人生を送った作家なので、やはり基礎的な作業として欠かせない。

第三章は、『パリの秘密』の内容を紹介し、その歴史的・社会的背景を解説することに充てられる。その際、一八八〇年代にルフ社から刊行された挿絵入り版の図版を活用して、物語の雰囲気を喚起したい。ルフ社は十九世紀末期に大衆的な挿絵入り版を数多く世に出していた出版社で、その挿絵によって当時の社会的想像力のあり方の一端を垣間見ることができるだろう。美学的にみてかならずしも傑作ではないが、十九世紀の一般的読者が有していた大衆文学のイメージを知るうえで有益だと思われる。この章はストーリー、挿絵、解説が三位一体となったページとして読んでいただきたい。

第四章は、第三章の解説で触れたテーマをいくつか抽出して発展させながら、『パリの秘密』がはらむ文学的な主題と社会史的な次元を際立たせることを目的とする。文学表象としてのパリ、そこで繰り広げられるブルジョワ的私生活の儀式と装置（舞踏会や温室）、犯罪と処罰、司法と監獄制度、犠牲者としての女性、貧困、社会主義とユートピア、大衆文学におけるヒーローの肖像などが主なテーマになるだろう。フーコー的なテーマがいくつか取り上げられていることに気づいた読者もいると思うが、それは私の意図的な選択の結果ではなく、『パリの秘密』の宇宙が確かにフーコーの問題系と共鳴しているのである。ここでは文学研究者の仕事のみならず、マルクス、グラムシ、ウンベルト・エーコ、フーコーら哲学者の考察、ルイ・シュヴァリエ、ミシェル・ヴィノックら現代の歴史家の著作をときに参照することになる。

そして終章では、シューをあらためて十九世紀の新聞小説をめぐる同時代的な論争のなかに位置づけたうえで、大衆文学の意義について考察することにしたい。

第一章　新聞小説の時代

　ウージェーヌ・シューの名前は、文学史や文化史で常に新聞小説と結びつけて呼び起こされる。彼が史上初の新聞小説作家ではないし、新聞小説の作者として今日までもっともよく読まれてきた作家だからでもない。それは一八三〇年代末から四〇年代にかけて発表された彼の一連の作品が、新聞小説というジャンルの形式と主題を大きく規定し、その後十九世紀末に至るまで支配的な影響力を維持したからにほかならない。新聞小説の帝王、いささか俗っぽい表現を用いるならば、これがシューに生前から冠せられていた称号である。

　新聞に書き下ろしの小説を連載するという営みは、十九世紀前半、七月王政期のフランスで誕生した。後に詳説するように、これは出版産業が資本主義的な生産と消費の形態のなかに組み込まれたことを示す文学の一形式である。フランスと同じような社会・経済発展をたどりつつあった西欧諸国にも時を経ずして広がっていった。イギリスやアメリカでは、小説配給業者から配給をうけた地方新聞が連載小説のおもな担い手だったが、その流行はあまり長く続かなかった。新聞小説は西ヨーロッパのみならずロシアやチェコ、さらには南米のチリやアルゼンチンにまで流布し、十九世紀半ばには広範囲におよぶ文化現象となった。日本では明治期に、絵入り雑報記事の様式をひきつぐかたちで、明治十九（一八八六）年に『読売新聞』が新たに小説欄を設けたのが嚆矢とされ、その後二十年代になって隆盛期を迎える。本田康雄によれば、そこに連載された最初の小説はフランスの大衆作家ジョルジュ・オーネ（一八四八―一九一八）の作品だったという。[1] その後、現代に至るまで、日本の新聞にはかならず小説が連載され、作者はしばしば当代の人気作家であり、その小説はときに多くの読者に恵まれ評判となる。その意味で日本は新聞小説大国である。

フランスでは二十世紀に入ると、映画、ラジオ、安価な単行本などの発達にともなって新聞小説は衰退し、第二次世界大戦前後まで細々と生き延びたものの、今日では消滅した。しかし質と量の両面で十九世紀ヨーロッパの新聞小説の趨勢をリードしたのは、ほかならぬフランスであった。そしてフランスの新聞小説は諸外国の新聞にも、しばしば無許可で翻訳、連載されて国際的な評判を得ていた。アントニオ・グラムシが述べるところによれば、一九三〇年にイタリアのある新聞がわざわざデュマの『モンテ＝クリスト伯』と『ジョゼフ・バルサモ』を連載して、読者を増やそうとしたという。[2] 一世紀近くも前の外国の大衆小説を翻訳して掲載したのは、イタリアにはこの種の自前の文学が存在しないからであり、そもそもこうしたジャンルで国民文学と呼べるほどのものが発達していなかったからである。その欠落を補っていたのがデュマ、シュー、モンテパンらフランスの大衆作家たちであった。

新聞小説は文学の一形態であるのみならず、社会現象としてさまざまな機能をになっていた。娯楽であると同時に、民衆にたいする啓蒙的な意義をもっていたし、既存の社会や制度にたいする異議中立てという側面を強くおびていた。良心的な文学者からは安易で卑俗な文学と糾弾され、他方で保守的な階層からは不道徳で、秩序や宗教を脅かすものと警戒されたのである。

そのような十九世紀フランスの新聞小説を光輝あらしめるのに寄与したウージェーヌ・シュー。彼は一八五七年に亡くなるが、彼の代表作は世紀末からベル・エポック期にかけて繰り返し新聞に連載され、まさしく新聞小説の代名詞だった。シューという作家が誕生し、彼が一世を風靡したのには、それを可能にした社会的・文化的な背景がある。本章では、同時代の出版メディアや読書の文化史と関連づけながら、新聞小説という現象を分析してみよう。

活字メディアの隆盛

文学は広い意味でのメディアを構成する。メディアの一部であり、そのかぎりでメディア全体の力学に規定されると同時に、メディアのあり方に変更を迫る力をもっている。マクルーハンの『メディア論』(一九六四)によれば、メディアは単なるコミュニケーションの手段ではなく、人間の感覚や機能の拡張であり、その拡張をつうじて人間の存在様式を変えていく。さらにメディアはそのような個人の拡張をうながすことによって社会関係や世界観にまで影響をおよぼし、そうした変化の全体をマクルーハンはメッセージと呼び、「メディアはメッセージである」という有名な命題を提出した(3)。

確かに文学作品は究極的には個人(あるいは少数の集団)によって創り出されるものだが、それが創り出された時代や社会の思考と感性を反映する以上、社会性をおびていることは否定できない。

その社会性の大きな部分を占めているのがメディアであり、メディアの作用形態を分析することは、文学の本質をめぐる問いかけにつながっていくだろう。文学を社会構造や、生産様式や、宗教意識に還元してしまうのは貧しい読み方だが、個人の卓越した天才や想像力の神秘性だけで説明しようとするのは蒙昧な態度である。

メディアの種類と規模は時代によって異なる。十九世紀フランスは活字メディアの時代であった。映画、テレビ、ラジオはもちろんまだなく、文学をとりまくメディアとしては書物、新聞、雑誌など活字で印刷された出版物が主流だった。口承文学の伝統は一部の地域に残っていたが、活字文化の支配は押しとどめがたい趨勢だったのである。それまで長いあいだ手書きによる写本しかなかったところに、十五世紀のグーテンベルクが活版印刷術を発明し、それが後の西欧文化のさまざまな領域に決定的なインパクトをもたらしていった過程は、やはりマクルーハンが『グーテンベルクの銀河系』（一九六二）で強調している。しかも、十九世紀前半から中葉にかけてのフランスは産業革命の時代にあたり、それが印刷・出版の世界に技術革新をもたらし、その結果として活字文化のあり方を大きく変えることになったのである。他の製品と同じように、文学作品もまた生産、流通、消費という経済メカニズムから完全に自由ではありえない、ということがはっきり自覚された時代であった。

そのことを鮮やかに示してくれる象徴的な作品が、バルザックの『幻滅』（一八三七―四五）である。王政復古期（一八一四―三〇）のパリを舞台にする第二部では、文学的栄光を夢みる青年リュシアンが作家、出版社、印刷業者、書籍商、新聞の経営者などから構成される首都の文壇に入りこもうとして苦闘する。その文壇は、真実や美や革新を犠牲にしてまでも、作品をひとつの商品に、能力を金儲けの手段にしようとする世界である。友人ダルテスのように真の才能に恵まれた者は沈黙を強いられて孤高のなかに逃避し、リュシアン自身は闘いに敗れてパリを後にする。初版の序文（一八三九）のなかで、バルザックは次のように書き記していた。

「新聞界」の風俗は一冊の書物や、一篇の序文だけでは片づかない巨大なテーマのひとつである。この作品で筆者は、今やすっかり進行してしまった病いの初期症状を描いた。一八二一年の「新聞界」は一八三九年の状態に比べれば、まだ無垢の衣をまとっていた。筆者はこの災厄をすべての面で語ることはできなかったかもしれないが、少なくとも怖れることなく直視したつもりである。(4)

同じ序文のなかで作家がさらに「癌」と名づけもする新聞界。十九世紀フランスで、それは文学や作家とも密接な繋がりをもつ空間であった。『幻滅』は、みずから作家、ジャーナリストであり、同時に不幸な印刷業者でもあったバルザックによる、業界の裏事情を物語る暴露小説としての側面が強い。『人間喜劇』に特有の誇張があることは否定できないにしても、作家自身の体験を映し出しているだけに濃厚な臨場感がただよう。

しかしもちろん、フランス十九世紀のメディアがすべて病んでいたわけではない。この時代に形成されたメディアと文学の関係——新聞小説はそのもっとも先鋭的な形態である——は、現代の

印刷所の光景

それを予告していた。バルザックがきびしく断罪した世界のありさまを、われわれとしてはもう少し正確に再構成してみる必要があるだろう。

出版業界の変革

出版界に変化をもたらした大きな要因は、急速な技術革新であった。

十九世紀初頭にフランスに導入されたスタンホープ印刷機は、すべて金属で造られた最初の印刷機で、フォリオ判をいっきに印刷できるくらい広い作業盤を備えていた。これは大判の新聞や雑誌を印刷するためには、きわめて有利な条件であった。十九世紀前半のパリを代表する印刷＝出版業者フィルマン・ディドは、この印刷機を一台ロンドンで購入し、その後フランスの製造会社が同種のものを生産するようになる。一八一一年には蒸気で作動し、一時間に一〇〇〇部印刷できるという当時としては革命的なシリンダー式印刷機が発明された。さらに一八四〇年代には輪転機（一時間に三万部の印刷が可能）が、一八七〇年代に入るとマリノーニ式印刷機が採用されて、新聞の印刷部数はめざましい伸びを示す。また、それまでは麻、木綿などの布切れから上質紙を製造していたのに対し、木材パルプから紙が作られるようになって、より安価な用紙を大量に供給できるようになった。

こうした新たな技術の発展によって、しだいに増大する読者大衆の欲求を満たすことが可能になっていく。ただし新型の印刷機は高価だったから、その導入はゆっくり進んだにすぎない。しかも首都パリだけの現象で、地方の印刷業者にとって技術革新は無縁のことだったのである。そのパリにしても一八三〇年頃には、大部分の印刷所が四〇人以下の工員を雇う零細企業であり、いまだに手動の機械をもちいる伝統的な作業所の様相を呈していた。王政復古期まで、印刷技術の機械化は大きな発行部数を誇るパリのいくつかの新聞だけに恵まれた特権であった。技術革新、経済情況、法的環境が整って、ジャーナリズムと出版の飛躍的な発展が実現されたのは七月王政の時代（一八三〇―四八）である。

アンシャン・レジーム期から十九世紀初頭の王政復古期にいたるまで、書物の出版、流通、販売の仕事はまだ分業化されておらず、「書籍商 libraire」と呼ばれる者がそれを一手に引き受けていた。「出版社 éditeur」と書店の役割分担が明確になってくるのは、一八三〇年代後半を迎えてからのことであり、印刷術の進歩による挿絵入り本の流行がその流れを促進した。多額の初期投資を必要とする挿絵入り本の出版はリスクが大きく、小さな書籍商はためらう者が多かったのである。それに対して、同時代のフランス人の習俗を網羅的に描く記念碑的な『フランス人の自画像』全九巻（一八四〇―四二）を刊行したキュルメール社は、挿絵入り本で成功した七月王政期を代表する出版社のひとつとして記憶されている。

経済発展、教育の普及、文学の大衆化は、メディアの世界における出版社の役割をますます重要なものにしていく。こうして第二帝政期（一八五二―七〇）には、現代にいたるまでフランスを代表する出版社のいくつかが発展の基盤を固めるわけだが、その発展は読者の増大とともに、特定分野への方向づけに支えられている。アシェット社はパリの大学人と密接な繋がりを維持しつつ、教育関係の出版で支配的な地位を築いた。ラルース社は文法書や教育雑誌で成功を収めた後、その名を今日まで知らしめる百科事典の刊行に着手した。エッツェル社は一八六〇年代に入ってから、青少年向けの本とジュール・ヴェルヌの小説で財をなした。プーレ＝マラシ社はボードレールや高踏派の詩人たちを、ミシェル・レヴィ社はフローベールやルナンを、そしてシャルパンティエ社はゾラをはじめとする自然主義作家たちを出版したということで、それぞれ文学史において特筆に値する。

しかしより多く、より安く生産できるというだけでは充分とはいえず、書物や新聞という商品を迅速に、より広い地域と多くの読者に届けなければならない。そこで商品を運ぶための輸送手段、販売網の整備、宣伝・広告などが問題になってくる。

十九世紀前半には、新聞・雑誌と文学が密接につながっていた。新聞の経営者はジャーナリストであると同時にときに文学者であったし、作家はほとんど常に新聞に寄稿し、そこから得る収入を生活の重要な糧にしていたからである。そして、両者の結びつきを端的に示すのが新聞の連載小説

レオン・キュルメール
(1801-1870)

ピエール・ラルース
(1817-1875)

ピエール＝ジュール・エッツェル
(1814-1886)

ルイ・アシェット
(1800-1864)

19世紀を代表する出版人たち

にほかならない。マックス・ミルネールが指摘するように、[5]一八三〇年頃に成人に達した世代こそ、フランス文学史上みずからのペンだけで生活するようになった、つまり国家が支給する年金やパトロンの庇護を頼まずに生活するようになった最初の世代である。少数の例外を除いて、作家が単行本の印税だけで食べてゆくことなど不可能で、だからこそ彼らは皆ジャーナリズムに手を染めたのだった。後のフローベールが新聞を軽蔑し、自分の本の売行きや印税にほとんど無関心でいられたのは、彼が父親の遺産で安穏に暮らすことができたからにほかならない。

新聞・雑誌と書籍はほぼ同じような販売網をつうじて、予約購読という同じ方法で売られていた。当時の一般市民にとって新聞や本はかなり高価なものであり、したがって発行部数もおのずと限られていたのである（初版はせいぜい一〇〇〇から二〇〇〇部程度）。バルザックやスタンダールなど現在は文学史で特筆されるような大作家でも、生前は新著を刊行してもその部数はわれわれの感覚からすればわずかであった。人気作家の作品が無数の書店で何十部も平積みされるというような現代日本の光景は、当時のフランスではまったくありえなかった。

出版社と新聞経営者は宣伝パンフレットを作成し、それを地方の書店や「キャビネ・ド・レクチュール」と呼ばれる貸本屋に送る。また他紙や雑誌に広告を掲載して、新たな購読者の獲得を図るようにもなる。予約購読制には、出版人からみていくつかの利点があった。いわば市場調査の機能を果たしていたから、ある新聞や書物の購読を望む人の数があまりに少なければ企画そのものを反故にし、逆に充分な購読者があらかじめ確保できれば、どれだけの部数刷ればよいかというマーケティングをしたうえで、書物を市場に流通させることができた。購読者は一部ごとに代金を支払うから、シリーズ物の場合は刊行継続中に資金を回収することができる。しかも、このシステムによって書店を経由せずに、したがってそれだけ単価を抑えて直接読者に販売できた。

予約購読を推進するために、パリの出版社や新聞社主は地方に出張販売員を送りこんだ。地方都市にやって来た彼らはまず地元の書店や名士にカタログと趣意書を送り、それから個別に訪問して予約購読を勧めるという方法をとった。対象はおもにブルジョワ層である。バルザック作『名うてのゴディサール』(一八三二)は、有能な出張販売員ゴディサールがフランス中部トゥーレーヌ地方に赴《おもむ》いて、保険と新聞の勧誘をおこなう際の滑稽な顚末を語る小説だが、そのゴディサールがかつては小間物や化粧品を売りさばいていたというのは示唆に富む細部である。新聞もまた他の商品と同じように、首都から地方に流通させられる消費財にほかならなかった。

他方、地方の民衆層に活字文化を伝達するに際して大きな役割を演じたのが行商人である。彼らがフランスの奥まった田舎まで徒歩で売りさばいた印刷物は、十九世紀前半には毎年九〇〇〇万部以上に達していた。その主要な部分を占めたのが、表紙の色にちなんで「青本叢書」と呼ばれる仮綴本シリーズである。起源が十六世紀にまで遡る青本叢書の内容は多岐にわたるが、ロベール・マンドルーによれば、そのうちの四分の一は聖人伝、公教要理などの信仰書であった(6)。つづいて犯罪、愛、死をテーマとするおとぎ話や騎士道物語や笑劇などの文学、偉人の生涯と事績を語る歴史的神話、さらには暦、占星術、技術関連の実用書も含まれていた。

十九世紀に入ると行商本はかつてないほどの繁栄を迎え、それまでの印刷物のほかにナポレオンの戦功を讃える歴史読み物が増え、同時に思想的パンフレットや政治冊子も出回るようになる。しかしそのために、第二帝政期には民衆の政治化と騒乱を招きかねない危険な出版物として、きびしい検閲に晒されてしまった。版元と行商人はしばしば処罰されて廃業を余儀なくされ、十九世紀半ばには三〇〇〇人以上いた行商人が一八七〇年頃には五〇〇人にまで減少し、やがて世紀末には消滅する運命にあった。いずれにせよ、青本叢書をはじめとする行商本はフランスの農村地帯における重要なメディアであり、その歴史的意義は大きい。ミシュレ、ジョルジュ・サンド、ネルヴァルといった作家も、幼い頃に青本に熱中した体験を回想している。

しかし、行商本を終焉させたのは検閲だけではない。人の移動とものの流通を促進するテクノロジーが、前資本主義的な行商という制度を無用のものにした。産業革命の象徴ともいうべき鉄道はフランスでは一八三〇年代に開通するが、飛躍的な発展をみたのは第二帝政期のことである。一八五〇年に二一〇〇キロだった鉄道は、一八七〇年には一万八〇〇〇キロまで延長され、パリの刊行物がより大量に、しかもより迅速に地方に普及することになった。さらに郵便事業が改善され、一八五〇年以降は新聞社が電信を利用できるようになり、情報の流通を加速させた。もはや、行商人が徒歩で地方を巡るような時代ではなかったのである。

当時すでにフランス最大の出版社の一つに成長していたアシェット社は、鉄道の駅を書籍販売スポットにする着想をもった。一八五二年にまず北部鉄道の駅で営業権を獲得し、やがて他の鉄道会社の駅でも同じように販売しはじめた。翌年には「鉄道文庫」と名づけられたシリーズまで売り出すほどの商才を示す。赤い表紙は旅行案内書、青い表紙は農業や工業関係の本、緑色の表紙は歴史書と旅行記、クリーム色の表紙はフランス文学、そして黄色い表紙は外国文学とさまざまなカテゴ

アシェット社が駅構内に設けたキオスク

リーに分かれ、そのなかにはラマルチーヌ、ユゴー、サンドといった有名作家も名をつらねた。アシェットは、車中で無為を強いられる乗客の潜在的欲求に応えようとしたのである。

生産、流通に続いて、活字メディアを構成する第三の要素は消費、すなわち読者である。

活字メディアが普及し、広く受容されるためには人々が字を読めなければならないし、それは当然、教育制度の問題と結びつく。十九世紀をつうじてフランスの北部と東部が南部と西部よりも、中産階級が労働者や農民よりも、男が女よりも、そして都市部の方が農村部よりも識字率は高かった。それでも王政復古期の一八一九年の段階で、フランスの成人二五〇〇万人のうち四割しか読み書きができなかったと見積もられている。パリでさえ、初等教育を受ける子供は五人に一人しかいなかったし、あらゆる町村に小学校をひとつ設けるべしという一八一六年の政令にもかかわらず、この時代をつうじてその数はほとんど増えていない。しかも当時の反動的な政府は民主的な思想が普及することを恐れ、多くの中等学校やその他の教育機関を廃止に追いこんだ。

決定的な転機は七月王政期におとずれる。教育改革に関するギゾー法にもとづいて、一八三四年には新たに二〇〇〇以上の学校と、教師を養成するための師範学校が一五校設立されたのである。改革は主として初等教育のレベルに留まっていたとはいえ、それだけでも識字率の向上に大きく貢献したことは否定できない。それがまさに、ジャーナリズム発展の初期と符節を合わせているのは偶然ではないだろう。七月王政末期に識字率がほぼ六割にまで上昇したことが、改革の成果を裏づけている。読む能力を得たことによってより多くの人間が新聞や小説を手にとるようになったのであり、同時に、新聞や小説を読むために、あるいは読むことによってさらに読む能力を培ったのだ。その後、第三共和政初期の一八八一年に文部大臣ジュール・フェリーが初等公教育の無償・義務化・非宗教性(カトリックの教育ではないということ)を打ち出し、十九世紀末には文盲の割合は一割弱まで下がった。

七月王政期の新聞小説

すでに指摘したように、七月王政期のフランスでは印刷術の進歩、流通機構の整備、教育改革による読者層の拡大などが相乗的に作用して、活字メディアの発展と文学の大衆化をうながす条件がそろっていた。王政復古期に新聞・出版にたいして及ぼされていた強い監視のまなざしが緩和したことも、それに拍車をかけた。そうした情況をすばやく見抜き、そこに商業的な成功のチャンスを嗅ぎつけたのがエミール・ド・ジラルダン（一八〇六―八一）である。

一八三〇年代初頭から彼は、『実践知識新聞』や『小学校教員新聞』といった新聞を発行し、教育や啓蒙に関心を示していた。定期刊行物を庶民のための啓蒙活動の手段にするという発想は、当時としてきわめて斬新なものだった。これは期待したほどの成功を収めることができなかったが、それに落胆することもなくジラルダンは一八三六年に『プレス』という日刊新聞を創刊し、この新聞がフランスのジャーナリズムに革命を引き起こすことになる。まず彼は商業広告に紙面を大きく割いて収入源とすることにより、年間購読料を四〇フランにした。他の新聞の年間購読料はおしなべて八〇フランだったから、その半分である。しかも、当時の新聞は一般に硬派な政治新聞だったのに対し、ジラルダンは政治論争は慎重に避け、他方では妻のデルフィーヌにパリの社交界や文壇をめぐる内幕記事を書かせて（それは「パリ便り」と題されたコラムとして、毎週木曜日にフロント・ページの下段を占領した）、娯楽的な傾向を強めた。啓蒙から娯楽へ――ジラルダンの方向転換はみごとに当たり、数カ月で一万人の予約購読者を確保し、一八四〇年代にはその数が二万人

1840年代のジャーナリスト（ウージェーヌ・ラミ画，『フランス人の自画像』より）

を超えた。これは当時の日刊紙としては、無視しがたい部数であった。

『プレス』によって創始され、文学の世界に決定的な衝撃をもたらしたのが新聞小説の連載である。その最初の新聞小説『老嬢』を寄稿したのが、ほかならぬバルザック。連載小説の成功がただちに新聞の発行部数を左右するようになるのは一八四〇年代に入ってからで、どの新聞も競って人気作家の寄稿を求めるようになった。批評家サント＝ブーヴは、『両世界評論』誌一八三九年九月一日号に発表した「産業的文学について」という論考のなかで、はっきり名指さないながらもジラルダンの『プレス』紙を露骨に揶揄し、安価な大衆新聞の広告が文学を商業化させ、連載小説が文学の質を低下させつつあると警鐘を鳴らした。

歯に衣着せずに言うならば、文学に関するかぎり、日刊新聞の現状は惨憺たるものだ。いかなる倫理的観念も持ち込まれていないせいで、一連の具体的情況がしだいに思想を変質させ、その表現を歪めてしまった。(7)

サント＝ブーヴの警鐘も時代の趨勢を変えるには至らなかった。ただし新聞だけが文学を大衆化させたわけではないし、大衆化がかならずしも文学の質を下げたわけでもない。単なる金儲けとは別に、拡大する読者層の存在は、ペンで生活する作家たちが読者大衆の夢想や欲望を考慮するよう余儀なくさせた。彼らは卑俗な打算のみからそのように振る舞ったのではなく、変化する文学市場の要請に冷淡をよそおうことができなかったのである。新聞に寄稿したのはいわゆる大衆作家だけではなく、今日では七月王政期を代表するとされる作家たち（ユゴー、ラマルチーヌ、バルザック、ジョルジュ・サンドなど）はいずれもそうだった。時代が下って第三共和政期に入っても、ゾラやモーパッサンの作品は多くが新聞に連載された後に単行本として出版されている。新聞小説という形式は、十九世紀フランスの文学者にとって避けがたい制度にほかならなかった。

新聞小説の布置をもう少し詳しくみてみよう。まず、そこではさまざまなジャンルが混在していた。海岸、島、船上での冒険譚を語る「海洋小説」、イギリスのゴシック・ロマンスの影響下に、恐怖と幻想の入りまじった出来事が展開する「暗黒小説」、ウォルター・スコットやフェニモア・クーパーの作品が西欧文化圏に大きな流行をもたらした「歴史小説」、メロドラマの伝統に連なる同時代の社会を描く「風俗小説」といったジャンルである。これら多様な流れに共通しているのは、読者の興味を日々つなぎとめるためにドラマチックな筋立てを繰り広げ、悲劇的なものと喜劇的なもの、グロテスクと恐怖を結合させ、社会批判を織り混ぜることであった。その代表的な書き手がアレクサドル・デュマ、ウージェーヌ・シュー、フレデリック・スーリエ、ポール・フェヴァルである。とりわけシューはあらゆる小説ジャンルで才能を発揮し、一八三〇年代後半には醒めたダンディ作家としてパリの社交界でもてはやされた。そして四〇年代に入ると『パリの秘密』や『さまよえるユダヤ人』の爆発的成功によって、栄光の頂点に立った。

新聞・雑誌をとおして文学が商業システムのなかに組み入れられるというのは、作家どうしのあいだに価値のヒエラルキーを生みだすことにつながる。資本主義的な市場原理は差別化することをためらわないから、作家にいわば値段をつける。それまで作家の報酬は売上げ部数にしたがった印税方式ではなく、原稿にたいする一括払いがふつうだった。ジラルダンが一八三五年（つまり『プレス』創刊の前年）に作成した一覧表によれば、彼らは四つのグループに分類されていた(8)。

・第一グループ――小説一作につき三〇〇〇から四〇〇〇フラン受け取る少数のエリート作家。ユゴーとポール・ド・コックがこのグループに属し、一五〇〇部出れば多いと言われたこの時代に二五〇〇部以上が保証されていた作家たちである。

・第二グループ――一作につきおよそ一五〇〇フランで、発行部数は一五〇〇部。バルザック、フレデリック・スーリエ、そして『パリの秘密』を書く以前のシューがこのカテゴリーに入る。

・第三グループ――一作につき五〇〇から一〇〇〇フラン。六〇〇から一二〇〇部出版されるアルフォンス・カール、ミュッセ、ゴーチエらがこのグループに属する。

・第四グループ――駆け出しで、運が良ければ出版される無名作家から構成される最下層集団。三、四〇〇フランが相場で、『幻滅』のなかで原稿をある出版社に持ち込んだリュシアンに提示された額は四〇〇フランである。

新聞小説の隆盛はこの作家のヒエラルキーに変化をもたらす。日々新聞に連載される小説は、読者の反応にきわめて過敏に反応する、いや反応せざるをえないジャンルだった。評判が良ければ、当初の予定期間を超えて連載期間は延びたし、逆に不評ならば、むりやり物語の筋を歪曲してまで連載を打ち切られるという事態を覚悟しなければならなかった。『パリの秘密』によって一躍スター作家となったシューは、一八四四―四五年に『コンスティチュシオネル』紙に『さまよえるユダヤ人』を連載してさらに洛陽の紙価を高めた。新聞の発行部数はそれまでの三〇〇〇部から四万部に跳ね上がり、シューはこの作品によって一〇万フラン（現在の日本円にして一億円以上）手にしたという。彼の名声と栄誉が頂点に達した年である。ほぼ時を同じくしてアレクサンドル・デュマが『三銃士』（一八四四）と『モンテ＝クリスト伯』（一八四四―四六）を相次いで発表し、シューに比肩するほどの成功を収める。『プレス』のライヴァル紙『シエークル』は、一年に一〇万行書くことを条件にデュマに一五万フランの原稿料を支払った。

第二帝政と大衆ジャーナリズムの誕生

七月王政期がジャーナリズムの発展期だったにしても、行政側がメディアを統制するため、新聞・雑誌の発行にさいしてさまざまな制約を課していたことを忘れてはならない。まず、新聞には一部につき六サンチームの検閲郵税が課され、それが新聞の価格にはねかえったから、発行部数もおのずと制限されていた。一八四〇年代後半、『プレス』など代表的な新聞でも発行部数は二万から三万のあいだである。もちろん、新聞を一家全員、作業場の全工員が回し読みしたり、貸本屋で読む人もいたから、実際の読者はその数倍になるだろうが。

発行地以外の町では、原則として新聞はすべて予約購読制であり、キヨスクなどでその日の都合と関心に応じて一部だけ買うということができなかった。新聞の多くはパリが発行地だったから、パリ人は一部ずつ買うことができたが、地方の住民は年間購読料を払って郵送してもらわないかぎり、目にすることができなかったということになる。購読料はかなり高かったから、民衆や労働者が個人で年間購読の契約を結ぶことは不可能であり、予約購読者は主として都市のブルジョワ層であった。

ルイ・ボナパルトがナポレオン三世と名乗ることによって成立した第二帝政は、監視をいっそう強め、言論の自由をきびしく制限した時代として知られている。それはメディアにたいして執拗なまでの不信感を抱いた時代であった。とりわけ悪名高いのは一八五二年二月十七日に発布された政令で、それによれば、新しく新聞を創刊する場合にはあらかじめ政府の認可を得ることが必要となり、議会の議事内容を報道する際には、政府の公式記録にもとづいてそうするよう定められた。

権力側は、言論を統制するために「警告」という巧妙なやり方を採用する。ある新聞が政府の気にいらなかったとき、一回目の警告は自粛をうながすたんなる通達にすぎないが、二回目になるとその新聞を一時的に発刊停止とし、三回目の警告によって新聞は廃刊に追いこまれる。しかも、どのような基準にもとづいて「警告」が出されるかは明瞭でなく、あからさまに言えば権力側の恣意的な判断にゆだねられていた。

この制度はじつに有効に機能し、反政府系の新聞・雑誌は警告の危険があると感じただけで、批判の論調を弱めるということになってしまった。ジャーナリストたちは、いわば自己検閲せざるをえなかったのである。それでも一八五二年から一八六六年のあいだに、パリで発行されている新聞にたいして計一〇九回の警告が発せられ、六紙が廃刊の憂き目にあっている。

同じような状況は、当時の文学世界にも看取される。ボードレールが『悪の華』(一八五七)のために、フロベールが『ボヴァリー夫人』(一八五六)のために、公序良俗を壊乱したという汚名をまとわせられて起訴されたことからもわかるように、第二帝政は文学者の活動にたいしても監視のまなざしを向けた。一八五一年十二月ルイ・ボナパルトのクーデタの後、ユゴーやウージェーヌ・シューは亡命し、歴史家ミシュレとキネはコレージュ・ド・フランスの教職から追われ、ゴーチエは社会的現実に背を向けて象牙の塔に閉じこもった。フランスの作家たちが、制度的にこれほど社会から疎外されたことはおそらくかつてなかっただろう。そしてこの疎外が、文学の現代性が形成されていくにあたって無視しがたい意義をもったことは、サルトルのフロベール論『家の馬鹿息子』(一九七一―七二)の第三巻が主張し、また最近では、このサルトルの書物との競合関係のなかで書かれたピエール・ブルデューの『芸術の規則』(一九九二)が、あらためて取り上げたテーマにほかならない。

第二帝政がジャーナリズムや出版界にたいしてきびしい監視の視線を向けたことは事実であるにしても、しかしその点だけを強調するのはあまりに一面的だろう。新聞の政治的な影響力をできるかぎり抑えようとし、したがって反対派の新聞には目を光らせたが、逆に政治的な問題に触れなければさほど官憲を怖れる必要はなかったのである。政治や経済を論じないという要件を守れば、一部六サンチームという検閲郵税は免除されていた。また一八五六年の法律により、非政治的な新聞は発行地以外でも予約購読制なしに販売が可能になり、発行元は地方でも一号ずつ売りさばくことができるようになった。それは当然のことのように、価格を引き下げる効果をもつ。かくして一八六〇年代に入ると、それまでのジャーナリズムの常識では考えられないほど安価な大衆紙が生まれてくる。

そうした時代の趨勢のなかで生まれたのが『プチ・ジュルナル』である。

創刊者はユダヤ系資本家モイーズ・ミヨー、創刊号は一八六三年二月一日に出ている。政治色を排除し、したがって検閲郵税を免れたこの新聞は、版型が縦四一センチ、横三〇センチと他の新聞にくらべて半分の大きさしかなく（「プチ」とは小さいという意味である）、一部五サンチーム（＝一スー）で売り出された大衆紙である。そしてパリで発刊され、地方でも一号ずつ売り出された最初の新聞になった。当時の新聞は一般に一部一五サンチームしたから、『プチ・ジュルナル』はその三分の一の価格だったわけで、そのことだけでもすでに衝撃的な事件だった。五サンチームという値段は、一九一四年まで据えおかれることになる。比較のために付言するならば、当時の労働者の平均的な時給は二〇サンチーム、パン一キロ（労働者が一日に消費する量）の値段はおよそ四〇サンチームであった。パンに較べてはるかに安いということは、民衆のあいだにも『プチ・ジュルナル』を購読する欲求を刺激したはずである。

『プチ・ジュルナル』の紙面は三つの要素からなっていた。まず論説主幹レオ・レスペス、そして彼が他紙に引き抜かれてからはトマ・グリムの執筆になる時評欄で、それが取り上げるさまざまなテーマは民衆の知恵をこころよく刺激し、科学上の発見をわかりやすく解説し、しばしば道徳的な教訓をまじえていた。要するに啓蒙的な配慮に満ちていたわけで、読者大衆の支持をたやすく得られた。

次に、この新聞は犯罪、事故、情痴事件といった三面記事的な話題を徹底的に活用した。政治や、国家や、国民全体の生活といかなる関係もないこのようなエピソードを、大衆が好んで消費するものだということを『プチ・ジュルナル』は鮮やかに示してくれたのである。大衆は天下国家の政治や制度だけに関心をもつわけではない。それよりも、単調でときには苛酷な日常性をうち破ってくれる異常な出来事や、センセーショナルな事件を好むだろう。

そして第三に、次号をぜひとも読みたくなるような血湧き肉躍るような小説を連載して、読者の購買欲をそそった。『プチ・ジュルナル』は超人的なヒーローを登場させる冒険小説や、犯罪物語を中心とする新聞小説によって人気を高めた。そこには、現実のできごとを報道する三面記事との構造的な類似が見てとれるだろう。

たとえば、ポンソン・デュ・テラーユの超人的なヒーローを主人公とする「ロカンボール」シリーズ。デュマの歴史小説の技法を継承しつつ、物語の舞台を現代に設定したこのシリーズは、ロカンボールと悪の勢力の絶え間ない抗争を語る。荒唐無稽の誹《そし》りを免れないこの作品は、物語の布置や人物造型においてはロマン主義時代の新聞小説の美学を色濃く反映している。『パリの秘密』のロドルフ、『モンテ＝クリスト伯』のダンテスや『三銃士』のダルタニャンらはみな多少とも、社会の悪と闘う正義の士であり、しかも警察や司法機関の助けをもとめずみずからの叡智にもとづいて行動する独立した個人であった。ロカンボールもそうしたヒーローの系譜に属すると言えるだろう。その系譜は思いがけないところにまでたどることができる。イタリアの哲学者アントニオ・グラムシは、ニーチェ的な「超人」の民衆的起源はフランスのロマン主義的な大衆文学のヒーローにあると主張しているし、ウンベルト・エーコはそこにジェームズ・ボンドやターザンといった二十世紀大衆文化が流布させた英雄像の先駆を見ているくらいだ[9]。

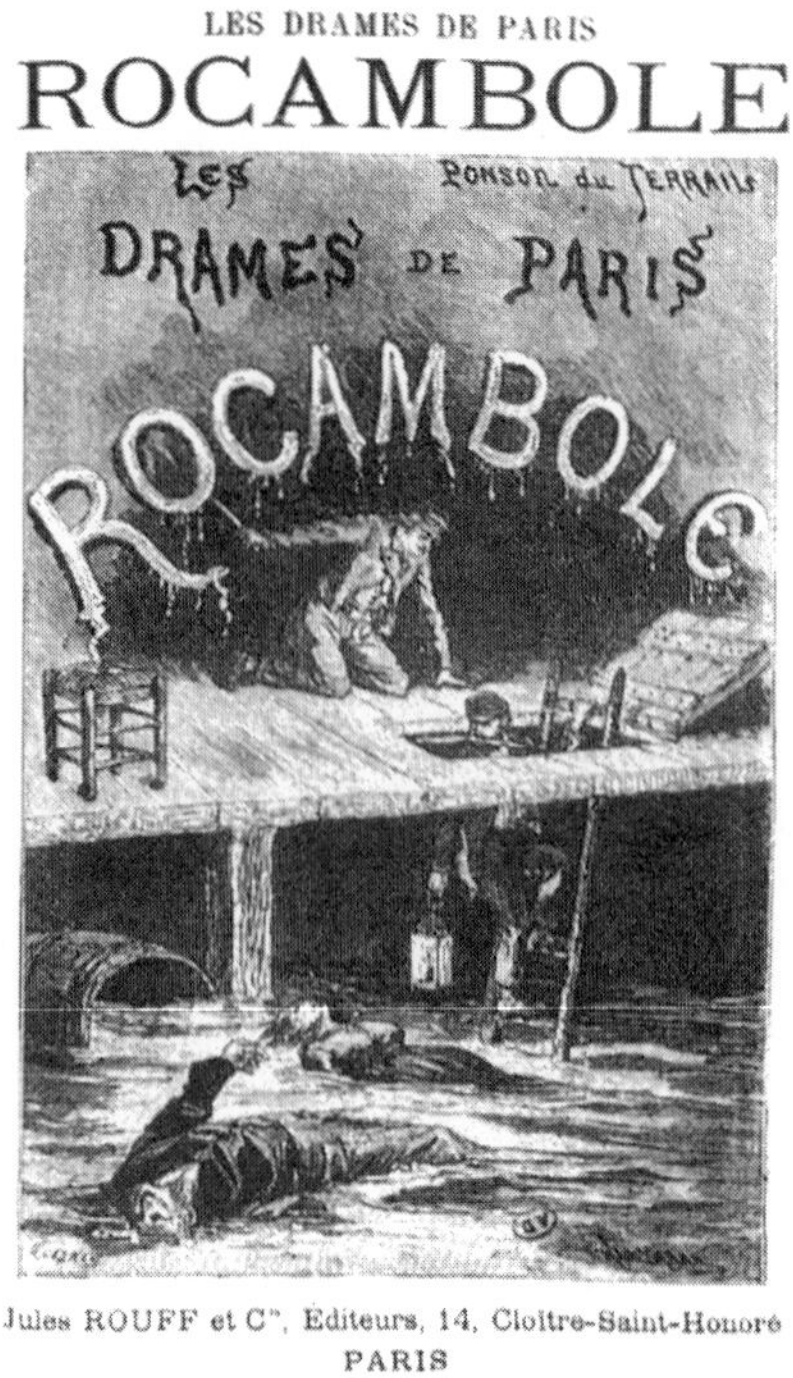

第二帝政期に大成功をおさめた新聞小説
「ロカンボール」シリーズ

『プチ・ジュルナル』が開拓したもう一つの鉱脈は、「推理小説」（当時は「司法小説 romann judiciaire」という呼称が一般的）である。エミール・ガボリオが一八六〇年代末に連載した『オルシヴァルの犯罪』や『ルコック探偵』は、いずれも物語の冒頭で犯罪（おもに殺人）が起きて、探偵がその謎を解明して犯人を突きとめるという構造になっている。痕跡とその解読、同時代の科学技術やテクノロジーの活用、主人公の推論のあざやかさ、警察機構の外部に位置する人間の関与など、その後コナン・ドイルのホームズ物をへて現代にまで連綿とつらなる推理小説の文法が、すでにはっきりと示されていた。その意味で、ガボリオは近代推理小説の先駆者だった[10]。

新聞小説の歴史のうえで大きな転機となったこの時代に、その発展をうながした新しい活字メディア媒体が存在する。「小説新聞 les journaux-romans」と呼ばれるもので、週に一、二度刊行され、八ないし一六ページから成り、木版画による挿絵をふんだんに取り入れ、安価で販売されていた新聞である。雑報もいくらか掲載されたが、中味はほとんどもっぱら連載小説で、一度に数篇の作品を断片的に載せた。そして新作のみならず、かつて好評を博した小説を再録することもめずらしくなかった。挿絵を担当したのはギュスターヴ・ドレ、ベルタル、ドーミエといった著名な画家たちで質が高かった。挿絵と物語の融合という大衆文学の常套手段がこうして制度化されていく。

ポンソンの「ロカンボール」シリーズやガボリオの「司法小説」は、検閲のきびしい時代に権力との葛藤をあらかじめ聡明に避け、政治性を払拭した文学である。『プチ・ジュルナル』が標榜したのは知識と遊び、啓蒙と娯楽にほかならない。それはその後のフランスのみならずどこの国でも、大衆的なジャーナリズムの基本理念となって今日に至っている。商業性を追求したこの新聞は、短期間のうちに大きく発展していった。積極的な宣伝作戦と、パリのみならず地方にも販売拠点を確立することによって、庶民層の読者を掘り起こすことに成功したのである。こうして、はじめの年はおよそ三万八〇〇〇部だった発行部数（これでも当時の日刊新聞としてはかなり多い）は、翌年十月には一挙に一五万部に跳ね上がり、一八六七年には二五万部にまで伸びる。

この数字にどういう意味があるかというと、同時代の他紙に較べて、文字どおりケタ違いに多く、一八六七年の時点で、パリで発行されていたすべての政治的な日刊紙の発行部数を合計したのよりも大きな数字なのである。一八七〇年の普仏戦争とその後の混乱の時代にしばらく部数は落ち込むが、やがて手がたく復調し、一八九〇年代初めにはついに一〇〇万部に達する。数百万部の発行部数を誇る新聞がいくつもある現代の日本から見れば、驚くほどの数字ではないかもしれないが、現在のフランスに一〇〇万部も発行されている新聞がないことを考えるならば、これはやはり瞠目すべき数字なのである。

『プチ・ジュルナル』がジャーナリズムの世界にもたらした革新性をよく認識していたのが、エミール・ゾラである。彼は一時期アシェット社に勤務し、若い頃から新聞や雑誌に同時代の政治、社会、風俗、芸術をめぐる記事を寄稿するジャーナリストであり、また、彼の多くの小説は初め新聞に連載されたものだったから、当時の出版界やジャーナリズムの舞台裏をよく知っていたはずだ。一八七七年に書かれた「フランスの新聞・雑誌」と題された論説のなかで『プチ・ジュルナル』に言及したゾラは、この新聞の成功は「近年においてもっとも特徴的な事件のひとつ」であると評価する。確かに記事の文体は凡庸であり、新聞の紙質は劣悪で、印刷はときに不鮮明だが、読者はそのようなことに頓着しなかった。たいせつなのは、読者が著者と同じ地平に立っているという意識を共有できるということだったのである。

実際、『プチ・ジュルナル』はひとつの欲求に応えるものだったし、この新聞が大成功を収めたのはそのためだ。すでに述べたように、新聞というのは一定の読者層に向けられないかぎり成功しない。『プチ・ジュルナル』がねらいをつけたのはまさしく、それまで自分たちの新聞をもっていなかった貧しく無学な人々の大集団であった。この新聞が新しい読者階級を生みだしたと言われるのも、故なしとしない。ひどく軽蔑されたこの新聞は、その点で確かな貢献をしたのである。人々に読むことを教え、読書への興味を生じさせたのだから。もちろん、提供された糧はかならずしも高級ではなかったが、それでも精神的な糧であったことに変わりはない。もっとも辺鄙な地方の片隅で、羊飼いたちが『プチ・ジュルナル』を読みながら羊の群れを見張るというさまを、人は目にすることができた。農民がほとんどものを読まないフランスにおいて、これはきわめて特徴的なことである。(11)

それまで新聞を読むという行為に無縁であった人たちに、読むことの快楽を教えた新聞。初歩的なものであったにしろ、情報と知識をさずけることによって民衆を啓蒙しようとつとめた新聞。刺激的な連載小説によって読者の文学嗜好を満たそうとした新聞。『プチ・ジュルナル』の社会史的な意義はけっして小さくない。

世紀末からベル・エポック期へ

知識と遊び、啓蒙と娯楽という『プチ・ジュルナル』によって確立された大衆ジャーナリズムの基本理念は、十九世紀末から二十世紀初めのベル・エポック期に未曾有の規模で開花することになった。一八七〇年代は『プチ・ジュルナル』が大衆ジャーナリズムの市場を席巻したが、やがて

『プチ・パリジャン』紙1890年9月7日号。この新聞の発行部数は20世紀初頭に100万部を超えた。

『プチ・パリジャン』(一八七六年創刊)、『マタン』(一八八四年創刊)、『ジュルナル』(一八九二年創刊)がそこに加わり、この四紙の発行部数を合計すると二十世紀初頭には四五〇万部に達した。これはパリで発行されていた全新聞の七五パーセント、フランス全土のそれの四〇パーセントに当たっていたから、その寡占ぶりが分かるというものだ。とりわけ『プチ・パリジャン』は一九〇二年に一〇〇万部を超え、一九一四年には一四五万部にまで伸びた。他の三紙も、同じ頃いずれも一〇〇万前後の部数を誇っていた。その後現在にいたるまで、フランスにこれほどの発行部数をもつ新聞は生まれていない。すなわち、二十世紀初頭のベル・エポック期はフランス史上に例のない、大衆新聞の黄金時代だったのである。

そうした大衆紙が読者の支持をつなぎとめるために、すなわちみずからの大衆性を維持するために活用したのが新聞小説であったことは言うまでもない。新聞小説のテーマや物語構造は、いったん確立して成功を収めたものを踏襲する傾向が強い。フランス新聞小説の第三期にあたる第三共和制前半、つまり十九世紀末から二十世紀初頭にかけても、デュマやシュー以来の歴史小説や風俗小説が書かれつづけていたし、彼ら自身の作品もあらためて連載されたりした。しかし、歴史家アンヌ＝マリー・ティエスによれば、[12] この時代にもっとも栄えた新聞小説のジャンルは二つあり、しかもそれは教育制度の整備によって女性の識字率が高まるにともない、読者の性別によって支持がはっきりと分かれるようになった。大衆文学のジェンダー化が始まったのである。

まず感傷的な心理小説。叶わぬ愛、悲劇的な死、家庭のドラマなどがその主要なテーマであり、ほとんどつねに女性が主人公である。主人公はしばしばなんらかの事情で子供から引き離された母親であり（子捨て、ないしは誘拐）、彼女の目的は、その失われたわが子を発見することに尽きる。ただ女一人ではあまりにか弱いので、彼女をひそかに愛する男や、高潔な心の持ち主が彼女を助ける役割をになう。あるいはまた、ヒロインは家族や社会によって不当に迫害された女である。過酷な運命にあらがうだけの力はなく、彼女はひたすら受け身の態度で、家族や社会がみずからの過ちに気づいて彼女の名誉を回復してくれるのを待つ、という構図だ。このカテゴリーは、涙をさそうような忍従の女性をヒロインとする「犠牲者小説」であり、あきらかに女性読者の紅涙をしぼることをねらっていた。換言すれば、大衆紙は今や女性読者の存在を無視することはできず、彼女たちの期待の地平を考慮せざるをえなかったのである。

第二に、冒険・犯罪小説。冒険小説はジュール・ヴェルヌの流れをくみ、主人公は男、しかも聡明で活力にあふれ、ときにダンディで、つねにみずからの意志と行動で活路を切り拓いていく。ヴェルヌの作品がそうであるように、この種の小説はしばしば異国の地を舞台にし、そこに進出したフランス人たちの植民活動が語られる。通俗的で当たり障りのない冒険譚のなかでは、おそらく作者自身が意識していなかった植民地主義イデオロギーが支配しているのである。他方、犯罪小説あるいは推理小説はガボリオからボアゴベーを経て、モーリス・ルブランの「リュパン」シリーズ、ガストン・ルルーの『黄色い部屋の謎』、スーヴェストルとアランの「ファントマ」シリーズへと連なる。これらは都市の闇の世界を背景に、探偵の活躍よりも犯罪者の行動を、謎とその解明よりも犯罪そのものを中心に据える傾向が強い。読者はほとんどが男で、逆に女性読者からは不道徳だときびしく非難されることになった。

冒険小説と犯罪小説に通底していたのは、どちらもナショナリズムを強く刻印され（そこから反イギリス、反ドイツ的な傾向が生じる）、帝国主義的なイデオロギーを露呈していたことである。当時の新聞小説は単なる娯楽ではなく、同時にきわめてイデオロギー的な産物だった。

フランスの新聞小説は一九四〇年代まで存続した。しかしすでに第一次世界大戦後から、劇画や、映画のシリーズ物や、ラジオ・ドラマなどが新聞小説に取って代わる。これら新たな大衆文化の表現媒体は、独自の手法にもとづいて、新聞小説のテーマを受け継いだと言えるだろう。新聞と活字だけでなく、視覚映像と音声も大衆文学メディアの一部を構成するようになったということだ。日本と違って、現代フランスの新聞に小説が連載されることはもはやない。しかしながら映画や、テレビ・ラジオの連続ドラマは、新聞小説から生まれた大衆文学の諸ジャンルと技法をしばしば踏襲しており、その意味で新聞小説の精神は現代の大衆文化においてその命脈を保っているのである。

新聞小説はきわめて十九世紀的な現象だったと言ってよい。この時代をつうじて、新聞の連載小説というジャンルが社会にゆきわたるための重要な流通形態だったし、読者大衆と文学を結びつけていた。そして十九世紀にあって、この新聞小説が「大衆小説」のかなりの部分を代表していたことは否定できない。当時の集合表象が形づくられるに際しておよぼした作用は、当然のことながら無視しがたいものがある。この新聞小説をさまざまな面で顕彰したのが、ほかならぬウージェーヌ・シューだった。

ではいったい、シューとはどんな人間だったのだろうか。

第二章　生の軌跡

ダンディな作家の肖像

十九世紀前半のフランス文学界に未知の戦慄をもたらし、新たな潮流を巻き起こした作家の多くは十八世紀末、ないしは十九世紀初頭に生をうけている。一七八九年に勃発し、フランスのみならずヨーロッパ諸国の運命をおおきく変え、近代社会の礎石を据えることになるフランス革命が、まるで文学の領域においてもドラスティックな世代交替を促したかのように見える。スタール夫人やシャトーブリアンのように、革命時にはすでに成人の年齢に達し、共和制からナポレオン帝政時代にかけて文学的な出発を遂げた者たちもいるが、彼らの営為を継承しながら新たな世紀の文学を実現したのはひとつ後の世代であった。スタンダールは一七八三年、ミシュレは一七九八年、バルザックは一七九九年、ユゴーとデュマは一八〇二年の生まれ、そして本書の中心人物ウージェーヌ・シューはジョルジュ・サンドと同じく一八〇四年に誕生している。時あたかもナポレオンが皇帝として即位した年に当たり、彼の権勢が頂点に達していた頃である。

シューの祖先は南仏の町グラース近郊の出身で、父方の曾祖父と祖父、さらに父ジャン＝ジョゼフも著名な外科医だった。父は皇帝の近衛軍に随行する主任外科医として重きをなし、政治的にも巧みに身を処していたようで、一八一四年にナポレオンが退位して王政復古期にはいると国王の侍医の地位を得ている。過去の経歴や、信条・イデオロギーの違いを不問に付してもいいほどの医者だったということかもしれない。代々の名医の家系に連なるウージェーヌ・シューは、父が宮廷で高い地位をしめていたことから、誕生に際して高貴な人物を名付け親として持つことになった。すなわちナポレオンの后ジョゼフィーヌと、彼女と先夫の子ウージェーヌ・ド・ボーアルネである。シューの名は正式にはマリー＝ジョゼフ＝ウージェーヌと言い、これは二人の名付け親の名を借りたものなのだ。ナポレオン一族の名付け子として、いかにも光輝ある未来を約束されたかに見えるこのウージェーヌが晩年になってから、やはりナポレオン一族に連なる男ナポレオン三世によって迫害され、追放の憂き目に遭おうとは、まさに運命の悪戯としか言いようがない。

由緒正しく、栄えある名をまとったシューは、当然のことのように父親から医者になるよう期待されて育った。しかし息子が父親の思いどおりにならないのは世の常、中等学校時代のシューは勉学をそっちのけにして遊びほうけ、すべてを嘲笑い、あらゆるものにたいして懐疑的なポーズを取り、父が不在のときは乱痴気騒ぎを繰り返した。手を焼いた父は、自分の勤務する病院で息子を外科医の副助手として働かせたり、トゥーロンの海軍病院に職を斡旋したり、ついには外科医としてある軍艦に乗り込めるよう手配までしてやった。当時、外科医の能力は実地の経験と研鑽によって培われるとされていたから、シューのように正式の医学教育を受けない者でもこうしたことが可能だったのである。もちろん、著名人たる父のコネがものを言ったのは明らかで、シュー自身それをよく自覚していた。自覚していたからこそ、父の庇護をうっとうしく感じるようにもなったのである。その反動のように、若きシューは放蕩と浪費の生活をやめなかった。

一八二六年、シューが二十二歳の頃から海軍所属の軍医として海外に旅する生活が始まる。小型護衛艦に乗って南方に赴き、一八二七年にはフリゲート艦でアメリカやカリブ海まで行き、同じ年にはトルコと交戦状態にあったギリシアに派遣されて戦闘に参加してもいる。イギリスの詩人バイロンが同じようにギリシアの対トルコ独立戦争に加わってミソロンギで戦死したのは、それより三年前のことだ。数年間にわたるこの海軍の体験が、後に彼の文学経歴にとって無視しがたい意義をもつことになった。

一八三〇年、父の死を契機にシューの生活は一変する。パリに戻った彼は、もともとあまり関心のなかった医学と海軍の経歴をきっぱり放棄し、父の遺産と、母方の祖父が残してくれた財産によって不自由のない生活を送ることができた。この頃シューは、華やかな浮き名を流すオランプ・ペリシエという女性と愛人関係を結んでいる。オランプの邸宅には音楽家のロッシーニ、画家のオラース・ヴェルネ、そしてシューやバルザックといった作家たちが集い、知的なサロンを形成していた。ひとつ挿話を付け加えるならば、バルザックは彼女に言い寄ったが袖にされ、一八三一年に発表された『あら皮』のなかに登場する冷酷でつれない女性フェドラのうちに、オランプの相貌を刻み込んだとされる。

シューの著作活動は数年前からすでに開始されていたが、文壇で認知されるきっかけは一八三一年に刊行された二篇の小説、『プリックとプロック』と『アタール＝ギュル』だった。この二作はどちらも海を舞台にしており、とりわけ後者はカリブ海への旅に想を得た物語であり、これによって彼はフランスにおける「海洋小説」の先駆者と見なされることになった。シューの事実上の処女作である『プリックとプロック』は、アメリカの作家で、当時全ヨーロッパ的に人気が沸騰していたフェニモア・クーパーに絶賛され、シューは折しもヨーロッパを旅行中だったクーパーと会っている。アメリカの大作家の賛辞にはよほど感激したとみえ、シューは『アタール＝ギュル』の「序文」（それはクーパーに捧げられている）に次のように書き記している。

自分の文学的幸運をみんなに知らせたくてたまらない青年の虚栄心は、おそらく非難に値するでしょう。ただ、この新著についていくらか解説を加えたいと思い、あなたに向けて書けばその解説がより重要で、価値あるものになるだろうと考えた次第です。あなたは実に独創的、かつ力強く海洋小説を樹立なさいましたし、ゲーテやスコットとともに、現代の外国文学を代表する典型の一人であるという稀有なる特権を有していらっしゃるのですから。(1)

クーパー、ゲーテ、スコット——国籍を異にするこの三人の作家は、一八二〇—三〇年代における全ヨーロッパ的な流行作家である（たとえばバルザックにとって、スコットは偶像的な存在だった）。若きシューは当時の駆け出し作家が皆そうだったように、市場価値の高い固有名を恭しく掲げながら、みずからの文学的営みの正統性を保証しようとしているかのようだ。

華々しく文壇デビューを果たしたシューは、ローザン公爵夫人やグラモン公爵夫人（どちらも正統王朝主義者）のサロンに招かれるようになる。当時、小説家が上流貴族の邸宅に出入りを許されるというのは大きな特権だったから、シューにたいする評価の度合いがわかる。また馬種改良を目的に一八三四年にシーモア卿の肝いりで創立された、きわめて閉鎖的な社交クラブである「ジョッキー・クラブ」にシューは入会を認められた。美男で才気煥発、おしゃれで粋なダンディだった彼が社交界で成功を収めるまでには、長い時間を要しなかった。くわえて父方は代々の著名な外科医の家系であり、生まれとしては貴族階級に属していないが、能力としてはエリート階層に帰属する。政治家ギゾーが「教養ある者たち les capacités」と呼んだ集団である。シューは自宅に贅を尽くした家具調度品をそろえ、貴重な磁器や東洋風の置物を並べ、執筆活動を精力的にこなしながらも一日に二度着替えをし、トレードマークのような黄色い手袋をはめて劇場に赴き、貴族のサロンに足を運んだという。

当時のシューがほとんど常軌を逸するほど室内装飾に凝っていたというのは有名な逸話で、それを示す証言もいくつか残されている。ここではアレクサンドル・デュマの回想録『死者の歩みは速い』（一八七九）から一節を引用しておこう。

　習慣においても精神においても芸術家だったウージェーヌ・シューは、住居に現代風の調度品をしつらえた最初の人間であった。当時は誰も欲しがらず、その後みんなが競って入手するようになった素敵な装飾品、つまり色絵ガラス、中国やザクセンの磁器、ルネサンス様式の櫃、トルコ製の剣、マレーシアの鬼の面、アラビアのピストルなどを初めて室内に置いたのがシューである。[2]

文学者・芸術家仲間の知遇も得た。一口に文学者・芸術家といっても、出自、思想傾向、ジャンル、作風などは多様であったが、その多様性を超えて彼らが交錯する特権的な場のひとつがソフィ・ゲーのサロンであった。ソフィは帝政時代から伊達女として文芸サロンを開いていた女流作家であり、シューはそこでバルザック、ラマルチーヌ、デュマなどの作家、サント゠ブーヴ、ジュール・ジャナンなどの批評家、リスト、ベルリオーズといった音楽家と親しくなる。ちなみにソフィの娘がデルフィーヌで、新聞界を変革することになるジラルダンと結婚していた。若い頃から美貌と才能を謳われ、「ロマン派のミューズ」と形容された同年生まれのデルフィーヌに、シューは一時想いを寄せたことがあったようである。

19世紀の文学サロン

七月王政期のパリの社交生活の細部についてはアンヌ・マルタン゠フュジエの著作に譲るとして、[3] シューが享受したのは、一方でエリート主義的で、宮廷中心の閉鎖的な上流貴族のサロンに出入りし、他方で新興ブルジョワジーを中心とする比較的開かれた社交に関わるという、二重の権利である。保守的な社交界とリベラルなサロンを自由に往還し、両者の境界線をやすやすと越境することができた。旧套墨守の貴族の生態も、華やかなブルヴァールや劇場の世界も彼にとっては親しいものだったのである。

サント＝ブーヴの評価

しかしやがて、シューは社交生活の空疎さを感じるようになっていく。みずからの生き方に疑問を抱き、深刻な懐疑主義に陥った時期で、そうした傾向が一八三七年に『プレス』紙に連載された彼の最初の風俗小説『アルチュール、ある無名の男の日記』に深く刻印されている。主人公の内面の日記という形式をまとうこの作品は、アルチュールという若く聡明な貴族が、さまざまな才能に恵まれながらも、人間嫌いの父親に吹きこまれた懐疑的態度に影響されて周囲の人々を不幸にし、みずからも憔悴していくという小説だ。

くわえて、同じく一八三七年に刊行した歴史小説『ラトレオーモン *Latréaumont*』（後の『マルドロールの歌』の作者イジドール・デュカスの筆名ロートレアモンは、この表題＝主人公の名前に因む）が、ルイ十四世とその治世を辛辣に批判する物語だったせいで、貴族のサロン、とりわけ正統王朝派のサロンが彼にたいして門戸を閉じ始める。それでも放恣な生活ぶりを改めなかったシューは、やがて父と祖父の遺産をあらかた蕩尽し、一時期は破産の瀬戸際まで追いつめられ、フランス中部ソローニュ地方の田舎になかば隠棲して執筆活動を続けた。人気作家が経験した最初の重大な危機だったと言っていい。

一八四〇年、三十六歳の時点でシューはベストセラー作家ではなかったにしても、すでにパリの文壇で確固たる地位と名声を享受する小説家だった。忘れてならないのは、この段階で彼はまだ『パリの秘密』も『さまよえるユダヤ人』も書いていないということだ。彼の代表作であるこの二作品は、まだプランや構想さえ作家の脳裏に浮上していなかった。それでもシューは、当時を代表するバルザック、ジョルジュ・サンド、ユゴーらと並び称せられるほどの作家になりつつあったのである。

それをよく証拠立てるのが、『両世界評論』誌の一八四〇年九月十五日号にサント゠ブーヴが発表した、「ウージェーヌ・シュー氏」と題されたかなり長い記事である。「現代フランスの詩人と小説家」という連載の一環として草された論考で、直接的にはシューの『ジャン・カヴァリエ』というルイ十四世時代の新教徒の叛乱をテーマにした小説の刊行を契機に書かれたものだが、すでに批評家としての地位を確立していた著者の見解だけに、当時シューがどのように位置づけられていたかを示唆してくれる。

サント゠ブーヴによれば、シューはこの十年間、つまり七月王政期前半のフランス小説のさまざまな潮流を鮮やかに体現する作家である。その意味では時代の申し子と形容することもできようし、批評家自身はあからさまに言明していないものの、流行に敏感で、それに乗って才覚を現わすだけの能力には恵まれていたということかもしれない。ただ、この時点でシューがみずからの個性を強烈に刻印し、自分を他の作家から差異化できたわけではない。

私から見れば、シュー氏はこの十年のフランスにおける小説の平均値と私が呼ぶところのものを、かなり忠実に表わしている。ただしこの平均値をみごとに表わしてはいるが、それほど個性的な特徴や奇抜さはまだない。したがって、むしろ時代がその特徴をシュー氏に刻み込んだように思われるほどだ。(4)

より具体的に述べるならば、醒めたペシミズムといくらか荒々しい孤高性を高踏的な態度で表明することによって、現代の世相を映し出しているというのである。

シュー氏の小説全体において、十年前から流行の世界を占領している機知に富み、野心的で、不信仰で、無感動な世代がみごとに、すなわち怖ろしいほどに描かれている。理想とされたのはバイロン卿で、人々は彼を散文に翻訳し、現実的なドン・ジュアンを創造し、小銭にくずし、毎日少しずつ摂取したのだ。シュー氏の作中人物の多くはそれ以外のなにものでもない。根強い幻滅、絶対的なペシミズム、詐欺や社会主義や宗教の隠語、日の浅い民主主義と成り上がり的な富に特有の貴族的なうぬぼれ、摂政時代のような優美と頽廃、醒めた遊蕩への執着、そしてきわめて洗練された形式にごく近い急激な粗暴さ、シュー氏はそうしたものをすべてみずからの作中人物をつうじて生き生きと、そして力強く表現してみせた。きわめて正確な人間の種とその変種がもしある日消滅しても、それらは彼の著作のなかに見出されることだろう。それゆえ私は、シュー氏がフランス小説の平均値を示していると主張するのである。[5]

このように語ったうえで、サント＝ブーヴはそれまでのシューの作品を三つのカテゴリーに分類してみせる。すなわち海洋小説（『アタール＝ギュル』や『火とかげ』）、風俗小説（『アルチュール』や『セシル』）、そして歴史小説（『ラトレオーモン』や『ジャン・カヴァリエ』）である。クーパーの影響圏域の内部でシューがフランスにおける海洋小説の端緒をつけたことは、すでに指摘した。風俗小説は当時の主流と言えるジャンルであり、ポール・ド・コックやバルザックやサンドがその書き手として人気を博していた。スコットランドの作家ウォルター・スコットが全ヨーロッパ的な熱狂を巻き起こした歴史小説について言えば、フランスでは王政復古期の一八二〇年代半ばから無視しがたいジャンルであった。ヴィニーの『サン＝マール』（一八二六）、メリメの『シャルル九世年代記』（一八二九）、バルザックの『ふくろう党』（一八二九）そしてユゴーの『ノートル＝ダム・ド・パリ』（一八三一）などが文学史上で特筆される作品であり、一八三〇年頃に頂点を迎えた後、一八四〇年の段階ではすでに爆発的な流行の時期は過ぎていた。

いずれの小説ジャンルにおいても、シューは発明者という栄光をになっているわけではなかったし、他に抜きんでた能力を発揮したわけでもなかった。サント＝ブーヴはけっしてシューを過大評価していないし、シュー自身おそらくそうした判断を受け入れるのに吝《やぶさ》かではなかっただろう。だが、超一流ではないが時代の趨勢を鋭敏に捉えた作家ほど、誰よりもよく時代の雰囲気と知的風土を伝えてくれるのかもしれない。それこそが凡庸さのしるしだと思わず呟く者がいるかもしれないが、それは、今日の文学史でシューが漫然と「大衆作家」というレッテルを貼られていることを知る者が、その大衆性を凡庸さと不用意に混同しているからである。しかし、大衆性と凡庸さはけっして同じものではない。凡庸ではない《大衆性》を生み出し、それをまとい続けたことこそシューの功績であり、同時に悲劇なのだ。

いずれにしても、サント゠ブーヴはシューの文学のうちに時代と社会の心性があざやかに表象されていると考えた。

文学が社会の表現であると繰り返すことが当たり前になってしまったとすれば、社会もまた文学の自発的な表現、その翻訳になると付け加えてもやはり真実なのである。いくらかでも影響力をもち、流行している作家であれば誰でも、その作家を模倣し、継続し、ときには凌駕するような世界を創造するものである。(6)

一時期の内面的危機を克服したシューは、一八三九年、シャン゠ゼリゼ大通りに程近いペピニエール通りに居を構える。三部屋からなるけっして大きくはない家だったが、外壁は蔓植物と花に覆われ、和らげられた光が作家の書斎に差しこみ、寝室には薄青の壁紙が張られ、客間はロカイユ様式で装飾されていた。さまざまな様式の家具と、いくらか雑多な趣味の骨董品や美術品が部屋に配置され、壁に掛けられていた。手入れの行き届いた庭ではキンケイとモリバトが芝生の上を歩き回っていたという。かつてほどではないにしても豪奢な暮らしぶりは相変わらずで、名だたる公爵夫

マリー・ダグー伯爵夫人

人たちとの交際はやめたが、それでも上流階級に出入りする社交生活は続いた。才媛と謳われたマリー・ダグーと束の間の関係を結んだのはこの頃のことである。ダグー伯爵夫人マリーは自宅のサロンを文人たちに開放し、そこにはハイネ、ヴィニー、サンド、サント＝ブーヴらが集《つど》っていた。そしてフランツ・リストの公然たる愛人でもあったマリーのもとには、音楽家や画家たちも足繁く訪れた。ロマン主義時代を代表する芸術サロンの一つである。

シューはペピニエール通りの屋敷で、『パリの秘密』や『さまよえるユダヤ人』などの代表作を執筆する。さらに一八四五年以降は、ソローニュ地方のレ・ボルドにあった義弟の所領地にも家を構え、パリとレ・ボルドをしばしば往復する生活を送ることになる。

一八四一年の転機

一八四一年は、シューの生涯と経歴において決定的な転機を画することになった。その第一の要因は、『マチルド、ある娘の回想』が前年十二月からこの年九月まで『プレス』紙に連載されたことで、これはシューの代表作の一つであるばかりでなく、それ以前と以後の作家を隔てる分水嶺とも言える重要な作品である。その梗概は次のとおり。

『アルチュール』と同じく現代を舞台にした風俗小説であるこの作品のヒロイン・マチルドは、典型的に迫害される女性である。幼くして孤児となったマチルドは父方の叔母マラン嬢に預けられるが、マラン嬢は姪を冷たく扱う。不幸な少女時代を過ごした後、マチルドはゴントランという男を好きになる。マチルドの後見人であり、彼女の真の友たるモルターニュは、ゴントランが放蕩者であることを知っているので二人の接近に反対するが、彼女を憎むマラン嬢は二人を結婚させてしまう。結婚は不幸をもたらし、おまけにゴントランはリュガルトという悪魔的な男の言いなりである。そのリュガルトはあるときマチルドを誘惑しようとするが、モルターニュとその友人ロシュギューヌの助けで彼女はあやうく難を逃れる。ゴントランとマチルドは一時期田舎に引きこもるが、ゴントランが他の女に迷って彼女を棄てると、彼女は絶望してパリに出奔し、友人のもとに身を寄せる。そこでロシュギューヌに再会し、彼を愛するようになり、彼もまた以前からマチルドに想いを寄せていた。やがてゴントランが決闘で殺され、リュガルトがみずからの罠にはまって息絶えて、物語はマチルドとロシュギューヌが結ばれることによって幕を閉じる。

この小説は発表当時からシューの最良の作品と評価された。作中人物が善人と悪人に截然と分かれ、いくらか単純な二元論を呈していること、しばしばメロドラマ的な展開に陥ること、悪や不正をあまりに誇張して描いているためにリアリティを欠いていることなど、いくつかの欠点は指摘できるものの、貴族とブルジョワジーの世界がそれぞれ説得的な細部とともに表象されており、作中人物の心理描写もシューのそれまでの作品よりはるかに優れていると称賛され、バルザックに比肩されもした。

たとえば批評家キュヴィリエ=フルリーは『マチルド』を「半ば貴族的で、半ばブルジョワ的な叙事詩(7)」と形容したが、これはシューが二つの世界をどちらもみごとに形象し、それと同時に風俗小説を叙事詩の域にまで高めたと認めることであった。そしてシューの小説をイギリスのフィールディング作『トム・ジョーンズ』、プレヴォーの『マノン・レスコー』、リチャードソンの『クラリッサ・ハーロウ』、ルサージュの『ジル・ブラース物語』らの系譜に位置づけ、小説としての由緒正しさを跡づけている。

他方で指摘すべきなのは、シューが貴族とブルジョワジーを対比的に扱い、貴族の頽廃と不道徳性を断罪する一方で、ブルジョワたちの美徳、廉直、家族愛などを際立たせているということである。ここに下層階級の習俗という次元が加われば、『パリの秘密』の文学宇宙が現出することになるだろう。

『マチルド』の成功ぶりを、作家テオフィール・ゴーチエは次のように回想している。

マチルドは今日何をしているだろうか? 泣いたのだろうか? パリが十か月の間みずからに向けた問いはこうしたものだった。何にも驚かず、どんな醜聞にも動揺せず、栄光も恥辱もすべて忘却し、前日の偉人を翌日には忘れてしまうパリという町、その町をこのような不安に陥れるためには特異な力が必要であろう。今の世代にとって、ウージェーヌ・シュー氏の連載小説は十八世紀の読者にとっての『メルキュール』誌の文字合わせ、あるいは謎々のようなものだ。ゴントランやリュガルトが次号で何をしでかすか見抜かなければならない、というわけである。それこそが十九世紀の問題であり、ハムレットが口にした「生か死か」という問いかけではないのだ(8)。

こうしてシューは、誰もが認める流行作家の一人になった。彼が『パリの秘密』によって初めて名声を獲得し、時代の寵児になったという記述がときどき読まれるが、それは正しくない。『パリの秘密』が発表される以前から、シューはすでに多くの読者に恵まれ、批評家たちがバルザックやユゴーやサンドと等しく議論の対象に据える作家にほかならなかった。当時の彼の活躍ぶりを、半ば皮肉を込めて報告しているのが先に言及したデルフィーヌ・ド・ジラルダンである。彼女はド・ローネー子爵の筆名で『プレス』紙に「パリ通信」を連載していたが、この新聞にまさしく『マチルド』が連載中であった一八四一年三月六日号で、シューの多作ぶりに敬意を表している。この一年の間にシューは小説を十巻と二つの戯曲を書いた。しかも彼は田舎に隠棲したり、書斎に引きこもって孤独な生活を送っているわけではない。貴族たちが狩猟を催せばそれに加わり、大使館で饗宴があればそれに招待され、オペラ座で舞踏会があれば足を運ぶというように、社交生活をないがしろにしていない。

彼の姿はいたるところで見られるが、それでも彼は誰よりも仕事をする。こうした社交生活のなかでどのようにして一人になる時間をたくさん確保できるのだろうか。――たぶん友人を袖にしているのでしょう。――いや、そうでもありません。友人に何か不幸が起これば、真っ先に駆けつけるのがシューですから。――それなら、いったいどんな秘密があるのですか。――退屈な人間とは会わないのですよ。(9)

濃密な執筆活動は世間との付合いを妨げない、あるいはむしろ、世間との付合いが執筆の邪魔にならない。そして世間での見聞を小説の素材やテーマとして活用した。ダンディな作家シューの面目躍如というところである。

「私は社会主義者だ!」

一八四一年がシューにとって大きな転機となったもう一つの要素は、社会主義への接近ということである。

七月王政期はフランスで産業革命が加速度的に進行した時代で、それにともない、農村地帯から都市部(とりわけパリ)に大量の人口が流入した。十九世紀初頭に五〇万足らずだった首都の人口が、半ばには一〇〇万を超えていることからも分かるように、人口増加は急激で、それがさまざまな社会問題を惹起していたのである。近代化がもたらす普遍的な現象と言っていいだろう。パリやリヨンでは貧しい労働者たちがゲットー化した界隈に蝟集し、劣悪な生活条件を強いられ、それが耐え難くなったときは暴動や叛乱に訴えた。ヴィレルメやフレジエといった経済学者や行政官は実地調査にもとづいて、都市労働者の生態を記述し、彼らの悲惨さにたいする世論の覚醒をうながした(後にシューは『パリの秘密』において、彼らの著作に言及することになる)。しかし保守的な世論は、都市の場末に棲息する民衆、社会の底辺にうごめく民衆の動きを、文明と秩序を脅かす「野蛮人」の台頭に譬えて怪しむことがなかったのである。(10)

他方では、サン＝シモン、フーリエ、ルルー、プルードン、ルイ・ブラン、カベらの著作が社会主義思想を流布させるのに貢献していた。彼らは皆、資本と労働のあり方を根底から問い直し、労働者階級の生活条件の改善を提言し、さらには社会制度そのものにも変革を迫ったことはあらためて想起するまでもないだろう。かならずしも社会主義に賛同したわけではない歴史家ミシュレが、『民衆』（一八四六）や『フランス革命史』（一八四七―五三）をつうじてフランス民衆の歴史的、社会的復権を計ったのも、そうした時代の風潮と無関係ではない。

社会主義のインパクトは文学者にも及ぶ。ジョルジュ・サンドはピエール・ルルーの思想に触発されて、平等な共同体社会を希求する『スピリディオン』（一八四二）を書いたし、七月王政時代パリに暮らしたドイツの作家ハイネは、一八四〇年代初頭の雑誌記事をまとめた『ルテーツィア』（フランス語版は一八五五年）のなかで、首都の底辺で暮らす労働者たちとブルジョワ階級の軋轢が日増しに熾烈になっていることに、警鐘を鳴らした。

シューの社会主義思想への目覚めは、それを予期させるものがなかっただけに矯激だった。

一八四一年五月二十五日、シューはポルト＝サン＝マルタン座で友人フェリックス・ピアの戯曲『二人の錠前師』を観劇する。この作品は暖炉も家具もないみじめな屋根裏部屋を舞台に、正直者だが貧しい、老いた職人の苦悩を描く。幕間に著者と話す機会を得たシューは、劇的な構成の点ではすばらしい作品だが、労働者の悲惨な現実はいくらか誇張されすぎていないかと留保をつける。

ピアは現実は自分が描いた以上に過酷なのだと反論し、懐疑的なシューを説得するため、翌日ある労働者の家に彼を連れていく。労働者はフュジェールという名であった。シューはダンディの名に恥じぬ洗練された装いに身を固め、四輪馬車で乗りつける。彼を迎えたのは両袖を捲り上げ、金属の粉のせいで黒ずんだ手をした男だった。これは有名なエピソードで、シューの伝記や研究書にはかならずと言っていいほど言及されるものだが、煩瑣をいとわず少し長い引用をさせていただく。

それは中年の職工長で家族持ち、歯車にはさまれて足を一本失い義足をつけていたが、しきりに動き回り、活発で敏捷な男だった。フュジェールという名の型打ち工で、パリ人のように機知に富み、ドイツ人のように物知りで、もちろん自分の技術に熟練しているだけでなく、当時の社会科学にも精通していた。どこで、どのようにして学んだのか？　本を読んだというより、ニュートンのように常にそれを考えているうちにみずから洞察したのだろう。家族を養うために毎日働かざるをえなかったから、それに時間を取られ、読書する暇などなかったはずだから。

型どおりの挨拶がすむと家族の食卓に招かれ、シューは質素だが心のこもったスープを供される。やがて話題は文学と政治のことに移る。ピアは決定的な場面を次のように回想している。

作家シューは熱心に耳を傾け、初めは驚いていたが、やがてすっかり魅了されてしまった。

労働者は文学から政治に話題を変え、大臣や国王さえ恐縮させるほどの見識を披瀝した。最後に彼は社会主義の話をした。作家は相変わらず熱心に聞き、ますます嬉しそうな様子をみせ、まるで信仰を受け入れているかのようだった。確かに労働者の弁舌はなめらかで、いろいろ啓蒙してくれた。理論と実践、サン＝シモン主義、フーリエ主義、コント主義といった流行のさまざまな思想、さらにその他当時のあらゆる主義を論じながら、彼はきわめて難解な経済問題を徹底的に分析してみせた。原料、労働力、信用、製品、賃金、交換、流通と分配、資本と労働の共同あるいは対立、その他あらゆる社会科学の問題を公平な精神で、哲学者の才能と、護民官の情熱と、政治家の理性と、労働者の良識をこめて分析した。そして最後には、使徒のような慈愛と、預言者のような信念と、殉教者のような希望を漲《みなぎ》らせつつ、民衆の貧困について述べた。その結果、この驚くべき弁論が終わると、ウージェーヌ・シューはまるで陽光と稲光に照らし出されたように立ち上がって、「私は社会主義者だ！」と叫んだのである。(11)

他方アレクサンドル・デュマの回想録『死者の歩みは速い』によれば、シューが民衆の生態に関心を抱くようになった契機は、友人グーボーの助言にあった。しばしば会い、さまざまな議論に及んでいた二人だったが、ある日グーボーがシューに次のように忠告したという。

――親愛なるウージェーヌ、君は世間をよく知ってると思っているだろうが、実際はその表面しか見たことがないのだ。男や女を熟知していると思っているだろうが、実際は社会のある階級と交わり、付き合っただけなのさ。君がそのなかで暮らしながら、目に入らないものがある。それは君と絶えず擦れ違い、大洋が船を担い、持ち上げ、愛撫し、あるいは打ち砕くように、それは君を担い、持ち上げ、愛撫し、あるいは打ち砕く。民衆だよ！　君の本ではこの民衆の姿を垣間見ることさえない。君は民衆を蔑《ないがし》ろにし、軽蔑し、まったく無に帰せしめ、歯牙にもかけない。そしてそのことに気づいていない。民衆をよく見て、研究し、評価したまえ。民衆は物理学が分類し忘れた第五の要素であり、彼らについて語ってくれる歴史家や、小説家や、詩人が出現するのを待っているのだ。君は今まで社会の上層で生きてきたが、これからは下層に降りてみたまえ。大きな苦悩、貧困、犯罪、そしてまた偉大な献身と美徳は下層にこそ見出されるものなのだから。

——でもね君、とウージェーヌ・シューは答えた。僕は不潔なものや臭いものは嫌いだ。

すると哲学者グーボーは言った。——体の医者として君は死体の悪臭や腐敗のなかを調べまわって、肉体的な治療薬を探したじゃないか。今度は魂の医者となって社会の悪臭や腐敗のなかを調べまわって、精神的な治療薬を探したまえ。(12)

シューはすぐには決断がつかなかったが、やがて労働者の粗末な仕事服を身にまとって首都の場末をさまよい始めた。そのときの見聞が『パリの秘密』の素材を提供したのである。

ピアやデュマの回想記には、時を経ての回顧に必然的にともなう多少の潤色はあるだろうが、シシューの回心は皮相なものではなく、それが彼のその後の人生を強く規定していく。彼は終生、みずから社会主義者と名乗りつづけるし、そのイデオロギーゆえに政治権力に迫害され、一部のジャーナリズムから白眼視される運命に晒されることになるだろう。上流社会に瀰漫する軽薄さに倦みはじめていた彼は、民衆の生態を描くという新たな使命を見出したのだった。こうして一八四二年から翌年にかけて『ジュルナル・デ・デバ』紙に『パリの秘密』が連載され、文字どおり文学的な事件となる。

『パリの秘密』から『さまよえるユダヤ人』へ

次章以下で『パリの秘密』の主題、技法、思想を論じるので、ここでは詳細に立ち入ることを控えるが、概略と問題点は素描しておきたい。

この作品には、パリの胡乱《うろん》な場末に細々と暮らす労働者、貧しい職人とその家族、貧困ゆえ苦界に身を沈めながら清純な心を失わない女性たち、さらに盗人や殺人者といった犯罪者の集団が登場する。七月王政期に生きた下層民たちの闇の世界を表象したのである。シュー自身の言葉を用いるならば、都市に棲息する「未開人」の習俗を物語化したということだ。ブルジョワ読者層はそこに、自分たちとは異質な世界が描かれているのを見てエキゾチックな魅力を感じ、それと同時に、さまざまな調査によって露呈しはじめていた貧困や犯罪のなまなましい現実を垣間見たのであった。他方、民衆の読者層は迫害されるヒロインの運命に涙をそそぎ、超人的な主人公ロドルフが弱き者を助け、邪悪な人々に懲罰を加えるのに喝采した。

しかも、それればかりではない。

『パリの秘密』では、社会的な弱者を救済し、保護するためのさまざまな制度改革が唱えられている。誘惑されて未婚の母となってしまった女性たちを救うための施設、監獄における生活条件の改善、犯罪者の子弟を偏見から守るための措置などが必要だ、と作家はロドルフの口を借りて主張している。さらにパリの郊外ブクヴァルには、フーリエ主義的なユートピアを想わせるような理想の農場が主人公によって設けられているし、仕事を失った労働者に無利子で金を用立てる共済組合のようなものまで計画されているのだ。この作品が当時の社会主義者たちによって高く評価されたのも、けだし当然であった。もっとも、「科学的社会主義」を唱導したマルクスは『聖家族』（一八四五）のなかで、ロドルフの家父長主義的なイデオロギーと、その欺瞞性を激しく糾弾することになるのだが……（この点については後述する）。

『パリの秘密』は空前の人気を博し、かつてないメディア現象となった。ジョルジュ・サンドやデュマといった同時代の作家たちも手放しで称賛し、バルザックはシューと張り合うために『娼婦盛衰記』第三部（一八四六）と『現代史の裏面』（一八四五―四八）を書き、ユゴーはシューの作品に触発されながら、後年『レ・ミゼラブル』（一八六二）を上梓することになるだろう。シューは、新聞に連載される小説において日々読者の関心を惹きつけておくテクニックを、心憎いばかりによく知っていた。「次号に続く」という新聞小説の要請を、物語を展開していくうえでの推進力に変えたのである。こうして社会の上層から下層まであらゆる人たちが、新聞紙面の最下段で繰り広げられるドラマの成り行きを、固唾《かたず》を呑んで見守った。『パリの秘密』は、その後の新聞小説の構図を大きく規定し、大衆小説の一パターンを創り上げたのだった。

読者の支持は圧倒的だった。人々はシューの作品が連載されていた『ジュルナル・デ・デバ』紙を競うように買い求め、買えない者は新聞を置いてあった貸本図書館の前に長蛇の列をなした。人気の沸騰ぶりを伝える証言はいくつか残されている。たとえばシューの親しい友人で、作家のエルネスト・ルグヴェ（一八〇七―一九〇三）が『六十年の回想』（一八八六―八七）のなかで次のように語っている。「『パリの秘密』がどれほど驚くべき影響力をもったか、私はいまでもよく覚えている。当時私は、デュシャテル大臣官房に勤務していた。『ジュルナル・デ・デバ』紙の連載を、読者は毎朝いわば不安な気持で待っていた。ある日、大臣が動転した様子であたふたと執務室に駆け込んできたので、私はなにか重大な政治事件が勃発したのだと思った。すると大臣は『ねえ君！オオカミが死んだよ！』と言ったのである」[13]。オオカミとは、シューの小説の作中人物の名前である。

また、テオフィール・ゴーチエによれば、

フランス中の人々が一年以上にわたって、自分のことをする前にロドルフ大公の冒険に関心を抱いた。病人たちでさえ、『パリの秘密』の連載が終わらないうちは死ねないと言って頑張った。「次号に続く」という魔法のような言葉が、彼らを一日一日と生きながらえさせたのである。この奇妙な叙事詩の結末を知らなければ、病人たちは心穏やかに死んであの世に行くことはできないと死神も分かっていたのだろう[14]。

しかも、作家のもとには数多くの「ファンレター」や投書が舞い込んだのである。ある者はシュ

19世紀末に出た『パリの秘密』普及版の宣伝ポスター

ーが民衆の真の姿を活写していると感涙にむせび、ある者は物語の筋を膨らませるために新しい挿話を提案したりした。読者の期待に応えるために、シューはペンを擱《お》くことができなくなり、それが『パリの秘密』の連載を延々と続けさせることにつながった要因である。作家自身、読者との交流に魅惑され、ついにはみずからを主人公ロドルフに見立て、パリの貧しい界隈をめぐり歩いては援助を施すにいたった。『パリの秘密』は読者の期待の地平をあざやかに切り開き、小説家と読者の相互的な働きによって書き継がれた、おそらく最初のベストセラー小説なのである。その意味で単に文学的な事件であるにとどまらず、まさしく社会的な現象にほかならなかった。

連載後、『パリの秘密』が挿絵入りの分冊で刊行されたとき、第一分冊は初日だけで三〇〇〇部が売れ、数日後には一万部に達した。当時としては文字どおり破格の部数としか言いようがない。さらに一八四四年二月には、ポルト＝サン＝マルタン座で小説を脚色した芝居が七時間にわたって上演され、未曾有の成功を収めた。ボックス席は法外な値で売りさばかれ、開演数時間前にはサン＝マルタン大通りに長い行列ができ、警官に頼んで交通規制までせざるをえなかった。

こうなると他の諸新聞は競ってシューの寄稿を求めるようになるし、原稿料が高騰するのは避けがたい。次作の連載をかちとったのは『コンスティチュシオネル』紙の経営者で、ジャーナリズム界の重鎮の一人だったルイ・ヴェロンである。

一八四四年から翌年にかけて発表された『さまよえるユダヤ人』は、『パリの秘密』に優るとも劣らない成功を収める。この作品を連載した『コンスティチュシオネル』紙の発行部数は、それまでの三〇〇〇部から一挙に四万部に跳ね上がり、シューはこの一作で一〇万フラン（現在の日本円にしておよそ一億）を手にしたと言われる。スター作家シューが、名声と栄誉の頂点に達した年であり、シューは今や新聞小説の代名詞的存在になった。その名声を前にすればバルザックやデュマやユゴーですら霞んでしまうほどであり、彼らの嫉妬を煽らずにいなかった。

たとえばバルザックは、むろんみずからの作品の美的価値に正当な誇りを抱いていたが、シューの大衆的人気には心穏やかではいられなかった。金銭的な辛酸をなめつくし、作家の値段に恬淡《てんたん》でいられなかった彼だけに、その思いはひとしおだったろう。恋人ハンスカ夫人宛ての一八四四年九月十七日付けの手紙に、彼は書いている。

シューの商売、彼の二作品が巻き起こした評判のせいで私にのしかかっている価値低下には我慢できないし、我慢すべきでもありません。文学的な成功によって、要するに傑作でもって、シューの凡庸な作品など暖炉の前の衝立にすぎないことを示し、彼が描いたデュビュフのような絵のそばに、ラファエロの絵のような作品を展示してやりたいのです。あなたは私のことをよく知っていますから、私がシューや読者にたいして嫉妬も恨みの念も抱いていないことはお分かりでしょう！　ありがたいことに、私のライヴァルはモリエールやウォルター・スコット、ルサージュやヴォルテールであって、スパンコールの付いた繻子の服をまとったポール・ド・コックのようなあのシューなどではないのですから。[15]

シューに嫉妬などしていないと呟きつつも、彼との差異化によってみずからの営為を規定せざるをえないのは、『人間喜劇』の作者ほどの男でもシューを意識していたことの歴然たる証拠である。シューの存在は今や文字どおり一つの社会現象であり、一つの制度にほかならなかった。

一八三〇年代のパリを舞台にする『さまよえるユダヤ人』の主題は、十七世紀に富を築いた新教徒マリウス・レヌポンの子孫たちを、イエズス会が迫害するというものである。レヌポンの子孫は世界各地に四散し、現在生き残っているのはさまざまな境遇にある七人。その彼らに共通するのは、一八三二年二月十三日にパリのある屋敷にやって来るよう命じる、謎のメダルを身につけていることである。二世紀にわたって実直なサミュエル一族によって守られ、今や巨大な額となったレヌポンの財産が、その日メダルを持参した者たちに分配されることになっているのだ。遺産相続人の一人ガブリエル神父を言葉巧みに味方に引き入れたイエズス会は、あらゆる手段と策謀を用いて他の相続人たちが定められた場所に到着するのを妨げ、財産を横領しようとする。陰謀の中心にいるのはイエズス会士ロダン。彼は暴力に訴えることを躊躇しないし、それが無効となると女性や子供の心を巧妙に誘導し、洗脳してしまう。そして悪魔的な術策を使ってある者は自殺に追い込み、ある者はアルコールで破滅させ、またある者は一八三二年にパリを襲ったコレラに感染させることによって、レヌポンの一族を次々に葬っていくのである。

　このようにいささか陰惨な筋立てにもかかわらず（あるいはまさにそれゆえ）、謎めいた状況設定、秘密結社にまつわる神秘性、扇情的なシーンなどに読者はしびれきった。

　しかも『さまよえるユダヤ人』には、政治的・イデオロギー的な意義も籠められていたのである。宗教がどこまで政治や教育の領域に介入していいのかという問題は、十九世紀をつうじてかまびすしい論争を巻き起こした。宗教を秩序の根幹に据え、社会の基盤と見なす「教権主義《クレリカリスム》」と、聖職者は宗教と道徳の領域に活動を限るべきで、教育や政治の領域に介入すべきではないとする「反教権主義《アンチクレリカリスム》」の対立は、常に十九世紀フランス思想の底流として横たわっていた。たとえば、七月王政期にどちらもコレージュ・ド・フランス教授を務めていた歴史家ミシュレと哲学者キネは、後者の流れを代表する。シューは自分の小説をつうじて、当時は一種の秘密結社と見なされていたイエズス会にたいする嫌悪感を露わにし、反イエズス会の神話形成におおきく関与したのであり、それによって間接的に反教権主義に荷担したのだった。

『さまよえるユダヤ人』に熱中して鍋をこがす料理女中（グランヴィル画）

　アクチュアルな社会問題への目配せ、善玉と悪玉、罪ある者と無垢な者の明瞭な対照、スリルとサスペンスに富んだ波瀾万丈の物語――それは現代にまでつうじる大衆小説の常道であろう。新聞小説にかんする最初の体系的な研究の著者であるアルフレッド・ネットマンは、シューの華麗なる栄光を次のように要約している。

いずれにしても『さまよえるユダヤ人』はそれだけで一つの新聞そのもの、一つの情況そのものである。シュー氏は支配し、君臨している。（中略）その栄光と威厳はとどまるところを知らない。氏は好きなことを語り、やりたいことをやり、障壁や障害など認めない。そして道徳、歴史、社会、行政、政治を自分の望むように案配する。シュー氏は王であり、司祭であり、神である。(16)

この作品の成功に味をしめたヴェロンはシューの定期的な執筆を担保するために、長期の契約を結ぶ。作家は向こう一四年間にわたって毎年一〇巻の小説を書き、それにたいして新聞社は年に一〇万フランの原稿料を支払うというものである。この契約が公表されると、定期購読者の数はいっそう増えたと言われる。そこまでしても、ヴェロンにとっては利益のある取引だった。

政治の季節

『パリの秘密』と『さまよえるユダヤ人』によって栄光の頂点に上りつめたシューだったが、どんな領域でもそうであるように、頂点に上るよりも、一度きわめた頂点の座を維持するほうがはる

1848年2月の革命により七月王政は崩壊する

かに難しい。シューの場合も例外ではなかった。一八四六年六月から翌年三月にかけて、『コンスティチュシオネル』紙に『捨て子マルタン、あるいはある下僕の回想』(平民を主人公にしたシューの最初の小説)を連載したのを最後に、シューの作品はかつての輝きを失い、創造力に翳りが見えだす。長期にわたる過重な執筆活動と社交生活の疲労が重なったのか、シューは四十歳半ばにしてすでに老化の徴候を示し始めたのである。

この頃、シューはパリの喧噪から離れてレ・ボルドで暮らすことが多かった。オルレアンの近くである。静謐な田舎とはいえ、シューの暮らしぶりはパリの邸宅と同じくかなり豪奢なもので、民衆に同情の念を寄せる「社会主義者」の暮らしぶりとしては派手すぎると揶揄されることもあった。地元のある新聞は、広大な庭と多くの四阿《あずまや》をそなえた屋敷に居を構えるシューが村人の貧困には無関心で、屋敷で働く職人や農夫の生活条件を改善しようとしない、と書きたてた。民衆との連帯と博愛を説く作家が、実生活ではおのれの利害だけに固執し、みずからの快楽だけを追求しているではないかというわけだ。憤慨した作家は新聞の編集部にわざわざ抗議状を送りつけて、自分の立場を弁明したくらいである。

しかしシューの執筆活動を弱めた最大の原因は、政治へのコミットにほかならない。『パリの秘密』が当時の社会主義者、とりわけヴィクトル・コンシデランを首領とするフーリエ主義者たちから絶賛されたことが作用して、シューは彼らと急速に接近していく。やがて一八四八年、二月革命が勃発して第二共和制が成立すると、シューは否応なしに政治の渦に巻き込まれていくのである。(17)この年はパリのみならずベルリンやウィーンやヴェネツィアでも革命が起き、ヨーロッパの政治地図がおおきく塗り替えられた年であり、十九世紀のヨーロッパでこれほどの社会変動が同時に発生した時期は他に例をみない。

パリの二月革命は、十九世紀に発生した他の革命や叛乱よりもはるかに強く文学者の感性や歴史家の知性を刺激した。それは立憲王政（七月王政）から共和制（第二共和制）へという政治システムの移行を実現させたばかりでなく、むしろそれ以上に、新たな社会制度を編成する試みを象徴していたからである。マルクスの『ルイ・ボナパルトのブリュメール十八日』やトクヴィルの『回想録』（邦題は『フランス二月革命の日々』）が例証するように、彼らによって書き綴られた言葉は、歴史の流れに思いをめぐらす今日の読者の興味を惹きつけてやまない。レーモン・アロンは、第二共和制の推移が二十世紀の社会的、政治的葛藤の図式をすでに先取りしていたとして、そこに驚くべき現代性を認めている。確かに対峙する集団は同じではないし、対立は異なる情況のもとで展開するものの、第二共和制の誕生と終焉は、二十世紀の世界を特徴づけることになるさまざまな抗争をあざやかに予告していたのである。[18]

文学史家や歴史家は、広義のロマン主義が二月革命の発生に大きな貢献をしたことを強調する。それは単に、ユゴーやラマルチーヌやシューのような作家が、革命の日々をつうじて生成されつつある歴史に参画したためばかりではなく、ロマン主義時代の理論的言説が、一八四八年とその前後の知的圏域に深い刻印を残したからにほかならない。[19]そうした言説のひとつが、さまざまな潮流をはらむ社会主義だった。そしてわずか三年という儚《はかな》い生命を経た後、ルイ・ナポレオンのクーデタによって第二共和制が壊滅させられたことは、ロマン主義イデオロギーの清算を象徴していたのである。

『パリの秘密』を刊行してから社会主義者と目され、みずからもそれを否認しなかったシューは同志のフーリエ主義者や共和主義者たちに誘われるまま、一八四八年四月の制憲議会選挙にレ・ボルドのあるロワレ県から立候補し、それを機に『田舎の共和主義者』と題された政治パンフレットまで発表する。二十五歳以上の男子に投票権を認めるというフランス史上初の普通選挙が行なわれた選挙だったが、皮肉なことにパリ出身の裕福な紳士と見なされたシューは有権者の多数を占める農民たちの不信にさらされ、落選の憂き目に遭う。他方、友人のピア、コンシデラン、シェルシェール（植民地における黒人奴隷の解放に尽くした政治家）らはそれぞれ別の県から当選を果たした。

共和政府の施策が期待されたほどの成果を上げず、社会の混乱と経済の停滞が露わになると、反動的な勢力が台頭するのを妨げることはできなかった。六月暴動とその容赦ない鎮圧が起こってフランスを震撼させ、一八四九年五月の総選挙では保守派が圧勝する。一八四八年十二月に選出された共和国大統領ルイ・ナポレオンは、当初こそ民衆の声に耳を傾ける素振りを見せたものの、やがて独裁制への野心をちらつかせるようになって左右両派の警戒心を煽る。シューは深い失望感にさいなまれるが、絶望はしなかった。そして一八五〇年、『セーヌ県の有権者へ』と題するパンフレットを出し、社会主義＝共和派の候補者としてセーヌ県から国民議会選挙に打って出た。作家としての力量に衰えが感じられていたとはいえ、首都パリにおける彼の人気は陰っていなかったから、シューは対立候補に一万票以上の差をつけて選出された。パリの民衆にとって、シューは依然として光輝ある名前だったのである。

もっとも、議会の左翼に席を占めるようになったものの、政治家シューの活躍はけっして華々しいものではなかったようである。思想的には社会主義を標榜していたが、政治の現場とは疎遠な人間であり、友人や同志に担ぎ出されて政界に乗り出したという側面が強かったから、実際に議員の立場に身を置くことになったときは戸惑ったに違いない。社会変革への情熱は誰にも劣らなかったが、政治家としての気質も能力も欠落していた。議会で発言することはほとんどなく、自分の作品の校正刷りに朱を入れる姿がしばしば見られたという。

そうしたなかで一八五〇年七月、小説を連載する新聞一部につき五サンチームの印紙税を課すというリアンセー法が議会で可決される。政治的で、時にはっきりと反体制的な傾向を隠さない新聞小説の影響に危惧をいだいた政府が、その流布を抑制するためにとった措置であり、シューにとっては重大問題だったはずだが、この法案に強く反対した形跡はない。リアンセー法が文学の自由にたいする脅威だとして激しく反応したのは、デュマだった。『シャルニー伯爵夫人』(一八五二―五三)の「序文」において彼は、保守的な議員たちが犯罪や道徳の腐敗をすべて新聞小説のせいと見なし、したがってそれを抑圧するために印紙税を導入したと嘆く。しかも、人気作家シューが議員に選出されていたことが彼らの不安を煽ったとさえ言う。[20]デュマの嘆きは情況をかなり誇張している。実際にはこのリアンセー法の影響は一時的で、限られたものにとどまり、大新聞はそれまでどおり小説の連載を続けたし、印紙税そのものが一八五二年には廃止されてしまう。

創作のエネルギーがいくらか減少したとはいえ、シューが第二共和制期にまったく沈黙していたわけではない。『コンスティチュシオネル』紙との契約どおり、一八四七年以降ほぼ一年に一作のペースで『七つの大罪』シリーズを刊行する。しかし早すぎたと言えばあまりに早すぎた晩年に、作家が精魂を傾けたのは大著『民衆の秘密』で、着手されたのは一八四九年、完成したのは一八五七年の死の直前である。「諸時代をつうじてのある労働者一家の歴史」という副題をもつこの作品は、シュー文学の総決算と呼べるものだ。

紀元前五七年から一八四八年まで二十世紀間におよぶ歴史を時間の軸として、シューはルブレンヌ一家とプルエルメル一家の対立をつうじて、民衆がしだいに自由と権利を獲得していくさまを壮大な叙事詩に謳い上げた。ルブレンヌ一家は自由なガリアの家系に連なり、プルエルメル一家はそのガリアを征服したローマ人、さらにはその後を襲ったゲルマン人の系譜に連なる。階級的にいえば前者は民衆を、後者は貴族を代表する。ローマ人とゲルマン人によって隷属状態に置かれたガリ

19世紀半ばの書店

ア人とその子孫が、幾世紀にもおよぶ抗争を経た後に再び自由を取り戻すというこの構図は、民族闘争と階級闘争を重ね合わせたものだ。ミシェル・フーコーが指摘するように、(21)『民衆の秘密』は十九世紀に流布していた階級認識と国民意識をみごとに例証している。

このような歴史哲学を、シューはギゾー、オーギュスタン・ティエリー、アメデ・ティエリーらロマン主義歴史学者たちの著作からすくい上げた。彼らの主張によれば、中世以来のフランスの歴史は、征服民族であるゲルマン系フランク族とその子孫である貴族と、被征服民族であるガリア人とその子孫である「第三身分」(=平民)の抗争の歴史である。貴族階級は特権を盾に平民の権利と自由を奪ってきたのだから、平民は貴族を倒してでも権利と自由を手に入れるだけの正当性をもつ。かくして一七八九年のフランス革命と十九世紀前半の諸革命は第三身分が貴族のヘゲモニーを打破していく過程であり、それはまさしく歴史の論理にかなうとされた。こうしたフランス・ロマン主義の歴史観が後にマルクスの歴史哲学の重要な母胎になったことを、ここであらためて指摘しておきたい(22)。

シューが語ろうとしたのは国王や、宮廷や、戦争の歴史ではなく、それまで隠蔽されていたブルジョワジーと民衆の歴史であった。ギゾーやティエリーとの違いは、フランス史の淵源を中世ではなく紀元前のガリア時代にまで遡らせたこと、そして現代フランスの歴史を一八三〇年の七月革命によって終焉させるのではなく（ギゾーやティエリーにとって、七月革命こそは歴史の終焉になるはずだった……）、一八四八年まで延長したこと、そして社会抗争という次元を貴族と平民の間だけではなく、同じ平民に属するブルジョワジーと民衆の間にまで広げたことである。それは一八四八年のイデオロギーによって照射された人類の歴史であり、歴史小説と、歴史哲学と、叙事詩と、社会主義のプロパガンダがないまぜになった壮大な叙事詩とも言える。作者の戦闘的な意図は、作品の巻頭に掲げられた次の一文にはっきりと示されている。

> どんな社会的、政治的、宗教的変革であれ、われわれの父祖は何世紀もの間、流血と叛乱によってそれを獲得しなければならなかった。

和解ではなく闘争へといざなうこの書物が官憲の忌諱に触れたことは言うまでもない。分冊で刊行が始まると予約購読者が殺到したが、不穏で危険な書物として当局の取締りにあった。フランスの多くの都市で禁書リストに載せられ、オーストリア、プロシア、イタリア、そしてロシアでは発売中止となった。迫害は作品の意図が理解されたことの証左にほかならず、作家をむしろ喜ばせた。一八五〇年九月十八日の日付をもつ「購読者への公開状」には、次のように記されている。

私の著作は教育の本である。それを読み、思い出してくれる人々は、政府をつねに脅かしてきた歴史的、国民的、愛国的、そして革命的な事件を意識し、認識してくれるだろう。なぜなら、あらゆる政府、あらゆる権力とその役人たちがこれまで多かれ少なかれ征服者の役割を演じ、民衆を被征服民族として扱おうとしてきたからである。したがって、民主的共和国が最終的に到来した日に、こうした征服者の伝統の最後の痕跡が払拭されるだろう。そしてフランスは実際に、誠実にみずからを統治することによってはじめて自由な国になれるだろう。[23]

しかし、シューはその自由な祖国を目にする運命になかった。不安定で、人々を失望させた共和制以上に過酷な体制が待ち構えていたからである。

孤独な亡命生活

一八五一年十二月二日、ルイ・ナポレオンがクーデタを決行する。第二共和制の憲法が大統領の再選を禁じていたこともあり、みずからの権力を維持するために以前から準備してきた荒業である。

彼は、ただちに逮捕し、南米ギアナに流刑にすべき議員のリストにシューの名前も書き入れていた。しかし、自分の祖母がシューの名付け親であることを思い出したのか、あるいは取り巻きの誰かの介入があったのか、ルイ・ナポレオンはその名前を抹消し、彼の自由を保証しようとした。しかしシューはその申し出を拒否し、他の議員とともにヴァンヴの要塞に幽閉される運命を甘受する。追放令が発布された際に、ルイ・ナポレオンは再び彼をリストから外そうとしたが、シューはまたもや拒絶し、ユゴーがそうであったように、そしてフーリエ主義者の同志がそうしたように亡命の道を選んだ。彼が亡命の地と定めたのはサヴォワ地方の町アヌシーである。その町に到着したのは一八五二年一月二十三日、その後シューは二度と再びフランスの首都に戻ることはない……。

若い頃には華やかな社交生活を送り、醒めたダンディの浮き名をほしいままにしたシュー、由緒正しい家柄に生まれて如才なく生きてきたシューだが、本質は生真面目で不器用な男だったのかもしれない。亡命を余儀なくされたのはもちろん政治に深く関わり、そのイデオロギーが当局の忌諱に触れたからだが、しかしそれだけではない。同じく新聞小説の書き手として名声を博したポール・ド・コックのようにノンポリを決め込むことができず、デュマのようにそのつど権力と妥協しようとはせず、ポール・フェヴァルのように時流に迎合して方向転換することもできず、またジョルジュ・サンドのように田舎に隠棲して田園小説に打ち込もうともしなかった。仮りにフランスに留まったにしても、文学や新聞に苛烈なまでの検閲を課すことになるナポレオン三世の体制下では、シューの本領が発揮される余地はほとんどなかったと言えるだろう。一八五〇年に死んだバルザックは、その意味で幸福だったかもしれない。

サヴォワ地方は現在ではフランスの一部だが、そうなったのは一八六〇年のことで、シューが亡命した当時はサルデーニャ王国に帰属していた。サルデーニャ王国はサヴォワ、ピエモンテ、リグリア、サルデーニャ島からなり、トリノを首都とする北イタリアの領邦国家である。

当時のイタリアは多数の小国に分裂しており、とりわけ北イタリアはオーストリアの軍事的支配下にあった。その支配をはねのけ、イタリア統一をめざすリソルジメント運動の先頭に立っていたのが、一八四九年に即位したヴィットリオ・エマヌエーレ二世が率いるサルデーニャ王国である。一八五二年十一月に首相となったカヴールは中道左派の政府を構えて、王国の近代化と殖産興業を促進させながら、他のイタリア諸邦がオーストリアの圧力に屈して反動政治に堕していくなか、自由主義的な政策をとっていた。しかもオーストリアに対抗する意志を鮮明にしたという意味で、オーストリアの拡張を警戒するフランスやイギリスの支援を取りつけやすい。そうした事情が作用してサルデーニャ王国には、イタリアや諸外国からの亡命者が多数居住していたのである。

アヌシー近郊の村に居を構えたシューの晩年には、あまり事件がない。毎朝六時に起床し、食事と散歩をはさんで十時間近くを執筆にあてた。もはやパリの高級住宅街に暮らすダンディな作家の面影はなかったが、かつてと同じように小説を書きつづけることが彼の唯一の存在理由になっていった。

国外に亡命したとはいえ、作品の発表を禁じられていたわけではない。かつて光彩陸離たる名声を誇った流行作家であるシューの作品には、つねに一定数の読者を期待できた。ただクーデタ後に成立したナポレオン三世の第二帝政が、新聞・雑誌に厳しい検閲を課したために、新聞小説が七月王政期のような社会的、政治的インパクトをもちえなくなっていた。『コンスティチュシオネル』紙は反動化し、帝政権力が疎んじた作家と繋がりを維持することになんの利益も見出せなかったので、シューの立場につけ込んでかつての出版契約をほとんど反故にしてしまった。『ジルベールとジルベルト』(一八五二)、『ジュフロワ一家』(一八五三)を連載したのは『シエークル』紙である。しかし、これらの作品は作家シューの名声を高めるのにいささかも貢献しなかった。

アルプスの麓に位置し、湖が点在するサヴォワは風光明媚な地であり、近在への散歩を好んだシューはその風景を愛でた。イギリスに亡命した盟友シェルシェールに宛てた手紙のなかで彼は次のように書き記す。

私が住んでいる国は素晴らしい。毎日長い散歩をしています。マッセ(友人)とその家族がやさしく親密にしてくれるので、それがときどき私の完全な孤独を癒してくれます。私はアヌシーから一里の田舎に住んでいて、誰にも会わないのですから。ご存知のように、私は孤独が好きですし、その点で今の生活はよく合っています。辛いと感じるのはフランスや、われわれの大義や、友人や、その無知と錯乱ゆえに同情せざるをえない不幸な国民に思いを致すときで、そういうときは少なくありません。私の信念はけっして揺るぎませんし、闇の時代はいつかきっと終わると思います。ただ、未来にたいしてこのようにほとんど数学的な確信を抱いてはいるものの、現在を思って苦しい気持になることは防げないのです。[24]

友人や同志との手紙の遣り取り、妹夫婦の訪問、美しい風景がシューの孤独を慰撫してくれはしたが、やはりパリの大通りの喧噪、劇場やカフェの匂いに郷愁を覚えることは避けがたかった。「仕事をしているときと散歩のときを除けば、私はこの国であまり心が晴れませんし、しばしば気弱になったり、深い悲しみに捉えられたりします。亡命がこれほど辛いとは思いませんでしたし、フランスで起こったことの思い出がこれほど強く、深いとも思いませんでした」[25]。一八五二年六月三日、亡命から半年ほど経った頃にデルフィーヌ・ド・ジラルダンに宛てた手紙のなかに読まれる一節である。シューの偽らざる心境の吐露であろう。

一八五三年五月十三日に発布された警察大臣の条例により、シューはフランス帰国の可能性を絶たれる。社会主義的な傾向を保ち、今でも無視しがたい影響を読者に及ぼし、公然と帝政権力を糾弾する作家は、政府にとって疎ましい人間にほかならなかった。しかしシューは正義はみずからの側にあると確信していたから、その措置を撤回させ、場合によっては亡命を短縮させるために奔走するというようなことはしなかった。迫害の手は次々に伸びてきた。ナポレオン三世の政府はシューをフランスから永久に追放するだけでは足りず、サルデーニャ王国政府に圧力をかけて彼をサヴォワからも退去させようとしたが、さすがにこれは成功しなかった。ただカヴールはオーストリアの干渉をはね返し、イタリア統一を実現するためにフランスの助けを必要としたから、ナポレオン三世の意向をまったく無視することもできなかった。その意味で、シューの存在はサルデーニャ王国にとって揉めごとの原因になる危険性が高かったのであり、まさに招かれざる客であった。他方、アヌシー司教の教書は、『さまよえるユダヤ人』や『民衆の秘密』を読む信者は破門に処される恐れがある、と布告した。アヌシー近郊のある司祭は、シューにミルクを運んで行く少女に告解の後の赦しを与えようとしなかった。世俗権力からも宗教権力からも、シューは執拗なまでの猜疑心を向けられたのである。

最後の愛、そして死

暗い晩年に一条の光をもたらしたのは、一人の若い女性であった。その名はマリー・ド・ソルムス。一八三三年生まれで、ナポレオン一世の弟リュシアンの娘がアイルランドのある貴族との間にもうけた子供である。幼い頃から才気煥発で、六歳にしてプルタルコスを読んだという。バルザックとシャトーブリアンに文学の手ほどきを受け、ロッシーニとショパンから音楽を学び、ベランジェには詩法を習った。ルイ・ナポレオンがクーデタを敢行して帝政をしくと、身内であるにもかかわらず反対勢力の側につき、自分のサロンに王党派や民主主義者たちを集めた。皇帝の配慮や催事をことごとく無視するマリーはたちまち疎まれて、なかば追放のようなかたちでサルデーニャ王国の町を転々とするようになった。

シューは彼女に一八五三年、サヴォワ地方の温泉保養地エクス＝レ＝バンで出会う。そのとき彼女はラムネーとベランジェの紹介状を携えていた。ラムネーはマリーが高潔で、敬意に値する女性であると称賛し、ベランジェは彼女を父親のように愛してやってほしいとシューに頼んでいた。老境の作家はマリーの美しさと聡明さに打たれ、たちまち彼女を愛するようになる。二十歳の女にたいする五十歳の男の老いらくの恋と言うべきか。彼はマリーに手紙を書き送る。

マリー、あなたを愛しています。若さ、美しさ、熱烈な心情、そして稀なほどの精神と信じがたいほどの才能ゆえに、あなたがもっとも完璧な女性だというばかりではありません。むしろ、初めて会った日から私たちは率直さに慣れ、型にはまったことや、偽りや、見せかけを軽蔑するという習慣を身につけて、当初から絶対的な信頼関係のなかで過ごすようになったからです。それは最良の友人たちですらかつて感じたことのない、そして今後も感じることがないほどの信頼関係です。(26)

マリーのほうも、エクス゠レ゠バンの邸宅にしばしばシューを招いた。シューを敵視する者たちは、二人の関係をめぐって根拠のないスキャンダラスな噂を流したので、彼は心を痛めた。二人の関係はプラトニックなものに留まったようである。マリー宛の最後の手紙には次のような一文が読まれる。

何が起ころうとも、あなたはこの世でかつて私がもっとも愛した、現在も愛している、そしてこれからも愛するだろう女性です。自分がこれほど深い愛情を感じることができるとは思っていませんでした。あなたは私の家族であり、私の子供であり、私の友です。(27)

そうした間にも、シューはライフワークとなる『民衆の秘密』を書き継ぎ、一八五六年に完成する。さらに彼は『世界の秘密』と題する続篇を構想しており、そのなかには『パリの秘密』、『さまよえるユダヤ人』、そして『民衆の秘密』の生存している作中人物たちがあらためて登場することになっていた。しかしこの作品が書かれることはなかった。シューは『民衆の秘密』の読者たちに向けて訣別の公開状を認《したた》める。その日付は一八五七年六月二十八日、死の五週間前であり、まさしく彼の遺言状と呼ぶにふさわしいだろう。

親愛なる読者諸氏、

およそ九年前、一八四八年二月に共和国が宣言されてからまもなく私はこの本を書き始めた。亡命のさなかで、今書き終えたところである。その責務は大きく、私の力を超えるほどだった。それでも私は、あなたがた読者の善意と、自分の晩年を捧げた大義にたいする堅忍不抜の信頼に支えられて、最後までできるかぎりその責務を遂行した。本書はその大義の歴史的な表現である。本書を終えるにあたって、私は大きな義務を果たしたときに人が感じるような深い満足感を覚えている。というのも、うぬぼれすぎと言われるかもしれないが、この作品は私にとって市民としての義務のように重要なものだったからだ。

もしそうであるならば、私が民主主義にふさわしい人間だったと思えることこそ、私の一連の著作にとってもっとも栄えある報いということになるだろう。

アヌシー、一八五七年六月二十八日　　ウージェーヌ・シュー一八五七年八月三日、作家ウージェーヌ・シューは動脈瘤の破裂がもとでアヌシーで息をひきとった。諸外国の新聞が偉大な小説家の死をおおきく報道したのに対し、フランスの新聞・雑誌はそれに触れ、論評することを禁じられた。彼の死をつつましく知らせたのは唯一『プレス』紙だけである。妹夫婦は彼の遺骸を引き取り、彼が愛したレ・ボルドに埋葬しようとしたができなかった。そして彼が終生にわたって反カトリック、反教権主義の立場を貫いたことをカトリック当局は赦そうとしなかったので、シューの葬儀に際しては正式の宗教儀式が執り行なわれず、他方で、不穏な動きを怖れた政府当局は、葬儀にあたって政治的な追悼演説を厳禁した。詰めかけた無名の群衆のなかで、遺体は静かに共同墓地に埋葬された。

享年五十三歳であった。

第三章　『パリの秘密』の情景

『パリの秘密』は、全十部とかなり長い「エピローグ」から構成されている。わが国では馴染みの薄い作品なので、以下では各部ごとに内容を少し詳しく辿ってみよう。その際、粗筋を記述するだけでなく、そこで扱われているテーマや問題が文化史的、社会史的にどのような意味をはらみ、文学的にどのような系譜に連なるかを手短に論じる。そのうちのいくつかの主題は、次章で稿を改めて分析することになる。大衆文学は技法の斬新性や世界観の変革よりも、同時代の社会問題や感性を映し出すことによって価値をおびるからである。シューの作品が未曾有の成功を収めたのは、それがたんに通俗的だったからではなく、時代に課されていた問いかけを増幅し、それを常に具体的な情況や場面として語り、ときには社会改良を促す言説を綴ったからである。

挿絵は十九世紀末（刊行年は明示されていないが、おそらく一八八〇年代）に、ジュール・ルフ社から出版された『パリの秘密』から採った。ルフ社は当時、大衆小説の挿絵入り版を数多く刊行していた出版社である。大衆文学の黄金時代である十九世紀末に流布した刊本の図版を見ることで、当時の読者の感性を垣間見ることができるだろう。

まず、主な作中人物をリストアップしておく。「　」で囲んだのは渾名で呼ばれる人物たちである。『パリの秘密』は長大で、物語の筋と人物関係がかなり錯綜しているので、以下の本文を読み進めるに際してこの一覧表を参照していただければ幸いである。

ロドルフ　作品の主人公で、じつはゲロルスタイン大公。労働者の姿に身をやつしてパリの場末に住みながら、生き別れになった娘を捜す。

フルール＝ド＝マリー　作品のヒロインで「歌姫」とも呼ばれる。苦界に身を沈めている可憐な娘で、最後に意外な素性が明かされる。

サラ・マック＝グレゴール伯爵夫人　ロドルフの最初の恋人。彼と別れた後、マック＝グレゴール伯爵と結婚して、現在は未亡人になっている。

マーフ　イギリス貴族で、ロドルフに忠義をつくす腹心。

ダヴィッド　ロドルフの侍医。

セシリー　ダヴィッドの妻で、官能的なクレオール女性。

「お突き」　元徒刑囚だが、改心してロドルフのために奔走する。

ダルヴィル伯爵　ロドルフの古くからの友人で、てんかんを患っている。

クレマンス・ダルヴィル　その妻で、不幸な結婚生活を耐え忍ぶ。夫の死後、ロドルフの妻となる。

ロベール少佐　放蕩者で、クレマンス・ダルヴィルを誘惑しようとする。

ジョルジュ夫人　ロドルフの信頼厚い女性で、ブクヴァルの農場の管理を任されている。一時期「先生」の妻だった。

フランソワ・ジェルマン　ジョルジュ夫人と「先生」のあいだに生まれた息子で、廉直な青年。
リゴレット　ロドルフと同じ建物に住む陽気なお針子。フルール＝ド＝マリーの親友となり、最後はフランソワと結ばれる。
アルフレッド・ピプレ　ロドルフが住む建物の門番。
アナスタジー・ピプレ　その妻で、お喋りな門番女の典型。
ジェローム・モレル　貧しい宝石細工職人。客から預かった宝石の原石を紛失し、買いなおすためジャック・フェランに金を借りる。
ルイーズ・モレル　その娘。フェランの家で女中として働く。
「先生」　極悪非道の犯罪者。ロドルフによって目を潰される。
「みみずく」　「先生」の女房で、やはり犯罪に手を染める。
「赤腕」　居酒屋「血染めの心臓」の亭主で、札付きの悪者。
ジャック・フェラン　公証人。法を盾にさまざまな詐欺や横領をはたらき、善良な人々を苦しめ、絶望におとしいれる。
ポリドリ神父　うさんくさい医者も兼ねるイタリア人で、フェランと結託する。
マルシアル一家　パリ郊外のセーヌ河畔に住む密漁者の一家。
「牝狼」　フルール＝ド＝マリーがサン＝ラザール監獄で知り合った女で、彼女の命を助ける。
グリフォン医師　瀕死のフルール＝ド＝マリーを救うが、人情味に欠ける医者。

第一部

（1）一八三八年十二月十三日、冷たい雨の吹きすさぶ夜の十時頃、粗末な労働者のなりをしたがっしりした男がパリ中心部シャンジュ橋を渡り、シテ島の闇の中に入り込んでいく。「お突き」と渾名されるその男は元徒刑囚で、界隈にたむろする娼婦の一人でかねて顔見知りの「歌姫」（フルール＝ド＝マリー）に声をかける。些細なことからお突きが歌姫に乱暴を働くと、闇の中から現われた一人の謎めいた男が彼をなぎ倒す。喧嘩っ早く、腕力に自信のあったお突きは、自分を手もなくやっつけた男（その名がロドルフということが第二章で告げられる）に敬意を覚え、近くの酒場「白うさぎ」に連れていく。

シテ島はパリの中心部に位置し、そこにノートル＝ダム大聖堂が聳える。また裁判所、パリ警視庁などもある。パリ警視庁は当時エルサレム通り（現存せず）にあり、「エルサレム通りの人々」と言えば警視庁で働く警部たちを指していた。大聖堂のほかに、裁判所内には素晴らしいステンドグラスで有名なサント・シャペルもあり、現在は観光地になっている。しかし『パリの秘密』の舞台となるシテ島は当時、狭く薄暗い街路が迷宮のように入り組み、娼婦や泥棒や前科者たちがうごめく悪の巣窟だった。そして暴動や叛乱が起こるとたちまちバリケードが築かれて民衆が閉じこもる界隈だったから、警察当局にとっては絶えず監視の対象になっていた。そうした界隈の風景を一変させるのが第二帝政期のセーヌ県知事オスマンによる都市改造事業である。

シューの作品で描かれているのは一八三〇年代末のパリで、バルザックやロマン主義作家のパリ、後に『悪の華』の詩人がノスタルジーをこめて追想するパリと同じ構図を呈している。

シテ島の怪しい界隈

（2）「白うさぎ」を経営しているのはポニス婆さんで、皆からは「鬼婆」と呼ばれている。そこでお突きとフルール＝ド＝マリーがそれぞれ身の上話を始める。彼女は幼い頃両親に棄てられ、「みみずく」と呼ばれるめっかち婆さんに虐待されながら育った。やがて浮浪者として捕らえられ（当時、浮浪は犯罪の温床と見なされ、きびしく取り締まられた）、八歳から十六歳まで感下院と牢獄で過ごした。出所してもまともな仕事は見つからず、そうした娘の多くがそうだったように苦界に身を沈めることになった。他方、お突きのほうも孤児で諸国を放浪し、ふとしたことから傷害殺人を犯して一五年間の徒刑を課せられた。今はセーヌ河の荷揚げ人としてまっとうな暮らしをしている。生い立ちや犯した罪は異なるが、お突きの人生は、ユゴー作『レ・ミゼラブル』の主人公ジャン・ヴァルジャンのそれを想わせる。こちらは一片のパンを盗み、脱走を試みたせいで一九年間トゥーロンの徒刑場で労役に就かされた男である。

読者もお気づきのように、この小説の作中人物の多くは渾名で呼ばれる。その渾名は各人の身体的特徴や、前科や、行動習慣などにもとづいて付けられることが多い。「お突き」は短剣やナイフを振りまわすのが巧みだからであり、「歌姫」は声が魅惑的で、歌が上手なことから周囲の人たちが付けた呼称である。この後に登場してくる犯罪者たちについても同様で、これは犯罪者集団の特徴だった。また冒頭の章から明らかなのだが、原文では下層階級や犯罪者の俗語が多用されており、同時代のブルジョワ読者には理解できないものだったので、シュー自らが脚注をつけて説明している。「鬼婆」とは前科者の女性を指す俗語で、男であれば「鬼」となる。

「白うさぎ」で話し込むロドルフとフルール＝ド＝マリー

（3）三人が話しているところに「先生」とその女房「みみずく」が入ってくる。先生の本名はアンセルム・デュレスネル、強盗殺人犯でお突きとロシュフォールで徒刑場暮らしを共にした男だが、脱獄した後パリに舞いもどり、性懲りもなく悪事に手を染めている。「先生」という渾名は、犯罪者仲間のあいだで物知りで通っているところから付けられたものだ。「みみずく」は片目が潰れていることに由来する俗称である。この二人は共謀してさまざまな悪事を企んでいる。フルール゠ド゠マリーの姿を認めたみみずくは、彼女の親がじつは金持なのだと告げる。ロドルフと先生の間に険悪な空気が流れたとき、手下のマーフの合図でサラとその兄トーマスが「白うさぎ」に近づいて来たのを知ったロドルフは、サラを避けるため慌ててその場を立ち去る。

図版からも想像がつくように、先生とみみずくはどちらもかなり凄まじい形相の人間で、見るからに悪党という感じだ。シューは先生の肖像を次のように描いている。「この悪人の顔以上におぞましいものはなかった。顔中に深く、青白い傷跡が刻まれていた。硫酸の腐食作用で唇は膨れあがり、鼻の軟骨が切断され、鼻孔は二つの醜い穴でしかなかった。そしてその目は明るい灰色で、とても小さくて丸く、残忍さを湛えてぎらついていた」（五章）。さらに作家は、彼が「怪物」であり「野獣」のような目つきをしていると記している。脱獄囚である先生は前科者であることを見破られないよう、硫酸を使ってみずからの人相を変えたのである。警察に逮捕されて累犯者であることが露見すると、刑罰はきわめて重かったからだ。当時はまだ写真や身分証明書はなかったから、顔を変形させることによって人間はみずからのアイデンティティを詐称できたのである。(1)

「先生」と「みみずく」

（4）ロドルフはじつはドイツのゲロルスタイン公国の君主で、年齢は三十代の半ば。労働者の姿に身をやつしてパリの町を巡り歩き、貧しい者や哀れな者を助けるという慈善行為をしている。それと同時に、かつての妻サラとの間にもうけた娘の消息を追っている。他方、今はマック＝グレゴール伯爵夫人となったサラも、同じように娘を探している。彼らの娘はどうやらパリのどこかで暮らしているらしいのだ。

娘にたいして恥ずべき父であり、父にたいして不肖の息子であるという悔恨の念をいだくロドルフは、それを償うために社会正義の実践に取り組んでいる。立派な地位と財産をもち、ボクシング、蹴合い術、フェンシングなどあらゆる武術に精通し、ならず者たちの俗語に通暁し、高潔さと優しさを併せもつ彼はまさに大衆小説のヒーローにふさわしい男である。大衆文学のヒーローに知性と腕力、頭脳と身体能力、そして強さと優しさの両方が常に要求されるのは、現在にいたるまで続いている恒常的な要素であろう。少なくともフランス文学に関するかぎり、その原点に位置する一人がこのゲロルスタイン公ロドルフにほかならない。

その彼はお突きとフルール＝ド＝マリーの身の上話を聞いて、彼らの庇護者となる決意をする。かつての殺人犯お突きはロドルフの廉直さに心を動かされ、以後は献身的に彼に尽くすことになる。『パリの秘密』においては、作中人物の精神や性格はほとんど変化しない。善人は初めから終わりまで善人であり、悪人は終始悪人である。そうしたなかで、お突きは改心して善に向かう唯一の人物であり、すでに作品の発表当時から読者の強い支持を得ていた。このように見てくると、『レ・ミゼラブル』の主人公はロドルフとお突きを合体させたような人物とは言えないだろうか。

フルール＝ド＝マリー

ロドルフ

お突き

（5）翌日、ロドルフはフルール＝ド＝マリーをパリ郊外にある自分が経営するブクヴァルの農場に連れて行き、そこの管理を任せているジョルジュ夫人に引き合わせたうえで、彼女の世話を依頼する。ジョルジュ夫人はロドルフに、夫がかつて幼い息子を伴って出奔したこと、その夫が半年前にロシュフォールの徒刑場から脱走したらしいこと、夫も息子も行方が知れないことを語る。

引き裂かれた家族、それゆえ家族の調和を回復しようとする試みは一般に十九世紀大衆小説の重要なテーマであり、とりわけ女性読者の支持を得た。ロドルフは生き別れた娘を探し、フルール＝ド＝マリーは親に棄てられ、ジョルジュ夫人は愛する息子の消息をたずねる。『パリの秘密』が未曾有の成功を収めたのは、犯罪、民衆、社会主義などをテーマ化して男性読者の関心を惹き、家庭小説の次元によって女性の心をつかんだからである。

ロドルフが経営するブクヴァルの農場は理想の農場である。「丘の中腹に作られた美しい村、農家、牧草地、みごとな雌牛、小川、栗林、遠くに見える教会、彼女の眼前に広がっていたのはまさしく一幅の絵であり、そこには何も欠けていなかった」（十一章）とシューは書き記す。それはヒロインが憧れていたような理想の場所であり、耕作と風景、経済と美的観賞があざやかに調和するユートピア空間である。ロドルフ自身の言葉を用いるならばそれは「楽園」のようなものなのだ。同時代の読者はそこに、七月王政期に栄えた社会主義思想（とりわけフーリエ主義）が説話化されていると考えた。ブクヴァルはフーリエ派が夢見た理想の共同体「ファランジュ」である……。だがこの小説を熟読したカール・マルクスはそこに一つの欺瞞を見て、激しく糾弾することになる。この点は次章であらためて論じる。

ブクヴァルの農場

(6) フルール＝ド＝マリーの親を捜してやろうと決意したロドルフは、先生とみみずくを情報源にしようとして彼らに接近する。しかし疑惑を抱いた先生によって、セーヌ河畔にある「血染めの心臓」という物騒な名前の酒場に言葉巧みに連れ込まれる。その主人の「赤腕」(やはり身体に関する渾名!)は、パリの犯罪者集団でも名の通ったやくざ者である。そして三人はロドルフを不意打ちして地下倉に閉じ込めてしまう。やがてセーヌ河の水が流れこんできて、ロドルフは溺死の危険にさらされる……。

「血染めの心臓」は、当時セーヌ河畔などにしばしば見られた地下に設けられた酒場である。作家は次のように描写している。「湿ってぬるぬるした土の中に穿《うが》たれた階段が、一種の広い溝の奥へと通じていた。垂直に削られた壁面のひとつに、低くて汚い亀裂の入ったあばら屋がへばりついていた。苔むした瓦に覆われた屋根は、やっとロドルフが立っている地面の高さくらいまでしかなかった。このみすぼらしい陋屋《ろうおく》の先には、食糧貯蔵室や物置やうさぎ小屋として使われている朽ちた板でできた粗末な小屋が二つ、三つあった」(十六章)。

十九世紀は地下世界に魅せられた時代である。(4) 化石にもとづく古生物学や地質学といった科学、炭鉱採掘や地下鉄といったテクノロジー、そして文学における地下の表象。たとえば『地底旅行』のジュール・ヴェルヌが、通過儀礼と雄々しい冒険の舞台として地下を神話化したのに対し、大衆文学における地下世界は多くの場合、悪と犯罪の空間として描かれる。地下は神秘的な意味の宿る場ではなく、おぞましい悪事が企まれ、実行される場となる。「血染めの心臓」の場面がそうであり、同じシューの『さまよえるユダヤ人』ではイエズス会士の陰謀がパリの地下室で練られる。

ロドルフ危機一髪！

（7）今にも溺死しそうになったロドルフを、間一髪のところでお突きが救う。そしてロドルフは自分の屋敷に運ばれ、侍医のダヴィッドから手当を受ける。そこに侵入してきた先生はロドルフの腹心マーフをナイフで傷つけるが、やはりお突きの活躍で取り押さえられる。先生の所持品から、ロドルフは彼がジョルジュ夫人の夫であることを知る。そしてそれまでの罪深い人生を悔い改めさせ、再び悪に手を染めないよう彼の目を潰し、金を持たせて解放する。

ロドルフは名うての悪人である先生を処罰するために、彼をもっとも脆弱で無防備な人間に変える。死に値するような男だが、あえて彼を殺さずに、生かしておくことで償いをさせようというのである。目を潰す前に、主人公は犯罪者に向かって次のように言い放つ。

「かつてはもっとも剛健な者でもお前の前では震えたものだが、これからはお前がもっとも弱い者の前でも震えることになる。人殺しであるお前は人々を永遠の闇の中に沈めたが、これからはお前の人生で永劫の暗闇が始まる（中略）。永遠に外部の世界から引き離されるから、お前は永久に自分の心の中だけを見つめることになる。そうなれば、汚辱にまみれたお前の額は恥の念で赤らみ、残忍さのあまり鈍感になり、罪のせいですさんだお前の魂も憐憫の念で和らぐことだろう。」（二十一章）

大衆小説のヒーローはしばしば道徳的な長広舌をふるう。悪党を罰するに際してロドルフは、みずからの行為を正当化するために先生の罪深い過去を喚起し、彼が神のあらゆる掟に背いてきたことを思い知らせようとする。ロドルフは神に代わって地上の悪を懲らしめ、正義を実現しようとする人間にほかならない。大衆小説のヒーローには常に「超人」の風貌がそなわっている。

ロドルフは「先生」を処罰する

（8）一カ月後、ロドルフはお突きの働きに報いるためパリ郊外の家を贈ろうとするが辞退されたので、アルジェリアで農場を経営することを提案する（一八三〇年代は、フランスによる北アフリカの植民地化が進行していた時代である）。ロドルフはまたフルール＝ド＝マリーの身元調査を進め、公証人ジャック・フェランという男が一八二七年に六歳の少女を誰かから預かり、その子をさらにみみずくが千フランの報酬をもらって引き取っていたことが判明する。他方、ジョルジュ夫人と先生の息子フランソワ・ジェルマンは、父の悪事に荷担することを拒んで数年前からパリに出て来ていたが、今は詳しい消息が分からない。

パリでのロドルフの邸宅はサン＝ジェルマン界隈のプリュメ通りにあり、マーフとグラウン男爵が家政を取り仕切っていた。同時に彼らはロドルフの忠実な臣下として、さまざまな情報収集に当たっている。

『パリの秘密』にはフランス人以外の作中人物が数多く登場する。ロドルフはプロシア人、マーフはイギリス人、サラはスコットランドの貴族、医師ダヴィッドはかつてアメリカの黒人奴隷、この後登場するポリドリ神父はイタリア人、というように。彼らのなかに邪悪で不実な人間はいるが、シューには人種的な偏見は見られない。大衆ジャーナリズムの黄金時代である十九世紀末からベル・エポック期の新聞小説では、しばしば国家主義的で外国嫌いの傾向が強まる。とりわけライヴァルであるイギリスと、普仏戦争で屈辱を味わったドイツにたいして大衆小説はあからさまな反感を示す。それに較べると、七月王政時代にはまだそのようなイデオロギーは顕在化していない。

ロドルフに仕えるマーフとグラウン男爵

(9)フランソワに関するさらに詳しい情報を手に入れるため、ロドルフは彼がかつて住んでいたタンプル通り十七番地の建物まで足を運び、そこに部屋を借りる。はじめは無愛想だった門番女のピプレ夫人は、ロドルフが月六フランで部屋の掃除を依頼し、「コンシエルジュ」という言葉で呼びかけるとすっかり上機嫌になる。貧しい庶民街の門番にすぎない彼女に、本来は城館や大邸宅の門衛を意味する「コンシエルジュ」という言葉を使ったからである。ロドルフは彼女の口をとおしてその建物にポリドリ神父、宝石職人の貧しいモレル一家、退役したロベール少佐、お針子リゴレットなどが住んでいることを知る。

門番および門番女は当時の文学作品に頻出する人物である。[3] パリ人は大部分が集合住宅に住んでいたし(現在でも同様)、そこにはかならず門番がいるから、誰でも多かれ少なかれ門番と接触せざるをえない。建物全体の入口は一つしかないから、建物に出入りする際にいやでも門番部屋のそばを通ることになるのだ。十九世紀の小説では、門番(とりわけ門番女)はきわめて戯画化されたかたちで描かれることが多い。善良でやさしい門番というのは稀で、お喋りで、噂好きで(だからこそロドルフも彼女に住民のことをいろいろ聞きただす)、好奇心が強く、借家人に意地悪というのが一般的なイメージである。『パリの悪魔』(一八四五—四六)や『フランス人の自画像』(一八四〇—四二)といった生理学シリーズでは、かならず論じられる職業カテゴリーである。小説に描かれた門番としては、バルザックの『従兄ポンス』に登場するシボ夫妻、そして『パリの秘密』に出てくるピプレ夫妻が代表格である。とりわけピプレは門番の代名詞として、十九世紀後半には普通名詞化する。虚構の人物が日常的なリアリティを帯びてしまった稀な例の一つであろう。

ロドルフはタンプル通りに部屋を借りる

(10) 十五章から十八章までは、ある国の大使邸宅で舞踏会の場面が展開する。ロドルフは社交上の礼儀から出かけ、そこでサラや友人のダルヴィル侯爵、その妻クレマンスに会う。サラがクレマンスを唆《そそのか》して、遊蕩男ロベール少佐と密通させようとすると、夫に愛を感じない彼女はその誘惑に負けて、男に逢引を約束する。サラはそのことをダルヴィル侯爵に匿名の手紙で密告し、逢引の場所がタンプル通りであることまで暴露する。

『パリの秘密』と言えば民衆や下層階級の生態をリアルに描いた小説として有名で、文学史にもそのように記述されているし、実際それがこの作品の大きな価値を構成している。しかしロドルフはゲロルスタイン大公であり、貴族の友人・知人も多く、上流階級との付合いも多い。社交界の場面が描かれているのは当然なのである。民衆の事情を知り、しかも上流階級のマナーと習俗にも通暁しているロドルフは、まさしく社会階級をやすやすと越境できる人間なのであり、階級的な障壁が乗り越えがたかった当時にあってこれは物語のヒーローに付与された特権である。

舞踏会は十九世紀文学においてしばしば用いられる説話装置だ。(4) 人々はそこで出会い、恋におちいり、憎しみを覚え、絶望に突きおとされる。そこでは夢想の翼が羽ばたき、同時にそれが潰えた後の味気ない日常性が過酷なまでに迫ってくる。バルザックの『谷間の百合』(一八三六)でフェリックスが初めてモルソフ夫人と出会い、思わずその美しい肩に接吻してしまうのも、フロベールの『ボヴァリー夫人』(一八五六)でエンマに社交生活の煌《きら》びやかさの幻想を植え付けてしまうのも、舞踏会のシーンにほかならない。その文学的伝統はデュラス作『ロル・V・シュタインの歓喜』(一九六四)まで続いているのである。

上流階級の華やかな舞踏会

(11) このエピソードでもう一つ重要な機能を果たしているのが、温室である。大使の邸宅には縦八〇メートル、横六〇メートルにおよぶ広大な温室が設けられているのである。ちょっとした植物園なみの広さで、高さ一五メートルもある天井は採光のためガラス張りになっている。それが醸し出す雰囲気は『千一夜物語』のように幻想的だ、と作家は記している。

「目が詰まったイグサの格子の小さな緑の菱形が交叉している無数の鏡で覆われた壁は、鏡に反射する光のせいで、透かしの入った樹木のアーケードを想わせる。しかも、チュイルリー公園にあるのと同じくらい大きなオレンジの木や、ほぼそれと同等の椿の生け垣が壁全体に広がっていた。オレンジの木には輝くばかりの実がつき、艶やかな緑の葉むらに見える黄金色の果樹のようだし、椿の木には真紅や白やピンク色の花がついている(中略)。ヒース土の入った深い箱に植えられたインド産や熱帯産の樹木と灌木からなる五つ六つの大きな茂みの周囲には、貝殻のみごとなモザイクを嵌め込んだ小径が通っていた。」(十六章)

ガラスと鏡と光によって織りなされる夢幻的な空間があり、そこでは当時珍重されたオレンジや椿が花咲き、東洋産の樹木が散歩道に陰をおとす。シューはここで、十九世紀の社会的想像力が流布させていた「東洋の楽園」というイメージに荷担している。温室は人工の楽園だったのである。シューは後に『さまよえるユダヤ人』で再び温室を描くだろう。

しかもそれだけではない。サラとクレマンスのやり取りが示すように、外部から切り離された温室は、他人に聞かれることを望まない密かな言葉が交わされるのにうってつけの場所である。そして敵意と羨望に満ちたまなざしが行き交い、陰謀が紡がれる危うい空間でもあるのだ。

温室は人工の楽園と見なされた

(12) サラがダルヴィル侯爵夫人を罠にはめようとしていることを知ったロドルフは、翌日先回りしてタンプル通りの建物にやって来る。そして夫人を待ち構え、彼女が姿を見せると事情を説明して財布を渡し、そこに住む貧しいモレル一家に施し物をするために来たかのように偽装させる。妻を尾行していた侯爵はその話を信じて、妻を赦す。

サラとダルヴィル侯爵夫人クレマンスは、この小説で上流社会を代表する二人の女性として形象されている。民衆の作家になる以前は貴族やブルジョワを登場させる風俗小説の語り手として名を馳せたシューのことだから、社交界の描写は手慣れたものだ。『パリの秘密』でさまざまな事件や悲劇を引き起こす元凶の一人とも言うべきサラはスコットランド人で野心的な女、王侯の身分にまで上りつめるだろうという予言を信じて打算的に振る舞う。かつてドイツに赴いたとき、彼女と恋に落ちたロドルフと結ばれ、娘を一人もうけた(それがじつはフルール=ド=マリーである)。やがて彼と別れたサラはマック・グレゴール伯爵と結婚して財産を手に入れ、現在は未亡人となっている。今では自分を嫌悪しているロドルフにつきまとい、彼を苦しめる。

サラは三十五歳、「官能的な優雅さ」をたたえ、冷たいエゴイズムさえもが彼女に蠱惑的な魅力をもたらしている。一種の「宿命の女」と言えよう。シューは彼女の透きとおるような繊細な肌、黒い目、白い首筋、なまめかしい唇など身体的な細部をくわしく描写する。他方クレマンスは二十歳で、誰もが認めるその美しさは精神性と善良さでいっそう引き立っている。その身体が描かれることはほとんどない。身体性と精神性、官能と繊細さ——いくらか図式的ながら、作家はロドルフの運命にとって重要な意味をもつ二人の女性を截然と描き分けている。

ダルヴィル侯爵夫人クレマンス

（13）フルール＝ド＝マリーは今やブクヴァルの農場に住んで、ジョルジュ夫人の下に身を寄せつつ静かな生活を送っている。司祭との長い対話をつうじて、彼女が自分の過去を恥じ、償いをしたいと願っていることが読者に知らされる。しかしその彼女に危険が迫る。サラと弟トーマスの指図をうけた先生とみみずくが、彼女をさらう計画を立ててブクヴァルに姿を現わすのだ。彼らは貧乏人に成りすまして農場に入り込み、隙をみてフルール＝ド＝マリーを誘拐してしまう。

先に述べたように、ロドルフがブクヴァルに設けた農場は理想の農場であり、そこで働く農夫の一人はそれがどのような原理にもとづいて機能しているかを次のように語っている。

「人々が活動的で、賢明で、働き者で、教育をしっかり受け、義務に奉仕すれば、自分のためになるのだということを理解させよう。より良い人間になることによって、物質的により幸福になるのだということを示してやろう。そうすれば皆にとってためになる。立派な忠告が実を結ぶようにするため、正しい人々を天国で待っている幸福がどんなものか、いわばそれをこの地上でいくらか知らせてやろうではないか。」（六章）

同時代の読者たちはここに社会主義ユートピアの物語的表現、なかんずくフーリエ主義者たちの理想共同体「ファランジュ」の一形象を見てとった。ブクヴァルは生産と利益分配の正義を実践する空間であると同時に、農民の倫理と向上心を培うために人間教育を施す場としても構想されている。ただそれは農業を中心とするユートピアであり、近代的な産業革命が進行しつつあった七月王政期のパリにおいては、現実的な有効性を欠くという非難も免れがたいだろう。

「先生」と「みみずく」がフルール＝ド＝マリーをさらう

（14）自分の名誉を救ってくれた恩人であるロドルフに謝意を表するため、クレマンス・ダルヴィル侯爵夫人は彼を自宅に招く。そして「告白」と題された章で、自分がなぜシャルル・ロベールの誘惑に屈しそうになったか、その経緯をみずからの過去にまで遡りつつ明らかにする。地方貴族の家に生まれたクレマンスはやさしい母に育てられたが、その母が病いの床に臥すと、父親は娘の教育係ということでロラン夫人という若い未亡人を雇い入れる。彼女はじつは父親の愛人であり、その色香に迷った彼が同じ屋敷に住まわせようとしたのである。やがて母が亡くなると、ロラン夫人は専横的に振る舞うようになり、父親は彼女の言いなりになって娘にも辛く当たるようになる。そうした不幸な家庭にいたたまれず、彼女は若くして勧められるままにダルヴィル侯爵と結婚したのだった。新婚初夜、眼をむき、痙攣し、口から泡を吹いて卒倒する夫の姿を見て、彼女はダルヴィル侯爵がてんかん患者であることを悟る。しかもその病いは娘にまで遺伝していた。夫に愛を感じられない彼女は、ロベール少佐の誘惑に負けそうになったのだった。ロドルフはクレマンスを慰め、過ちを犯しかけた償いとして人知れず貧しい人々のために慈善行為をするよう忠告する。

クレマンスの物語は父娘の葛藤のドラマであり、引き裂かれた家庭の悲劇であり、不幸な結婚の物語である。要するに一篇の家庭悲劇ということになるわけだが、これは二十世紀初頭のベル・エポック期にいたるまで変わらない大衆小説の図式である。制度としての家庭が女性を犠牲者にする——それは新聞小説がもっとも好んだテーマの一つであった。またダルヴィル侯爵の宿痾たるてんかんは当時謎の病いとされ、治療法はおろか病いの正体さえよく分かっていなかった。その神秘性ゆえに「聖なる病い」と呼ばれ、同時に呪われた病いにほかならなかった。

てんかんの発作を起こしたダルヴィル侯爵

(15) 第三部の最後の三章は、タンプル通りの屋根裏部屋に住むモレル一家、第二部末尾でクレマンスが施しをしたあのモレル一家の物語である。主人のジェローム・モレルは実直で腕のいい宝石細工職人で、狭く暗い屋根裏部屋に妻、母、五人の子供と計八人が暮らしている。長女ルイーズは家計を助けるため、公証人フェランのところに女中奉公に出ていた。普段でも生活は苦しいのに、事態をいっそう過酷なものにする事件が起きる。ある顧客から預かっていた宝石の原石を紛失し、同じものを入手するためにフェランから借金したのである。返済の期限は迫っていたが、もちろん返せる当てはない。やがて警察がやって来て、債務不履行でモレルを引っ立てようとする。

モレル一家の悲惨な情況は次のように描かれている。

「名状しがたい色の床は臭くてぬるぬるしており、あちこちに腐った藁くずや、汚いぼろ布や、動物の骨が散らばっている。貧乏人は腐肉の転売商人からそれを買って、骨にへばりついている軟骨をしゃぶるのである。身の毛がよだつほどのこうし無頓着が告げているのはきまって放蕩か、あるいは清廉なる貧しさである。しかしそれはあまりに過酷で絶望的な貧しさなので、打ちひしがれ頽廃した人間はそうした陋屋から抜け出そうとする意志も、力も、必要性も感じなくなってしまう。穴の中の獣のように、そこにうずくまってしまうのだ。」(十八章)

モレルが宝石細工職人というのはいかにも皮肉な設定である。贅沢と奢侈のなかで暮らす人間の悦びを生みだすのは、贅沢や奢侈とはおよそ縁遠い、最低限の人間的尊厳さえまともに保証されていない男なのだから。飢え、寒さ、病気が一家をおそい、絶望的な光景が展開する第十八章は、『パリの秘密』のなかで同時代の読者からもっとも大きな反響を巻きおこした章の一つである。

貧しいモレル一家が住む屋根裏部屋

(16) モレルが債務不履行の咎で今にも警察に拘束されようとする時、娘のルイーズが金を持って現われる。しかし、債務を弁済するには十分でない。残金を払ってモレルの拘引を回避したのはロドルフである。モレル一家の運命を案じて姿を見せた同じ建物に住むリゴレットは、たちまちロドルフとうち解け、二人は貧しいモレル家を共同で援助することになる。
　このリゴレットという若い女性は、その生来の明るさと活発さで際立つ存在である。彼女の職業は「グリゼット」、一般に「お針女」や「女工」と訳されるが、十九世紀フランス文学においてこのグリゼットは不可欠な存在と言えるだろう。彼女自身が華やかなヒロインになるからではなく、都市で暮らす青年たちのパートナーとして数多くの小説に登場してくるからだ。

　当時の辞典で「グリゼット」の項目を引くと、それが繊維産業で働く庶民階級出身の女性であるという定義のほかに、「コケットで男に媚態をふりまく」とか「青年たちが気軽に言い寄る」などの説明が付加される。すなわち一つの職業を示すと同時に、若者にとって束の間の恋やアバンチュールや快楽の相手となる浮薄な女を指す言葉でもあった。こうしてパリのカルチエ・ラタンで、学生や駆け出しの芸術家がグリゼットと同棲し、身の回りの面倒を見てもらいながら暢気に暮らすという、ロマン主義文学の神話が形成された。ミュッセの『ミミ・パンソン』、ミュルジェールの『ボヘミアン生活情景』などが、グリゼットの文学的表象の代表例である。ただし彼女たちの大部分はやがて男に棄てられ、果ては売春や貧窮に陥ることが少なくなかった。『パリの秘密』のリゴレットが身持ちが堅く、最後に恋人と幸せな結婚をするのは例外的な運命なのである。

陽気なグリゼット，リゴレット

(17) ロドルフとリゴレットはモレル一家の惨状を救おうと、必要な生活用品を買い求めるために近くのタンプル市場に出かけていく。古着や使い古しの家具類を売買している庶民のためのバザールである。シューは次のように描写している。

「タンプル通りの真ん中あたり、広場の角にある泉水からほど遠からぬところに、スレート屋根をいただいた木造の巨大な長方形の建物がそびえていた。

タンプル市場である。

左側はデュプティ＝トゥアール通り、右側はペルセ通りで限られ、その奥には大きな円形の建物、歩廊に囲まれた広大な円屋根の建物があった。その長方形の建物の中央を縦に貫く長い道があって、二つの等しい区域に分割していた。そして二つの区域はさらに、数多くの横町や斜めの小道によって細分化され、それらがあらゆる方向に交差し、屋根のおかげで雨があたらないようにできていた。

この市場では、新品を売ることは禁じられていた。その代わり、ほんのちょっとした端切れや、鉄、銅、鋳鉄、鋼などのくずでも、売り手と買い手はすぐに見つかるのだった。」(五章)

首都パリの民衆界隈に作られた巨大な迷路のような市場。布、衣類、古靴、シーツ、マットレスなど、作家はそこで売られているあらゆる商品を列挙していく。パレ＝ロワイヤル地区やフォブール＝サン＝ジェルマン地区に並んでいた流行品店の贅沢さからほど遠いこのタンプル市場は、民衆の生活にとって衣類や寝具などの中古品が不可欠だったこと、そして中古品の売買市場が確立していたことを例証している。

庶民のためのバザール，タンプル市場

（18）モレル一家の不幸は貧困だけではない。長女ルイーズの身の上はまったく憐憫をそそるものである。ルイーズはジャック・フェランの家で女中として働いていたが、彼女の可憐な美しさに目をつけたジャック・フェランが彼女を誘惑しようとする。自分の思いどおりになれば負債を抱えている父親の逮捕を防いでやろうと、甘言を弄したのである。彼女がきっぱり拒絶すると、フェランは家政婦のセラファン夫人と結託してルイーズに阿片を飲ませて眠らせ、その間に彼女を凌辱し、妊娠までさせてしまう。やがて彼女は月足らずの子を死産し、その遺骸をフェランの家の庭にひそかに埋めるのだが、それが発見されると「嬰児殺し」の罪で逮捕される。

なんとも理不尽な話ではあるが、これが当時の現実だった。当時の女性にもっとも頻繁な犯罪が幼児遺棄と嬰児殺しで、とりわけ後者は死刑に値する罪だった。それは多くの場合、主人に誑《たぶら》かされた召使いや、心ない男に誘惑された不幸な女たちがとった究極の手段だった。ルイーズの哀れな境涯を知ったロドルフは、男の責任を問わず、もっぱら女の行為だけを処罰する法制度の欠落を、激しく糾弾する。

ブルジョワ家庭の女中が主人や息子にとって手軽な性愛の相手になるという情況は、二十世紀初頭まで続く。その意味では、グリゼット同様きわめて重要な脇役である。(5) ただしルイーズのように常に犠牲者というわけではなく、ゾラの『ごった煮』（一八八二）に登場する女中たちのように逞しい生命力で主人たちを翻弄する者もいた。

娘ルイーズの悲劇のせいで錯乱するモレル

(19) 第四部は主人公ロドルフは登場するものの、主題とエピソードの点ではモレル一家とフェランをめぐる物語である。フェランの事務所で、ロドルフの腹心マーフはフェランの正体を暴くための計略を実行しようとして偽りの置き手紙を残し、サン＝レミ伯爵はうさんくさい借金の返済のために足を運び、ドルビニー伯爵夫人は亡き夫の遺産を横領しようとして、財産管理を公証人に依頼する。そしてサラはフェランが自分の依頼を果たしていないことで彼を難詰する。

「先生」や「赤腕」がむき出しの暴力や血なまぐさい行動によって非合法の悪を体現しているとすれば、フェランは法に背く行為はしないが、悪辣で冷酷なやり方によって人々を破滅させていく。十九世紀フランスの公証人は遺言状や証書の作成のほかに、弁護士、司法書士、行政書士、税理士、さらには不動産業や銀行業の機能も兼ねそなえており、きわめて多面的な活動に従事していた。フェランがモレルに金を貸し、それを返済できない彼が官憲に捕らえられそうになるという事態は、そうした公証人の多面性がもたらした結果だったのである。司祭が人々の魂や道徳の問題を司り、医者が身体と健康に関わったように、公証人は家庭や社会における財産や富の管理、配分をめぐって大きな力を発揮する職業だった。ブルジョワ的職業の典型とも言えるが、まさにそうだからこそ文学に描かれるときは精彩を欠き、稀薄な印象しか残さない。フェランはその点で例外である。作家自身が指摘するように、危険を聡明に避け、他方で賭け事、贅沢、美食に熱中する多くの公証人と異なり、フェランは儲けるためには危険を厭わず、唯一の情念は淫欲だというのだから。

ちなみに挿絵のフェランはあきらかにユダヤ人的な容貌を付与されており、ルフ版が刊行された十九世紀末における反ユダヤ主義の台頭を示唆している。

悪徳公証人ジャック・フェラン

（20）ある夜、ロドルフはダルヴィル邸を訪問して夫妻に会う。三人がうち解けた会話をしているまさにそのとき、侯爵は一通の手紙を受け取る。それはダルヴィル侯爵夫人を陥れるため、再びサラがしたためた卑劣な密告の手紙だった。クレマンスがタンプル通りに赴いたのはロベール少佐と密会するためであり、侯爵に尾行されていることを知ったロドルフが機転を利かして彼女の危機を救ったのである、ロドルフとクレマンスは今や侯爵を欺いて親しい関係にある、云々と。疑惑の念に苛まれた侯爵は返事を書くという口実で退出し、扉の陰で二人の会話を盗み聞く。そして妻とロドルフが密通しているのではないかと考えた自分の疑惑がまったく根拠のないものであることを知って、二人に真相を説明し懺悔する。深い後悔の念、妻を苦しめているという自責感、そして愛する妻から愛してもらえないという絶望感。こうして侯爵はクレマンスを結婚の束縛から解放してやるために、友人たちの前で偶発事故に見せかけてピストル自殺を遂げる。

なぜそこまでしなければならなかったのか？　当時は離婚が禁じられていたからである。フランス革命時代の一七九三年にいったん離婚が認められたが、復古王政期の一八一六年には再び禁じられた。したがって、たとえ男女の不幸な結びつきでも法的に解消することができなかった。侯爵の自殺はそれを暴力的に実現させた自己犠牲的な行為だったのである。

フランスで離婚が再び認められたのは、ようやく世紀末の一八八四年のことである。

懊悩するダルヴィル侯爵

（21）夫が自殺を決行しようとしていることなど知る由もないクレマンスは、その日の朝サン＝ラザール監獄に赴いて、女囚たちの更正のために尽くそうとしている。自らの罪を贖うため慈善活動を行なうようロドルフから勧められた彼女が、その一環として監獄を慰問したのである。そして監視役のアルマン夫人と話すうちに、フルール＝ド＝マリーとルイーズ・モレルが最近収監されたことを知る。みみずくにブクヴァルの農場から拉致されたマリーだが、先生が同情して解放し、その後街娼として捕らえられたのだった。マリーは監獄のなかでもその気高さと美しさによって他の女囚たちの尊敬を集め、際立った存在感を示す。

『パリの秘密』には、当時パリにあったいくつかの監獄とその生態が描かれている。闇世界の物語だから不可欠のエピソードだ。サン＝ラザール監獄はパリ市内にあった女性用の監獄で、浮浪者、売春婦、窃盗犯、債務不履行者などが収監されていた。女囚たちとて、生まれ落ちたときから堕落と倫落を運命づけられていたわけではない。何が彼女たちの零落をもたらしたのか。

「さまざまな経路がこの汚水溜めに通じている！……

数多くの不幸な女たちが汚辱にまみれるようになるのは、けっして堕落そのものを好むからではない。親の無関心、悪例、頽廃的な教育、そしてとりわけ飢えがそうさせるのだ。魂や肉体という租税を文明にたいして支払うのは常に貧しい階層だけなのだから。」（七章）

作家は監獄の風俗や女囚の生態に関心を抱き、女性たちを犯罪に至らせる要因を指摘する。しかし、女囚監獄の内部構造やその制度的問題までは分析しない。あくまでも、ヒロインが罪深い女たちに交じりながらも保つ孤高の純粋性を強調するための挿話である。

女性を収容していたサン＝ラザール監獄の中庭

(22) ある日リゴレットはフランソワから一通の手紙を受け取る。フェランのもとで働いていた彼は、モレル一家の窮状を知り、フェランに預けておいた自分の貯金を取り戻そうとしたのだが、公証人は彼を盗みのかどで官憲に引き渡した。フランソワは投獄されたコンシエルジュリ監獄から手紙を書き、自分が有罪になった場合は部屋に残した彼の持ち物を整理してくれるよう、リゴレットに依頼していた。悲しみに沈むリゴレットをロドルフが訪ねてくる。手紙を読んだ彼は彼女を鼓舞しつつ、いっしょにフランソワの部屋があるサン＝ドニ通りに赴く。そこで彼らが見出したのはモレル家に渡されるはずであった千五百フランの貯金と、それをリゴレットに贈与するという遺言と、出されなかった彼女宛の手紙だった。リゴレットはフランソワが自分をひそかに愛していたことを知る。他方、セラファン夫人からフェランが女中を一人探していると告げられたロドルフは、彼を懲らしめるために待医ダヴィッドの妻セシリーを送り込むことを思いつく。

サン＝ラザールが女囚監獄だったように、コンシエルジュリはおもに男の被疑者を収監した場所で、パリ裁判所に付属する施設だった。裁判を待つ者、あるいは裁判途中の者が収容された。フランス革命中はマリー＝アントワネットが投獄されていた所である。

大衆小説には徹底した悪役、けっして悔い改めることのない悪役が必要である。悪役は社会や法や制度の不備あるいは非人間性を析出させるための媒介であり、物語を推進させるための装置になる。その犠牲者は、できるかぎり無辜《むこ》の人間でなければならない（フェランに迫害されるモレルやフランソワのように……）。そして最後には、正義を実現させようとするヒーローによって処罰されなければならない。フェランはそうした悪役の典型であろう。

男たちを収容していたコンシエルジュリ監獄

第六部

(23) 『パリの秘密』は前半部の出来は素晴らしいが、後半になると劇的な緊迫感が弛緩し、説話的な強度が下がる。作品の評判が高まり、連載が予定を超えて大幅に伸びたので、シューが当初想定していなかったエピソードや出来事を次々に捏造していかなければならなかったという事情も作用しているだろう。新たな作中人物を登場させ、新しい逸話を盛り込んではいるが、同じような類型や出来事をいくらか変化をもたせて再登場させたという印象がときに拭いがたい。第六部はとりわけそうである。これまでの訳者もそれに気づいていたようで、武林夢想庵や関根秀雄の抄訳では第六部以降が極端に短縮されて、物語の筋道さえ不明瞭になっている。

ロドルフもフルール゠ド゠マリーもほとんど登場しないこの第六部には、新たに二つの人物群が現われる。第一のグループは、パリ郊外のセーヌ河沿岸で悪事をはたらく川泥棒のマルシアル一家と、その仲間で故買者のミクー親父である。マルシアル家の父親と祖父はともに強盗や殺人に手を染めてギロチン刑に処せられた男で、その子供たちも表向きは宿屋の看板を掲げているものの、いつのまにか盗人稼業が本職というありさま。こうしてシューは、パリの中心部に棲息する犯罪者たちだけでなく、河畔で暮らす無法者たちの習俗もあざやかに語ってみせる。

彼らと物語の主筋との接点はフェランである。かつて自分が預かり、煩わしくなってみみずくと先生にその処置を頼み、偽の死亡証明書を作成して厄介払いできたと思っていたフルール゠ド゠マリーが、いまだに生きていると知ったフェランは、セラファン夫人と謀って彼女を監獄から引き取り、亡き者にしようと言葉巧みにマルシアルのところに連れて行く……。

フルール＝ド＝マリー，再び窮地に陥る

(24) 第二のグループは上流階級に帰属している。

クレマンスが援助の手を差し伸べようとしていた者たちのなかに、アンジェからパリに出てきたフェルモン男爵夫人とその娘がいた。かつて夫人の兄はフェランのため自殺に追い込まれ、彼が妹に残した遺産もフェランによって騙り取られたのだった。哀れな母娘の消息をたずねて首都にやって来たのは、兄の親友だったサン＝レミ伯爵。しかし、彼女たちの行方は杳《よう》として知れない。他方で伯爵は亡き妻の不義の子フロレスタンの邸宅を訪れ、彼の浪費と放恣の生活ぶりを知る。母の遺産を蕩尽した彼は偽手形を切るなど、金を工面するためにはいかなる手段も辞さない男だった。伯爵は息子の借金を清算してやる代わりに、家名を守るためフロレスタンに命を絶つよう迫るが、フロレスタンは巧みに逃亡する。

フロレスタンは妻と愛人の子であり、サン＝レミ伯爵は決闘でその愛人を殺したのだった。当時、決闘は法的には禁じられていたが、男にとっては名誉を守るための手段としてむしろ潔い行為として称揚されていた。問題は息子の放蕩ぶりであり、これを機に作家は豊かな階層の堕落ぶりを嘆くことを忘れない。

「われわれが描いたような常軌を逸した、無益な浪費ほどありきたりで嘆かわしいものはない。それは常に破産、失墜、低俗あるいは汚辱を引き起こす。不吉で悲しむべき光景である。野獣の群れが豊かに実った麦畑を益なく荒廃させたようなものだ（中略）。この先も長い間、百万長者サン＝レミと職人モレルを隔てるこうした恐るべき不平等は存在するに違いない。」（九章）

剣による決闘の場面

第七部

(25) 第七部ではさまざまな事件が起こり、登場人物たちの運命が急転回していく。まずフェランはフルール＝ド＝マリーをおびき出してセーヌ河に突き落とすが、サン＝ラザール監獄で彼女と知り合った「牝狼」と渾名される女が現場を目撃し、河に飛び込んで彼女を救出する。そして、そこに来合わせたサン＝レミ伯爵とグリフォン医師がマリーの手当てをする。他方、サラはみみずくと会い、マリーが死んだと思っていた我が娘であると知って歓喜するが、みみずくに短剣で刺されてしまう。そのみみずくも赤腕の酒場の地下倉で狂乱した先生に惨殺され、マルシアル一家、赤腕らも一網打尽となり、フォルス監獄に幽閉される。こうして犯罪者と邪悪な人間たちは次々と罰せられるのであり、大衆小説の善悪二元論はみごとに貫徹している。

グリフォン医師が登場したのを機に、十九世紀フランスの医療制度ついて簡単に述べておこう。当時の医者は、医学校で学び試験に合格して博士号を有する「医学博士」と、博士号はなくても一定期間の研修や実習を経てなる「免許医」に分けられていた。医学博士は医師のエリートであり、病院や大都市で治療にたずさわって大きな威信を享受したのに対し、免許医はおもに農村部で開業し、つつましい診療報酬に甘んじていた。それ以前から医療に従事していた者たち（とりわけ軍医や衛生将校）に、法的な地位を認めてやるという目的で設けられた免許医制度は、田舎における相対的な医師の過剰をもたらし、他方で免許医になることが比較的容易だったために、彼らの能力にたいする懐疑が表明されることにもなった。

一八〇三年に導入されたこの二重構造は一八九二年まで維持された。

「牝狼」がフルール＝ド＝マリーを救う

（26）「医学博士」と「免許医」の区別は文学の世界にも表われる。フロベール作『ボヴァリー夫人』（一八五六）において、ヒロイン・エンマの夫シャルルは免許医という設定になっている。凡庸な医学生だった彼はなんとか最終試験に合格して、やがて母親の計らいで田舎町で開業する。このシャルルと対照的なのが、作品の最後で砒素を呑んで死の床に横たわるエンマのもとに呼ばれるラリヴィエール博士である。「彼はビシャの手術衣から発する偉大な外科学派に属していた。今ではいなくなってしまったあの哲人的臨床医の世代、医の道を熱狂的に愛し、熱意と叡智をもってそれを実践する世代に属していた」と作家は書き記す。

この肖像は十九世紀前半における医師像の理想を表わしている。医者は治療する者であると同時に、あるいはそれ以上にヒューマニズムと特権的な知を体現する人間でなければならない。バルザックの『田舎医者』（一八三三）では、パリからドーフィネ地方の寒村にやって来たベナシス医師が、村人たちの偏見や無知と闘いながら彼らを蝕むクレチン病を克服するばかりでなく、サン＝シモン主義的な社会改革を実現する。それに較べると『パリの秘密』のグリフォンは、冷淡で人間味を欠く男として描かれている。

「該博な知識をもち、熟練した経験に恵まれ、巧みで高名な臨床医であり、民間救済院の院長であるグリフォン博士には一つだけ欠点があった。いわば病人をまったく無視し、病気にしか関心を抱かなかったのである。病人の老若男女、貧富など問題ではなかった。科学的に見て患者が呈する多少とも奇妙な、あるいは興味深い症例のことしか考えなかった。」（三章）

みずからも一時期医業にたずさわったシューが描く医師像は、けっして肯定的ではない。

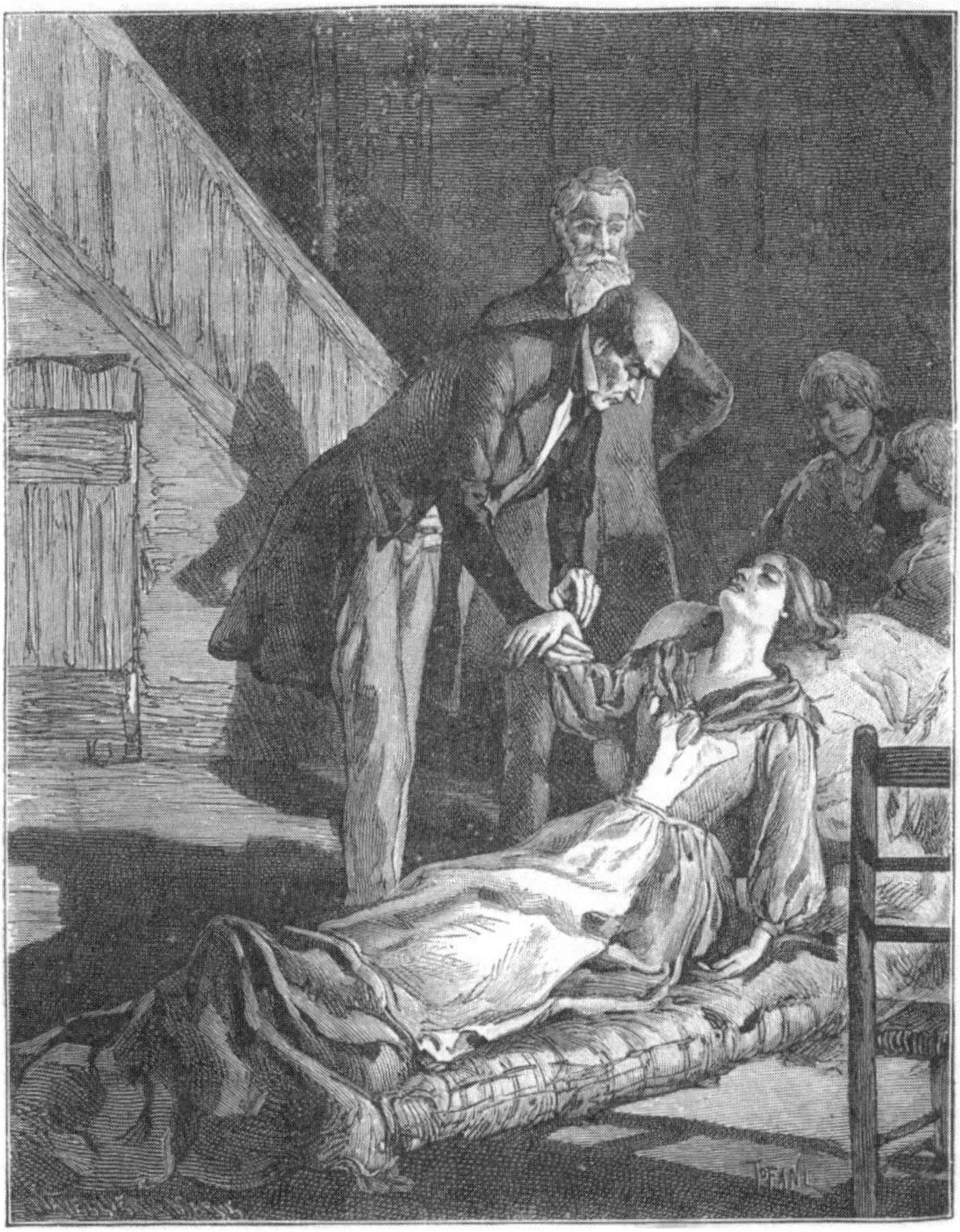

フルール＝ド＝マリーを手当するグリフォン医師

(27) フェランの悪業を暴露するために、ロドルフは侍医ダヴィッドの妻セシリーを彼のもとに召使いとして送り込む。美しい彼女にフェランを誘惑させて、これまでの悪事の証拠を手に入れようという策略である。ほっそりした魅惑的な体、形のいい手足、完璧な瓜実顔、白い肌、黒ずんだ大きな目と髪、濡れたような真っ赤な唇……。作家はセシリーのなまめかしく官能的な身体をこまかに描きながら、彼女がクレオール女であることを指摘する。熱帯の異国の血が混じった女性の官能性を強調するのは、当時よく見られたやり方である。

「はっきり言おう。ほっそりしていると同時に肉感的で、豹のように逞しいと同時にしなやかなこの大柄のクレオール女は、熱帯地方の火でしか燃え上がらない粗野な肉欲の化身だった。誰もが噂に聞いたことがあるように、ヨーロッパの男にとっていわば致命的な混血女、犠牲者をおそるべき魅力で陶酔させ、金と血を最後の一滴まで吸いつくす魅惑的な吸血鬼がいるものだ。」(十三章)

混血性と官能性を結びつけることに生物学的な根拠は何もないが、当時のヨーロッパ人はその結びつきをまことしやかに信じていたようである。[6] これを大衆文学が常套手段として用いる単なる紋切り型と見なすわけにはいかない。後年ゾラも『テレーズ・ラカン』(一八六七)において、愛人との淫欲に溺れて夫を謀殺するヒロインにアフリカ女の血を受け継がせている。

セシリーは挑発的な言葉と身ぶりでフェランを悩殺し(ここではほとんどサド＝マゾヒスム的な場面が展開する)、愛欲の虜となった彼は思いを遂げるためにすべてを犠牲にすると誓う。そこで女は彼の過去の罪状を記した書類を巧みに奪い取って、逃亡する。

フェランを悩殺する魔性の女セシリー

第八部

（28）第八部はほとんどのページがフォルス監獄で展開する。この監獄はマレー地区にあったもので、一八四五年に壊され現存しない。無実の罪で告発されたフランソワ・ジェルマンはコンシエルジュリからフォルス監獄に移送され、もっとも凶悪な犯罪者たちが収監されている「獅子の穴」と呼ばれる獄舎に入れられる。彼の身を案じたリゴレットが慰問に訪れ、金網越しにお互いの愛を確かめ合い、リゴレットは恋人が出所してくるのを待つと約束する。そのうちジェルマンが囚人たちの悪行を看守に密告しているという噂が流れ、ある日「骸骨」と渾名される殺人犯が首謀者となってジェルマン殺害を計画する。しかし、ロドルフの指図で故意に窃盗を犯してそこに収監されていたお突きが危うく彼を救い、やがて彼は解放される。

第五部でサン＝ラザール女囚監獄を描いたように、シューはここで男たちを収監するフォルス監獄の内部事情をさらけ出して見せる。とりわけ囚人たちの表情の描写は、顔のある種の特徴と犯罪性を結びつけるガルの「骨相学」やラーファターの「観相学」の言説を想起させずにいない(7)。

「骨相学者であれば、彼らの青白い顔や日焼けした顔を注意深く観察しただろう。額は平らだったり押し潰されたりしたような形で、まなざしは残酷あるいは陰険で、口元は邪悪あるいは愚鈍を表わし、首筋が太い。ほとんどすべての顔は怖ろしいほど獣に似ていた。悪賢い表情に狐のように不実な巧妙さが見られる者がいれば、猛禽のように血に飢えた貪欲さが見られる者もいた。ある者には虎のような残忍さが、またある者には野獣のような愚かさが表われていた。」（六章）

フォルス監獄の外観

(29) 第八部には「ピック＝ヴィネーグル」（ひりひりするほど酸っぱい酢、という意味）と呼ばれる興味深い人物が登場する。本名はフォルチュネ・ゴベール、もと手品師で、押し込み強盗の罪で投獄されていた。毒舌家で、冷笑的な皮肉を好む男だが（渾名はそれに由来する）、彼には監獄内でことのほか珍重される才能があった。おもしろい物語を作って話してやるという才能である。日が暮れてからは無為を強いられる囚人たちにとって、無為を慰めてくれる物語に耳を傾けることは何ものにも代えがたい楽しみなのだ。逆説的なことに、社会の法に背き、人倫を破った彼らは感動的な話を好むとシューは記している。骨の髄まで腐敗したこの男たちは、英雄的で高潔な感情が示され、虐げられた善良さが最後には報われるような物語を聞きたがったというのである。現実世界では迫害者の立場にあった彼らが、フィクションの世界では犠牲者の運命に涙した。

ピック＝ヴィネーグルが語る物語の一つは、パリ中心部の貧民窟で子供たちに暴力を振るい、搾取するならず者をめぐるものである。ならず者は大きくて獰猛な猿を一匹飼っていて、その猿は何でも人の真似をしたがる癖があった。ある日猿は虐げられた子供を救うかのように、床屋を真似て飼い主の喉を剃刀でかっ切る。

この挿話に驚いたのがエドガー・アラン・ポーである。『パリの秘密』を「巧みに仕組まれた出来事の陳列館であり、完璧な技巧と子供らしい愚劣さとの逆説的な結合」（『マルジナリア』）と見なしたポーは、シューの挿話がオランウータンが殺人犯となる『モルグ街の殺人』の翻案ではないかと疑ったのである。ポーの作品が発表されたのは一八四一年四月、『パリの秘密』第八部が連載されたのは一八四三年六月。しかしシューが『モルグ街の殺人』を読んだ形跡はない。

この猿がやがて凶行に走る

(30) セシリーに去られたフェランは衰弱していく。しかも彼の悪業の証拠を握ったロドルフは、彼の共犯者ポリドリを通じてフェランを脅迫し、これまでの悪業を償わせるために司祭を前にしてさまざまな慈善行為を約束させる。こうしてフェランは、かつて彼が搾取し、窮状に陥れたフェルモン夫人やモレル一家に金を渡すことを誓う。また隣人愛というキリスト教の徳を実践するため、貧しい労働者や職人を救済する目的で「失業者銀行」あるいは「貧者の銀行」を創設するための基金を提供することになる。モレルがそうであったように、まじめで律儀な労働者でも一時的に職を失ったり、病気で働けなくなったり、家族に病人が出たりで貧窮することがある。その場合、労働者はしばしば胡散臭い高利貸しから金を借りるしか方法がなかった。そうした人々のために無利子で、しかも抵当なしに金を貸し付けるのが「貧者の銀行」を創設する意図にほかならない。しかも、この銀行の支配人に任命されたのがフランソワ・ジェルマンである。

「貧者の銀行」は、原理的にいえば現代の共済組合のようなものである。もちろん共済組合は無利子の貸付けは行なわないし、組合員が相互に供出した資金にもとづいて事業を運営するという違いはあるが、労働者の生活改善に寄与するという意味では同じ機能を有している。シューの同時代人はここに、当時世論を賑わせていた社会主義理論の反響を見てとった。読者は熱狂的にこのアイディアを支持し、外国ではすでにこうした制度が存在するとシューに手紙で知らせる者までいた。他方で、そこに偽善的な制度を見たのが『聖家族』の著者マルクスである。「貧者の銀行」は経済的な不正義の問題を個人の慈善の問題にすりかえたにすぎず、社会の現実を神秘的な理想だけで変革できるとするブルジョワ的思考の表われだと批判した。

フェランは司祭の前で，心ならずも慈善行為を約束する

第九部

（31）サラはロドルフを自分の邸宅に呼びつけ、フルール＝ド＝マリーが二人の娘であることを告げる。ロドルフは驚愕すると同時に絶望する。マリーがフェランによって溺死させられたと思い込んでいたからである。そして娘の不幸な運命を思って涙に暮れる一方で、サラのこれまでの行動を非難し呪う。かつてロドルフはサラを真剣に愛し、娘をもうけ、サラを詰《なじ》った父に剣を振りかざしたことさえあった。しかしサラが兄に宛てた手紙から彼女の打算的な野心に気づいて、彼女と別れたのだった。他方、マリーがグリフォン博士の手当てで回復したことを知ったクレマンスは、彼女をロドルフのもとに連れて来る。死んだと思っていたマリーが戻ってきたので感極まった彼は、父として名乗り出る。そしてマリーを正式の娘として認知するために、クレマンスの忠告もあって、死期の間近いサラと形ばかりの結婚式を挙げるのだった。

第九部では、家庭小説としての次元が強調されている。思慮を欠いた息子であり、娘にしかるべき愛を注いでやることのできなかった父であるロドルフの悔恨は深い。失われた子を劇的な情況のなかで見出すこと、あらゆる辛酸を嘗めた子を幸福にしてやれるという希望、予定調和的な赦しと和解――これらは二十世紀初頭にいたるまで大衆小説が最も好んだテーマの一つである。しかも倫落の淵に落ちていた女が貴紳の家系に連なることが判明し、ロドルフがマリーと再会するというその瞬間に、彼はクレマンスに愛を告白し、妻になってくれるよう求めるなど、さまざまな挿話が『パリの秘密』のメロドラマ性を高めている。この作品が十九世紀を通じて頻繁に大衆演劇に翻案され、上演されたのは偶然ではない。

娘の足もとにひざまずくロドルフ

(32) フルール＝ド＝マリーを介護したグリフォン博士が民間病院の院長であり、医学という科学を重んじるあまり病人にたいする配慮に欠ける人間であることはすでに述べた。第六章でシューはさらに、当時の病院や施療院をめぐる事情を暴くことになるのだが、それは医者を攻撃するためではなく、医者がときとして陥る錯誤に警鐘を鳴らすためだと作家自身が語っている。

「グリフォン博士という作中人物を創造することによって、私は次のような人間を具現しようとしたにすぎない。敬意に値するものの、医術と実験への情熱ゆえにときとして、こう言ってよければ医学の力を濫用するようになってしまう人間である。そういう人間は科学以上に神聖な人間性というものがあることを忘れている。」（六章）

では具体的に病院のなかでグリフォンはどのように振る舞っているのだろうか。彼にとって自分が統括する病院は一種の実験室であり、そこで貧しい病人や身体障害者や身寄りのない子供に新しい治療法を試みて、効果があると分かればその治療法を裕福な病人たちに往診の際に施すのだった。彼らは医学研究や観察のためのモルモットみたいなものだったのである。これはグリフォンが院長を務める病院がとりわけ冷酷だったということではなく、当時の病院は多かれ少なかれ似たようなものだった。なおシュー自身、原作では「病院 hôpital」という語と「救済院 hospice」という語を同義語として使用しているが、厳密にいえば少し異なる。本来は前者が病人を診る場所で、後者は貧乏人、老人、身体障害者、捨て子などを収容する施設である。共通しているのはどちらにも医者が勤務し、無料で人々を受け入れていたことである。しかし無料ということは、そこでなされている治療がなかば宗教的な慈善行為にすぎず、医学的な処置としては不十分だったという意味である。

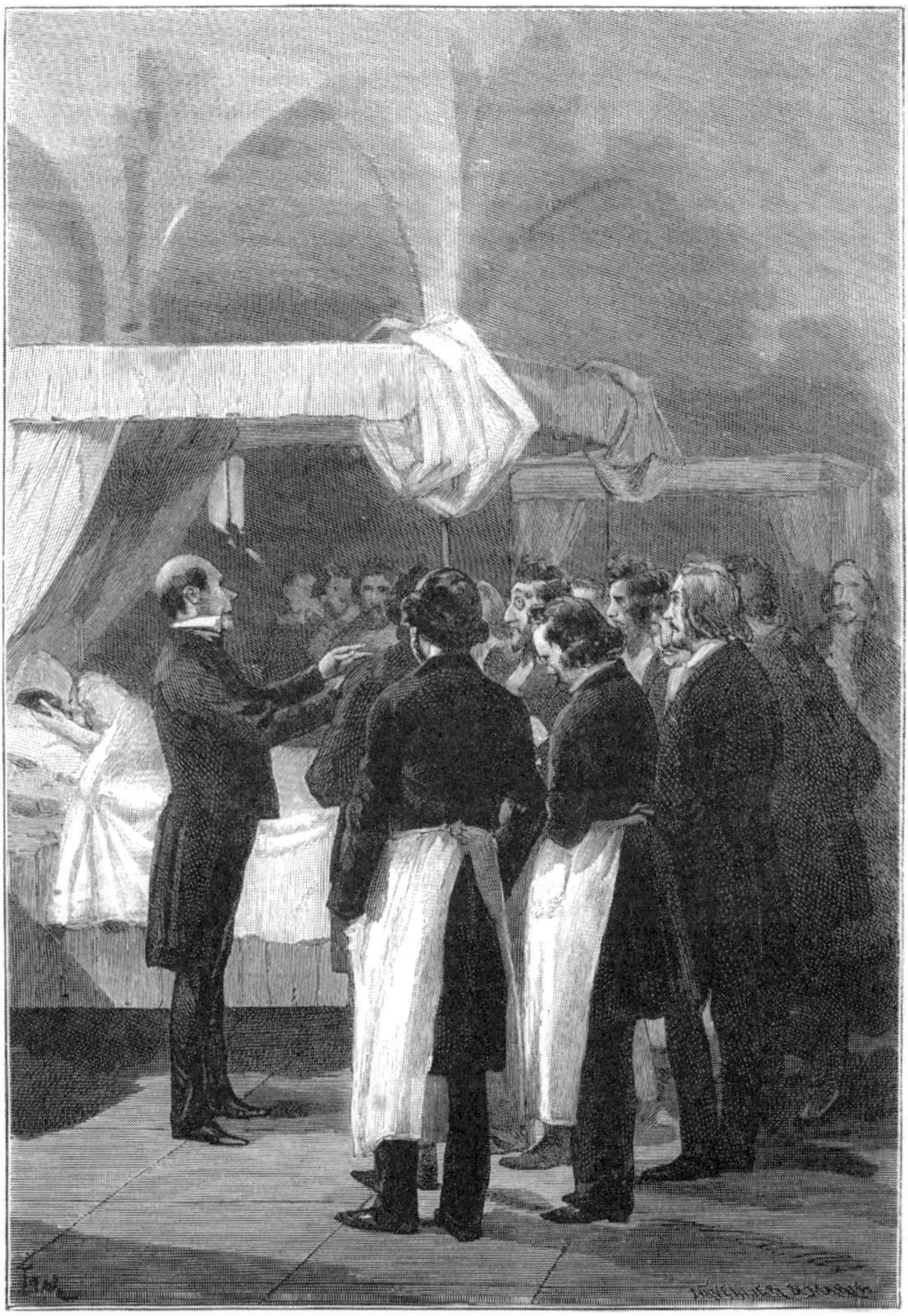

病院の中のグリフォン医師

(33) 十九世紀前半に機能していた「病院」を、現代の病院と等価な施設と考えてはならない。現代ならば自宅ではできない医療措置を施してもらうため、あるいは高度の治療を受けるためにわれわれは病院に赴く。しかしシューの時代には事情が違っていた。確かに医者は勤務していたし、インターンを引き連れての回診も行なわれていたが、それは病人を治療し病気を癒すためというよりも、観察し、分析し、応急措置を施すためだったのである。いくらか誇張した言い方をするならば、人は回復するためではなく死ぬために病院に入った、あるいはむしろ収容されたのである。病院とはみずから進んで入る場所ではなく、他に手段のない人間がみずからの意志とは無関係に入る、あるいは強制的に入れられる場所だった。裕福な人間であれば病院には行かず、自宅で医師の往診を受けたのである。病院において感動的でヒューマンなドラマが展開するという構図は、シューの時代の文学では考えられない。グリフォン博士のいる病院の内部は次のように描かれている。

「これから読者が足を踏み入れる広い病室の夜の光景ほど陰鬱なものはない。監獄のように格子の嵌った窓があちこちについている暗く大きな壁に沿って、二列のベッドが平行に並んでいる。それをかすかに照らしているのが、天井に吊された灯りの陰気な光である。部屋の空気は臭くて澱んでいるから、新たに収容された病人がそれに慣れるとかえって危険なことになる。」(六章)

医者が市民の私生活空間で肯定的な役割を果たすようになる、患者の秘めやかなプライヴァシーの襞にまで分け入り、身体の苦痛を緩和するだけでなく、司祭のように魂の懊悩にまで耳を傾けるようになるのは、十九世紀後半のことである。

夜の病室の光景

(34) 第九部には、もう一つ病院の場面がある。フランソワ・ジェルマン、彼と結婚したばかりのリゴレット、フランソワの母ジョルジュ夫人、嬰児殺しの嫌疑が晴れて釈放されたルイーズ、さらにピプレ夫妻が、貧窮と不幸のあまり錯乱してビセートル精神病院に収容されていたモレルを訪ねるのだ。そこには、極刑を免れるために狂気を偽装する先生も収容されていた。一同は今やすっかり回復したモレルを伴い、至福にあふれた雰囲気のなかで帰って行く。

ビセートルは精神病者の治療に当たるばかりでなく、貧しい老人たちを引き取る養護施設であり、さらには判決が下された死刑囚が刑の執行を待つあいだ最後の時間を過ごす場所でもあった。監獄、臨床医学、精神病院、狂気などいかにもフーコー的な制度空間が表象されているが(フーコーはシューの愛読者だった[8])、これはシューが時代の問題に敏感だったことの証左にほかならない。当初は下層階級の風俗を物語るという意図から出発した作家は、『パリの秘密』を執筆していく過程でしだいに社会や制度のメカニズムを発見したのである。

作品中で一同を迎えるエルバン医師は登場する他の医者たちと異なり、ほとんど唯一聡明であると同時に人間味にあふれた医者の相貌をたたえている。透徹した視線は善良なほほえみや穏やかな口調を妨げない。そのうえ彼は「かつて用いられていた恐るべき強制手段をやめて、憐憫と厚情をもって狂気の治療にあたった最初の一人であった。もはや鎖に繋いだり、殴ったり、冷水を浴びせたり、独房に監禁したりはしない」(十五章)。作家の脳裏には精神科医フィリップ・ピネル(一七四五—一八二六)の姿があったのかもしれない。ピネルはビセートルの患者たちを鎖から解放し、フランスの近代精神医学を基礎づけた人物として記憶されている。

ビセートル精神病院

(35) エルバン医師は、フーコーが「大いなる監禁」と呼ぶ制度が精神病者の症状を悪化させると考える。「彼の優れた知性が理解したところによれば、偏執狂、狂気、錯乱は幽閉と暴力的扱いによって進行するし、逆に絶えずさまざまな気晴らしや出来事があれば、患者は共同生活を送ることになるので固定観念に囚われずにすむ。固定観念は孤立と脅しによって凝縮されると、それだけいっそう不吉なものになる」。つづいてエルバンは、独房制度をめぐって精神病院と監獄の比較へと進む。「経験が証明しているように、独房に入れることは留置された犯罪者にはためになるが、精神病患者にとっては有害でしかない。後者の精神的混乱は孤独の中で増大するし、前者の道徳的混乱あるいはむしろ道徳的破壊は堕落した同類たちと接することによって増幅し、癒しがたいものとなる」。これは同時代のピネルやエスキロルの精神医学理論、トクヴィルらが提唱した監獄制度の改革案に呼応する言説である。

エルバン医師に案内されてビセートルの病棟を訪れる作中人物たちが、精神病にたいする偏見から自由であったわけではない。とりわけ門番のピプレ夫妻の場合がそうだ。アルフレッド・ピプレは患者たちが「奇妙な服を着せられ、植物園で飼われている野獣のように体の真ん中を鎖で繋がれ、小屋の中に閉じこめられている」と思っているし、アナスタジー・ピプレに言わせれば、「色情狂は女を見ると文字どおり猿のようになって、いやらしく喉を鳴らしながら檻の鉄柵にしがみつく」（十五章）。これは小説の一節にすぎないが、なまなましいリアリティがただよう。そして皮肉なことに、『女性と狂気』の著者ヤニック・リーパによると、精神医学の改善を唱導するシューの作品は精神障害を助長する元凶として、精神病院の図書室の書架から排除されたのである。(9)

ビセートル精神病院の中庭

第十部

(36) 三章からなる短い第十部では、二つのエピソードが語られている。

第一は、ビセートル監獄で繰り広げられる挿話である。先に指摘したように、ここには死刑を宣告され、刑の執行を待つ人間が収容されていた。『パリの秘密』では殺人を犯したマルシアルの母と妹カルバスが独居房に幽閉されて、死の鐘が鳴るのを待っている。カルバスは悲嘆に暮れ、恐怖のあまり錯乱状態に陥っているが、母の方は平然として死に怯える様子もない。息子マルシアルが訪ねてきても悔い改めようとしないし、看守が勧める司祭との最後の謁見も拒絶する。そして綱で縛られた後に髪を切られ（死刑前の「化粧」と呼ばれる儀式である）、死刑執行人とともに護送車に乗り込んで刑場に向かう。

死刑囚の物語として最も有名なのは、ユゴーの『死刑囚最期の日』（一八二九）であろう。ある死刑囚（その名前も罪状も読者には知らされない）が、やはりビセートル監獄で過ごす最期の一日を一人称の独白体で綴った小説である。日の差しこまない闇と沈黙の独房に幽閉され、過去を回想するばかりで未来を想像することが許されず、みずからに残された時間を測定するだけの人間の苦悩が、ドラマチックな文体で語られている作品だ。十九世紀文学では、『赤と黒』のジュリアン・ソレルやデュマの『赤い館の騎士』に登場するマリー＝アントワネットのように、死刑台への階段を上る主人公たちの凛々しさや崇高な美しさが際立つことがある。歴史家ダニエル・アラスも指摘したように、文学と絵画においてギロチンはロマン主義の想像力を強く刺激した。(10)『パリの秘密』には美や崇高性の次元は欠落しているが、その不吉な魅惑を感じさせてくれる。

処刑前の「化粧」を施されるマルシアル母娘

(37) 処刑前日の死刑囚の苦悩と恐怖を語った後、第二章でシューは死刑反対の議論を展開している。十九世紀前半は、フランスで死刑廃止の論調が高まりを見せた時代にあたる。革命時代の殺戮と暴力の悪夢に取り憑かれ、流血の痕跡を払拭しようと思ったフランス人にとって、ギロチンによる死刑はそうした血生臭い記憶を甦らせる忌まわしい光景だった。ユゴーは徹底した死刑反対論者であり、『死刑囚最期の日』はそのためのプロパガンダだったのである。

十九世紀初頭まで、処刑台はグレーヴ広場（現在のパリ市庁舎広場）に設置され、死刑執行は午後四時と定められていた。一八三二年からは町の中心部から外れたサン＝ジャック市門に移り、刑が執行される時刻は早朝になる。しかも公開であった。政治家や作家の強硬な反対運動にもかかわらずこの制度が維持されたのは、死刑囚の恐怖と恥辱を公衆にさらすことによって、犯罪にたいする抑止効果をねらったからにほかならない。ユゴーと同じく、シューも死刑に反対する。悔悛の念と無縁の根っからの悪党は死を怖れないから、死刑は犯罪抑止に役立たないし、また死刑よりも有効に犯罪者を怯えさせ、処罰できるやり方が存在すると言って――。

「われわれは死刑はあまりに野蛮で、同時に十分な脅威になっていないと考える。

われわれが思うに、親殺しのような犯罪やその他の重罪の場合、目を潰し、永久に独房に監禁すれば、犯罪者は他人に危害を加えることができないし、後悔と償いの時間を残しつつ、死刑よりもはるかに怖ろしい刑罰になるだろう。」（二章）

フランスでは一八四八年に政治犯の死刑が廃止され、一九八一年に死刑制度そのものが完全に廃止された。

死刑は早朝4時に公開で執行された

（38）第十部で語られているもう一つ重要なエピソードは、ロドルフことゲロルスタイン大公とフルール＝ド＝マリーがパリを離れることである。娘を見つけだし、これまで付合いのあった人々の幸福を確認した彼には、もはやパリに留まる理由がない。次々に継起した事件の余波にいささか疲れも覚え、故国への郷愁を感じ始めていた。プリュメ通りから馬車で出発するという恩人ロドルフに最後に一目会いたいと、お突きはサン＝ジャック市門で彼が通過するのを待つ。

それはカーニヴァル最後の日であった。市門付近の居酒屋ではけばけばしく仮装した人々が音楽にのって踊り狂い、しかも二人の女の死刑が執行されるというので、群衆が通りを埋めつくしている。「この群衆の奇妙で、醜悪で、ほとんど幻想的な様相を表現しようと思えば、カロやレンブラントやゴヤの絵筆が必要となろう」（三章）。

公開の死刑は民衆にとってまさしくスペクタクルだったのである。場末の酒場、群衆、カーニヴァル、そして死刑のセレモニー。日常生活の場で展開する非日常的な出来事が、民衆を酔わせ、彼らの逸脱を引き起こす。ここにはアラン・フォールや喜安朗が分析したような[11]、祝祭空間のなかで展開する首都の民衆の「ソシアビリテ」（社会的結合）の鮮やかな具体例が読みとれる。

カーニヴァルのダンスの光景

エピローグ

(39)「エピローグ」はそれから二年後の物語である。

ゲロルスタイン公国に戻ったロドルフはかねてから相愛のクレマンスと結婚し、フルール゠ド゠マリーはアメリー公女となって幸福な生活が始まるかに思われた。結婚したリゴレットとフランソワからは喜びにあふれた手紙も送られてくる。フルール゠ド゠マリーは、かつて苦難の時に自分を励ましてくれたリゴレットに感謝の意をこめて贈り物をする。これからは幸せを約束されているかに見えたフルール゠ド゠マリーだが、しかしその表情からは愁いが消えない。辛い少女時代をすごし、生きていくために倫落の淵に沈んだ彼女は、やんごとなき公女となった今もみずからの過去の汚辱を恥じているのだった。その意識から逃れられない彼女は、父の反対にもかかわらず高貴な身分を棄てて修道院に入り、やがて聖女のように息を引き取る。

可憐なフルール゠ド゠マリーの生涯は、連載当時から読者の涙をそそった。彼女が作中で死ぬ運命にあると悟った読者のなかには、彼女を生かしつづけてほしいとシューに嘆願する者までいた。俗世間で汚れた生をおくったと考えるヒロインはその罪障感に耐えきれず、宗教による救済しか望むことができなかったのである。この結末についてマルクスは『聖家族』のなかで、「フルール゠ド゠マリーが、彼女の非人間的な境涯からの解放が神の奇蹟であると認めた以上、このような奇蹟にふさわしくあるためには、彼女自身が聖者にならねばならぬ」と註釈している(12)。

フルール＝ド＝マリーの死

第四章　『パリの秘密』の社会史

前章で略述した『パリの秘密』の諸テーマを、本章ではいくつかのカテゴリーに分類したうえで、より広い社会史的文脈のなかに位置づけながら体系的に分析してみよう。

第一節　パリの表象

優雅な生活や、大都市の地下を動きまわる無数の浮動的な人間たち、——犯罪者や囲われた娘たち、——の光景、「裁判所時報」や「世界報知」は、われわれに証明してくれる、われわれは自らの英雄性を識るためには目を開きさえすればよいのだと。

——ボードレール『一八四六年のサロン』（阿部良雄訳）

パリの文学的形象

フランスの都市のなかで、パリほど数多くの著作に主題を提供した都市はない。文学作品、歴史書、社会的な調査、ルポルタージュなどのジャンルが、パリの姿と生態、その快楽と病理を倦むことなしに語りつづけてきた。他の諸国の首都に較べても、パリはもっとも描かれることの多い町の一つであろう。すでに幾世紀も前からパリはフランスの中心都市なのだから、そのことには何の不思議もないと思われる読者は多いかもしれない。しかし、パリがフランスの他の都市を圧倒して、人々の社会的想像力や集合表象のレベルで中心的な地位を占めるようになったのは、歴史的にいえばけっして古いことではない。パリが文化的ヘゲモニーを掌握したのはせいぜい十九世紀前半、というのが文学研究者や歴史家たちに共通する見解なのだ。

もちろんそれ以前からパリはしばしば語られ、描かれてきた。しかし、パリがそれ以外の都市と鋭く対比され、大文字で記される唯一の《都市》となり、そのかぎりにおいて《地方》と際立った対照を示すようになるのは、十九世紀に入ってからである。それ以前の古典主義時代には、空間上の対立の座標軸は《都市》と《田園》にあったが、十九世紀になるとその軸は《パリ》と《地方》に移動する。

このような構図の変化をよく表わしているのが、文学の世界である。ボードレールは『一八四六年のサロン』で、「パリの生活は、詩的で驚異的な主題を豊かにはらんでいる。驚異的なるものが大気のようにわれわれを包み、われわれを浸している。ただわれわれはそれが見えずにいるのだ」（阿部良雄訳）と記した。これは直接的には同時代の絵画にたいする批判として書かれた一節だが、文学は絵画よりもひとあし早くパリの詩情に気づいていた。

あらためて想起するまでもないと思われるが、十九世紀フランスを代表する小説の多くはパリ小説である。バルザックの多数の作品が、王政復古期と七月王政期のパリを舞台にしていることは周知のとおりだし、『人間喜劇』には「パリ生活情景」と題されたセクションがあって、そのなかには『娼婦盛衰記』、『十三人組』、『従妹ベット』など彼の代表作が含まれている。十九世紀後半になれば、一八三二年に勃発した共和派の蜂起のエピソードを含むユゴーの『レ・ミゼラブル』（一八六二）、一八四八年の二月革命から一八五一年のルイ・ボナパルトのクーデタにいたる時代を形象化したことで名高いフロベールの『感情教育』（一八六九）が挙げられよう。エミール・ゾラの『ルーゴン＝マッカール叢書』全二十巻のうち半数以上は、第二帝政時代のパリで物語が繰り広げられ、モンソー公園近くの高級住宅街、中央市場、デパート、証券取引所など、オスマン計画がもたらした新たな近代空間が表象されている。二十世紀となればプルーストの小説、ブルトンの『ナジャ』（一九二八）、アラゴンの『パリの農夫』（一九二六）、パトリック・モディアノの一連の作品、そしてジュリアン・グリーンのエッセイ『パリ』（一九八三）などを忘れるわけにはいかない。

小説家たちばかりではない。詩人もまたパリという都市に魅せられていた。ボードレールは、『悪の華』（一八五七）のなかに設けた「パリ情景 Tableaux parisiens」と題されたセクションや（そこには、「古きパリはもはやない。都市のかたちは人の心よりも速く変わる」という有名な詩句を含む「白鳥」という詩篇が収められている）、散文詩集『パリの憂鬱』（一八六九）で、パリのうちに「現代性」の詩学を看取しようとした。また、一八七一年のパリ・コミューンを霊感源とするランボーの何篇かの詩、ロートレアモンの『マルドロールの歌』（一八六九）の「第六歌」などは、詩ジャンルにおけるパリの形象化を代表する例である。(1)

大衆小説の分野に目を転ずるならば、デュマ・ペール作『パリのモヒカン族』（一八五六）では、王政復古期のパリを舞台にカルボナリ党の陰謀と警視庁の活動が、暗黒小説的な雰囲気を色濃くただよわせながら展開していく。また、フランスにおける推理小説の創始者であるエミール・ガボリオの一連の作品（一八六〇年代末）は、夜闇のパリなしには書かれえなかった。コナン・ドイルのホームズ物が、霧に霞むロンドンという都市空間なしには語りえないように、フランスの推理小説はパリという空間なしには構築されなかっただろう。それは二十世紀に入って、ジョルジュ・シムノンの作品がしばしばパリの下町の哀愁をただよわせていることにも、よく示されている。近代作家たちは、パリで展開する激しい野心と苦い挫折を、波乱に富んだ愛と友情を、社会を揺るがす革命と反動を、闇の中で行なわれる犯罪とその捜査を語ってやまなかった。シューの『パリの秘密』は、こうした大衆文学におけるパリの表象の起源に位置づけられる重要な作品であり、その後の大衆小説は『パリの秘密』が創始した物語の構図を変奏させていくことになる。

文学よりもっと直接的に、もっと明瞭なかたちでパリの近代性を顕揚したのが、ジャーナリスティックな著作である。

一八三〇年代以降、印刷術の進歩や識字率の上昇にともなって、この種の出版物が増えていく。おもなものを挙げれば『パリあるいは百一の書』（全十五巻、一八三一―三四）、『フランス人の自画像』（全九巻、一八四〇―四二）、『パリの悪魔』（全二巻、一八四五―四六）、エドモン・テクシエ『タブロー・ド・パリ』（全二巻、一八五二―五三）、そして一八六七年のパリ万国博覧会に際して刊行された『パリ案内』（全二巻）などである。共著であれ単著であれ、数巻、ときには十巻を越えるほど大部な著作として出版されていることから分かるように、パリ論は出版社にとって例外的な大企画になることが稀ではなかった。また、これらの著作の多くは木版画、リトグラフィなどの挿図を含んでいる。挿図の作者のなかにはグランヴィル、ガヴァルニ、ドーミエ、アンリ・モニエ、ラミ、ドービニー、ギュスターヴ・ドレといった、当時を代表する挿絵画家や版画家たちが名を連ねていた。ジャーナリスティックなパリ論の作者たちは単にパリの制度や風俗を語っただけではなく、視覚的イメージによって文字どおりパリを可視的なものにしようとしたのだ。

『フランス人の自画像』第３巻の扉ページ

　とりわけ『フランス人の自画像』とテクシエの『タブロー・ド・パリ』は、その図版の鮮やかさと美しさゆえに、挿絵入り本の出版史に名を留めるほどの著作である。七月王政期は、ジャーナリズムの発展と複製技術の進歩にともなって、挿絵入り新聞やイラスト本が飛躍的に増えた時代だが、これらのパリ論もそうした文化現象の一部として捉えることができよう。そこには、挿絵という視覚的な媒体を教育的な手段として活用しようとする姿勢が読みとれる。

　こうした著作は、タイトルのなかに「タブロー・ド・パリ」、あるいはそれを要素として含むものが多い。「タブロー」とは情景、光景、絵ということで、したがって「タブロー・ド・

パリ」とは「パリ情景」というほどの意味になる。この種の言説の祖型は十八世紀の作家メルシエであり、十九世紀のパリ論は絶えず彼の『タブロー・ド・パリ』(邦題は『十八世紀パリ生活誌』)に言及していた。実際、同時代のパリの習俗、社会空間、行政・司法制度、さまざまな職業や階層などを一つの書物のなかで記述するという、パノラマ的な手法はメルシエを嚆矢とする。「メルシエが十八世紀のパリに関して行なったことを現代のパリについて行なうこと」(『パリあるいは百一の書』の序文)、それが十九世紀に綴られたパリ論に共通する基本的な意図にほかならない。

これらの著作の構成とレトリックは類似しているし、取り上げられる主題や項目はしばしば同じである。バルザック、ジュール・ジャナン、ポール・ド・コック、アルフォンス・カール、ゴーチエ、ジョルジュ・サンド、シャルル・ノディエといった作家がいくつかの書物に寄稿し、ガヴァルニ、グランヴィル、ドーミエらが複数の著作の挿絵画家として登場してくるという名前の共通性も、これらの著作に通底する精神を露呈させていると言えるだろう。ときには同一の作家が、同一の主題をめぐる記事を複数の場に発表するということさえあった。それにもかかわらず、比較的短い時間的な間隔をおいて数多くのパリ論が刊行されたのは、十九世紀のフランス人が、パリはめまぐるしく変貌する都市だという意識をもっていたからにほかならない。ボードレールも謳ったように、パリは変わる。その多様性と異質性がパリの肖像を絶えず描き直すことを正当化してくれる、と考えられたのである。「パリではすべてが変わり、すべてが変化し、すべてが移りゆき、すべてが消え去ってはまた姿を現わす。この途方もない都市を完全に定義できるのは、プロテウスの神話だけであろう(2)」と、テクシエは言う。

パリ神話の誕生

都市と田舎のコントラストを強調するというレトリックは、古典主義時代からすでにあった。しかし、都市がリヨンやボルドーやマルセイユではなく、パリによって、そしてパリのみによって代表されるようになったのは十九世紀に特徴的な現象である。この時代に、地方とは「パリでない場所」ということになった、つまり、地方のアイデンティティはそれ自体として定義されるのではなく、パリでないという否定的な不在によって定義されるのである。

このようなパリと地方の対立は、あきらかに社会的、歴史的な現実以上に誇張されたものであるが、それにもかかわらず、あるいはまさにそれゆえに人々の心性に強く作用し、彼らの集合表象を大きく規定することになった。社会や歴史との現実的な諸関係をめぐる想像上の表象が、十九世紀フランス人の思考様式を強く規定した、とも言えるだろう。それを愚かしい幻想、あるいはあまりにフランス的な現象として片付けることはできない。なぜなら、さまざまな現象をめぐる多様な幻想もまたわれわれの現実の一部なのだから。

社会や歴史との現実的な諸関係をめぐる想像上の表象——それはルイ・アルチュセールが提出し、その後、ピエール・アルブイやアンリ・ミットランといった文学研究者たちが採用した《イデオロギー》の定義にほかならない。ある人々は、固有のダイナミズムをもった集団的な思考の冒険と定義しなおしたうえで、それを《神話》と呼ぶ。イデオロギーと呼ぶにしろ神話と呼ぶにしろ、数多くの作家たちによって同一のイメージや用語やレトリックが意識的、あるいは無意識的に共有され（表現のレベル）、広い読者大衆がそれらを暗黙のうちに内面化しているという意味で（受容のレベル）、これは集団的な現象である。実際、「革命の都市」、「光の都」、「現代のバビロン」、「太陽＝都市」などさまざまな呼称を冠せられたパリは、その多様なイメージをとおして近代の神話になったのである。

そのプロセスにおいて文学が決定的な役割を果たしたことを、すでにロジェ・カイヨワは『神話と人間』（一九三八）のなかで示唆していた[3]。叙事詩を見出すのにホメロスの世界にまで立ち戻る必要はなく、悲劇はラシーヌの作品のようにギリシア・ローマ風の衣裳をまとう必要はなく、壮麗さや英雄性はユゴーのようにスペインの地に求めるまでもない。それらはすべて今、この地に、現代の都市パリにあふれているではないか、というわけである。

他方、文学史家ピエール・シトロンは、十八世紀末から十九世紀半ばにかけて発表された文学作品におけるパリの詩情を分析した研究書のなかで、パリ神話の濫觴《らんしょう》を一八三〇年に位置づけている[4]。一八三〇年、つまり文学的にはロマン主義運動が決定的な勝利を収め、政治的、社会的には「栄光の三日間 Les Trois Glorieuses」と形容される七月革命によって、ブルボン王朝が崩壊した年である。ミシュレが『世界史序説』（一八三一）のなかで、フランス国民全体が自由と秩序の共同体のうちに結合した、歴史の特権的な瞬間と見なした七月革命は、パリにとって新たな誕生を告げる出来事であった。一八三〇年以降、パリの名はそれ以前にはなかったようなアウラと偉大さを帯びるようになるだろう。

一八三〇年がパリの神話化に大きく貢献したのには、無視しがたいもう一つの要素が関わっている。民衆の存在である。オーギュスタン・ティエリーからミシュレまで、ユゴーからゾラやジュール・ヴァレスにいたるまで、それ自体やはり巨大な歴史的、文学的神話にほかならない民衆は、七月革命の主役として歴史の表舞台に登場してきた。パリが蜂起したのは、民衆が蜂起したということなのだ。パリすなわち民衆は、進歩と、躍動と、飛翔を象徴する。それは生命の表出にまつわるあらゆる要素を備える実体となっていく。こうしてパリの神話化は、パリという都市を、生命と精神を有する一個の存在として定位することにつながる。パリは、さまざまな運動と刷新が実現される社会空間であるのみならず、固有の力学と原理にもとづいて活動する一つの有機体であり、しばしば複雑な反応を示す個性にほかならない。十九世紀フランスの集合表象は、パリという都市を人格化したのだった。

闇のパリ

いささか前置きが長すぎたかもしれない。シューの小説に話を戻そう。

『パリの秘密』は、一八三八年十二月十三日の夜、パリの中心部シテ島界隈の場面から物語が始まる。シテ島はノートル゠ダム大聖堂が位置し、現在でこそ賑やかな観光地区だが、一八三〇年代当時は不衛生で汚らしい小路が入り組み、胡乱な連中が棲息する危険な街区、犯罪の巣窟だった。そうした危険な町の雰囲気をたかめるための要素には、こと欠かない。漆黒の闇、悪臭ただよう曲がりくねった道、激しい風雨と霧、今にも消え入りそうな街灯の光、それを薄気味わるく映し出す泥水が流れる溝……。しかもそれは、まさに悪と犯罪を取り締まるパリ警視庁と、それを裁く裁判所が位置している界隈なのだ。悪と正義の、犯罪と処罰のこの奇妙な隣接性に語り手が気づかないはずはない。

厳重に区切られ、監視されている裁判所界隈は、パリの悪人どもの隠れ家や溜まり場になっている。犯罪者たちが抗いがたい力によって、彼らを裁いて監獄や、徒刑場や、死刑台へと送りこむ怖ろしい法廷の近くにいつも引き寄せられるというのは、奇妙な、あるいはむしろ不吉なことではないだろうか。[5]（p.32）

こうした舞台設定は、暗黒小説の系譜に連なる『パリの秘密』が恐怖の効果をあげるために用いた、単なる文学的レトリックではない。一八一五―六〇年の警察や裁判所関係の古文書資料からも、シテ島のある現在の一区がパリでももっとも犯罪発生率が高かったことが知られている。[6]十九世紀の後半以降明らかになるようなパリの西部と東部、中心部と郊外での治安状況の違いは、シューの時代には見られなかったということである。そして時間帯としては、夜十一時から真夜中の二時にかけての三時間に、犯罪のじつに六割が集中していた。シテ島の夜はまさに危険な時空間なのだった。

裁判所の大時計が夜の十時を告げたばかりの刻限に、この地獄の迷路のような場所を元徒刑囚の「お突き」が通りかかり、「地下の穴倉のように暗い」アーチの下にいた娼婦の一人（それがフルール＝ド＝マリーであることは後に明らかにされる）に声をかける。酒場で一杯おごってくれという頼みを聞き入れない娼婦にお突きが狼藉をはたらこうとしたそのとき、ロドルフがどこからともなく現われ、彼をやり込めてしまう。こうしてロドルフはお突きの忠誠をかちえ、フルール＝ド＝マリーと知り合うのである。彼らは近くの居酒屋「白うさぎ亭」に足を運ぶが、そこは娼婦たちを搾取する「鬼婆」が切り盛りしている。

夜のパリ、胡乱《うろん》な連中が棲息し、悪人たちが行き交う怪しげな界隈、喧嘩っぱやい男たちの乱闘騒ぎ、そうした要素から物語を始動させたもう一つの有名な作品がここで想起されてくる。デュマ・ペール作『パリのモヒカン族』である。復古王政期のパリを時代背景にカルボナリ党の陰謀を語るこの小説では、冒頭で主人公のサルヴァトールが、中央市場界隈の居酒屋で荒くれ男どもの争いに介入する。舞台となる界隈は同じではないが、どちらもパリ中心部の怪しい街路と酒場で起こる夜の出来事が物語の導入ページになっているという点で共通している。パリの闇は、十九世紀前半の大衆小説にとって恰好の舞台装置だったのである。

「白うさぎ亭」と対をなしているのが、シャン＝ゼリゼの裏通りにある「血染めの心臓」という不吉な名のいかがわしい酒場で、こちらは「赤腕」と渾名されるアウトローが経営している。セーヌ河に通じるその地下倉にロドルフが突き落とされ、あやうく溺死を免れるというエピソードは前章で触れた。その闇の地下倉で、赤腕は誰にも気づかれずに平然と人を殺《あや》めてきたのだ。そして死体はネズミたちの餌食となる。

あるいはまたパリ郊外アニエールのセーヌ河岸、下水道が流れ込むあたりに住みついた「河の盗賊たち」は通行人や旅人を襲って金品を強奪したり、泥棒たちと密輸品を交換したりする。なかには河底を浚《ざら》って、売り物になりそうな金属製品を探す者までいる。シューの小説において、セーヌ河は悪事が繰り広げられる場であり、水はねばつき、常にどんよりと濁って罪深き行為に荷担する。

夜のパリ、闇のパリ。闇は夜の闇であり、同時に社会の底辺である。文明と社会の秩序そのものを脅かしかねない危険な空間である。夜のパリがはらむ怪しげな魅力を、既に十八世紀のレチフ・ド・ラ・ブルトンヌが喚起していたし、十九世紀前半のジャーナリスティックなパリ論においては、「パリの夜」が不可欠の章だった。『パリあるいは百一の書』の第三巻に収められている一章では、作者がパリの「闇の文明」を構成するものとしてパレ＝ロワイヤル周辺を中心とする歓楽地区と、中央市場一帯の庶民が働く地区を対比的に描くことによって、パリの夜の二面性を際立たせている。(7)

七月王政期が進むにつれ、犯罪が増加し闇夜の危険が指摘されるようになると、パリの夜というテーマは犯罪性や脅威のテーマと結びつけられて語られる。パリの闇、首都の底辺への地獄下りという様相を呈するシューの作品は、そうした趨勢を例証する作品なのである。「先生」や「みみずく」や「赤腕」は冷酷さと暴力性において、社会の法を無視し、都市の平穏を乱す危険な種族だったし、ブルジョワ読者層はそうした彼らが暗躍する物語を読むことに倒錯的な喜びを見出していた。当時のブルジョワ的言説は、闇のパリを悪事や潜在的な暴動が紡ぎ出される空間として捉えていたが、その際シューの作品は、後のユゴー作『レ・ミゼラブル』と同じように、そうした言説が好んで引用する典拠だった。

ところでロマン派の作家ゴーチエは、自画像を素描したがるのがパリの習性であり、しかも多くの場合否定的な側面を強調してきたと、『パリの秘密』やバルザックの「パリ生活情景」を例に挙げながら指摘する。「パリがけっして自画自賛しなかったということは認めなくてはならない。パリは常に自らを醜く描いた」。そうした言説を文字どおりに信じるならば、フランスの首都は聖書に出てくるソドムやゴモラ、古代のバビロンのような頽廃した都市よりもはるかに堕落した都市、ということになるだろう。(8) いずれにしても、シューが表象したパリは何よりもまず犯罪と闇のパリである。

上流社会の習俗——舞踏会と温室

とはいっても、最初から最後まで『パリの秘密』が闇と犯罪性の空間に埋没しているわけではない。主人公ロドルフは労働者に身をやつしてタンプル通りに住んでいるとはいえ、じつはやんごとなきゲロルスタイン大公その人であり、高級住宅街のプリュメ通りに豪華な邸宅を構えてもいる。ダルヴィル侯爵夫妻など、貴族階級に属する友人も少なくない。作品中で華やかな社交生活の場面が語られることにはなんの不思議もない。かつて首都の上流階級と交渉をもち、その生態を描いて成功を博した風俗小説家だから、シューはそのような世界に通暁していたのである。

第二部では、ある国の大使官邸で催されるきらびやかな舞踏会のエピソードが語られている。舞踏会が催されるのはもちろん夜なのだが、そのときパリの夜はもはや不吉な闇夜ではなく、きらめく光に照らされた夜である。舞踏会や夜会は、貴族やブルジョワジーの社交生活において不可欠の要素だった。しかも、歴史家アンヌ・マルタン゠フュジエが詳述してみせたように、(9) 舞踏会や夜会には莫大な費用がかかったから、それをうまくオーガナイズできるということは富と権力をもつということを示していた。アメリカの社会学者ヴェブレンの言葉を借りるならば、典型的な「衒示的消費」の一形態である。各国の外交団は国家の勢力を誇示し、自国を宣伝するためにパーティや舞踏会を頻繁に催した。そこでは目映いばかりのシャンデリアの下で、人々が当時流行していたポルカやマズルカを踊っていた。オーストリアのアポニイ家、イギリスのグランヴィル家が開いたパーティが、もっともきらびやかなものとして記録に残されている。したがって、シューがある大使館に舞踏会のエピソードを設定したのは、きわめて妥当なやり方なのである。

大使官邸の魅力をなしているのが、広大な温室だ。鉄骨建築とガラスの普及によって可能となった温室、あるいは「ウィンター・ガーデン」もまた、当時の上流社会で流行をみた現象である。異国の風土に生育する植物を鉄骨ガラス張りの建物のなかに集め、園芸装置によって温度と湿度と光を調節しながら育てる温室は、きわめて人工的な装置である。それは自然のなかに生える植物を、外部の自然条件から切り離したいわば逆説的な装置。それがもたらす雰囲気は、ときに人工楽園に譬えられた。『パリの秘密』においてシューは、ロドルフが目にする温室を「幻想的で、『千夜一夜物語』の雰囲気にふさわしい」と形容している。

縦八〇メートル、横六〇メートル、高さ一五メートルもある広大な温室には、オレンジが輝くばかりの実をつけ、当時珍重された椿が真紅や白の花を見せている。さらには天井に届かんばかりの巨大なバナナの木、芳しい匂いをはなつモクレン、中東産の棕櫚やナツメヤシ、インド産のラタニアヤシやイチジクなどがみごとな灌木の茂みをなしている。茂みの周囲にはケープタウン産のヒース、コンスタンチノープル産の椿や水仙、ペルシアのヒヤシンスなどが咲き誇っている。過剰なまでの緑の横溢がエキゾチックな空間を演出する。熱帯植物群が緑の小径に陰をおとし、据えつけられたソファを取り囲む。それらすべてに夢幻的な光をそそいでいるのが、透きとおるような青やピンク色の絹で作られた中国製のちょうちん。目も眩むばかりの極彩色のハーモニー、むせかえるばかりの香り、幻想的な光が官能の庭を彩る。そしてオーケストラが奏でる音楽が植物群によって和らげられながらそこに漂い、華麗な衣裳に身を包んだ男女が行き交う。そこに現出するのは、まさしく地上の楽園であろう。シューは次のように書き記す。

黄金と、鏡と、クリスタルと、光で目映いばかりの長い回廊を通って、人は広大な温室に足を踏み入れる。その温室は二、三ピエ〔一ピエは約三二センチ〕ほど低くなっている。この燃えるような光がいわば、温室の高い木立をかすかに浮かび上がらせる薄闇を取り囲んでいた。木立は、真紅のビロードを張った二つの高い扉でなかば隠された大窓越しに目に入るのだった。

それはまるで、静かな夕暮れ時にどこかアジアの美しい風景に向けて開かれた巨大な窓のようであった。（p.263）

東洋のエキゾチックな風景を切り取り、それをパリの都市空間に再現させた温室という装置の発展が、西洋がアフリカやアジアの植民地化に乗り出したのと同時期にあたるという点、別の言葉を用いるならば、植物上のオリエンタリズムが政治的な植民地主義に支えられていたという点について、いま詳しく論じる余裕はない。ここでは、『パリの秘密』に首都の上流社会の日常性を描いた風俗小説的な側面があることを確認すれば十分である。

カーニヴァルの民衆

ロドルフが臨席する大使官邸でのきらびやかな舞踏会と鮮やかな対照をなすのが、第十部で語られているパリの場末の酒場で繰り広げられる民衆の舞踏会である。そう、民衆には民衆独自の舞踏会があったのだ。しかもそれは、上流階級のそれとはだいぶ趣きを異にする。

ロドルフは娘フルール＝ド＝マリーとともにパリを去って、故国に帰る決心をする。旅立ちに定められたのは二月のある日の早朝。パリ南部の場末サン＝ジャック界隈を通って、首都を離れることになっていた。普段の早朝であれば閑散としている地区だが、その日はカーニヴァル最後の日であり、しかも公開死刑が行なわれるというので人々が異様な熱気を発散しながら蝟集していた。見世物としての死刑については節をあらためて論じるとして、ここではカーニヴァルと民衆の心性の関係について触れておこう。

大使官邸での舞踏会、さらには宮廷やサロンでの舞踏会が多かれ少なかれ儀礼的な社交だったのに対し、民衆にとってダンスは純粋に娯楽、しかも最大の娯楽の一つであった。上流社会の舞踏会には招待された者しか足を踏み入れることができないが、民衆のダンス・パーティには、いくらかのお金を払えば誰でも参加できた。開かれた空間であり、定められた日に催された民衆のダンス・パーティは、彼らの日常生活に刺激をもたらす重要な事件であり、庶民の連帯と社会的結合を強める祝祭として機能していた。

ただし、場末のホールや酒場の中庭など野外で繰り広げられる民衆のダンス・パーティは、しばしば路上にまで広がって騒擾になる危険をはらんでいたから、警察と行政当局が監視を怠らなかったのも事実である。とりわけ夜開かれるダンス・パーティには神経をとがらせ、パリではカーニヴァル期の二、三週間しか許可されなかった。その間、ダンスは深夜を過ぎてから始まり、明け方まで続いたという。またカーニヴァル期間中はオペラ座が開放されて、あらゆる階層の人間が仮装舞踏会で羽目を外すことができた。それが一七一六年に始まり、「オペラ座の舞踏会」として名高い祭典であり、十九世紀の文学、回想録、新聞・雑誌などでしばしば言及されている。

民衆のダンス・パーティが催されたのは、おもにパリ周縁部の安酒場で、フランス語では「ガンゲット guinguette」と呼ばれる。この言葉はやがて、そこでなされるダンスやダンス・パーティそのものを指すようになる。ダンスはポルカやワルツといった特定の様式ではなく、大衆的な音楽に合わせて自由気ままに身体を動かす程度のものだったらしい。現代のディスコのようなものと思えばよい。そこでのダンスは「シャユ chahut」と呼ばれるが、リトレの『フランス語辞典』によると「公共の場では警察が禁止するほど淫らな一種のダンス」と定義されている。どんな種類のダンスかは不明確だが、慎みを欠いているので当局が監視するほどだったということである。[10]

『パリの秘密』では guinguette という語も chahut という語も使用されている（とりわけ後者は、

オペラ座の仮装舞踏会

パリの場末の「ガンゲット」

わざわざイタリック体になっている）。シューはそうしたガンゲットの一つを次のように描写してみせる。

天井の低い大きなホールの端には楽士たちが控え、周囲にはベンチとテーブルが置いてある。テーブルの上には食べ残した物や、壊れた皿や、倒れた酒瓶が載っている。そのホールで仮装した十二人ほどの男女がなかば酔いつぶれながら、シャユと呼ばれるあの猥雑で気違いじみたダンスを熱狂的に踊っていた。それは見張りをする警察隊が退散したとき、こうした場所の常連の何人かがパーティの最後に踊るダンスだった。（p.1236）

カーニヴァル最後の日、サン＝ジャック市門界隈で催されるダンス・パーティ。ダンスは前日から夜を徹して続き、夜が明けた今も曙光のなかで熱狂が鎮まる気配はない。それだけですでにパリの民衆のエネルギーが爆発し、都市の秩序を乱しそうな情況が現出するのに、加えて死刑執行というスペクタクルがまさに演じられようとしているのだ。暴力的で、アナーキーで、騒々しい民衆、要するに危険な階級としての民衆が、ほとんど絵画的と言えるほどになまなましい相貌を露わにする瞬間である。

この集団の奇妙で、醜悪で、ほとんど幻想的な様相を表現するためには、カロやレンブラントやゴヤの絵筆が必要だろう。男も女も子供もみんな仮装行列で着るような古着をまとっていたし、古着さえ調達できなかった者たちは、服の上にけばけばしい色のぼろを着ていた。なかば破れ、泥で汚れた女用のドレスに身を包んだ若者もいた。彼らの顔は放蕩と悪徳でやつれ、酔いのせいでまだらになり、野蛮な喜びでぎらついていた。下卑た乱痴気騒ぎの一夜が終わり、すでに用意のできた死刑台で二人の女が処刑されるのを見物できるのだから。(p.1235-36)

飲み、踊り、歌い、叫び、喚く民衆。そのなかには名うての悪党たるニコラ・マルシアルと「骸骨」の姿も交じっている。彼らはまるで人間性を喪失してしまったかのように、動物のメタファーによって描かれる。

人食い人種の口から発せられたような揶揄や脅しには、淫らな歌と、叫び声と、口笛と、やじが混じっていた。「骸骨」の一味が密集した群衆のなかに激しい衝撃で大きく割り込んで来たとき、揶揄と脅しの声はいっそう高まった。
怖ろしいほどの騒乱だった。吠えるような声、呪詛、笑い声が聞こえてきたが、そこには人間らしいところは微塵もなかった。(p.1239)

このとき場末の民衆は危険な「群衆 foule」に変貌してしまう。バルザックやスタンダール、さらにはロマン派の作家たちも表象しなかった近代都市の群衆がここで登場している。ウージェーヌ・シュー、群衆の作家——たしかにそう言えそうだ。貧困と暴力と無秩序を刻印されているという点できわめて偏向的な表象だし、その行動が社会のメカニズムに鋭く切りこむわけではないから、イデオロギー的な衝迫力も欠落しているだろう。しかし個人を超えて、あるいは個人の外部に出現する群衆を描いたという意味で、当時の文学テクストとして稀有な例であろう。革命、暴動といった特権的な歴史の瞬間に登場して、政治の空間を変貌させていく群衆が描かれるようになるには、『レ・ミゼラブル』のユゴーや、『感情教育』のフロベールや、『ジェルミナール』（一八八五）と『ルルド』（一八九四）のゾラを待たねばならない。その彼ら以前に、シューは近代都市が不可避的に生みだす群衆の存在に気づいた最初の作家の一人かもしれない。

第二節　犯罪・司法・監獄

「野蛮人」の相貌

『パリの秘密』には「お突き」、「先生」、「みみずく」、「赤腕」、マルシアル一家など社会の底辺に蠢《うごめ》く犯罪者たちが登場して、暗躍する。公証人ジャック・フェランをそれに加えることもできるだろう。元徒刑囚で心を入れ替えた「お突き」を除けば、彼らは徹底して悪人であり、悔い改める素振りさえ見せない。この作品はさながら、十九世紀前半のパリの犯罪を描いたパノラマなのだ。二十世紀初頭に至るまでこの側面は強調され、犯罪学者たちの注目をひいた。ロンブローゾの流れをくむイタリア・トリノ学派のシピオ・シゲーレは『文学と犯罪』[11]（仏訳は一九〇八年）のなかでシューに一章を充て、作中人物を「犯罪人類学のみごとなサンプル」と形容しているくらいだ。

実際シューがこの作品を構想したとき、主要なねらいは首都の犯罪者の世界を読者に知らしめることにあった。その意図は作品の冒頭のページによく示されている。おぞましい集団の生態をさらけ出すことにためらいを覚えつつ、語り手は「白うさぎ亭」へと読者を導いていく前に、その界隈に棲息している「釈放された徒刑囚、詐欺師、泥棒、殺人者」たちの相貌を喚起し、物語全体の雰囲気を伝えようとする。語り手にとって、法と正義に背くこれらの人間たちは、たとえば「アメリカのウォルター・スコット」と呼ばれたフェニモア・クーパー（一七八九―一八五一）がその獰猛な風俗を描き出した、北米大陸に住む未開のインディアンと違わない（スコットもクーパーも、十九世紀前半のヨーロッパで大流行した小説家である）。クーパーの読者は、野蛮で血なまぐさい習性ゆえに文明から遠く隔たったインディアンたちが、都市住民の周囲でさまよっているのを知って戦慄を覚えた。他方、十九世紀のパリでは、社会の秩序を脅かす集団は都市の内部に住んでいると作家は書きしるす。

われわれは、これとは異なる野蛮人たちの生活にまつわるいくつかのエピソードを、これから読者に語ろうと思う。それは、クーパーが見事に描いた未開の部族と同じくらいに、文明の恩恵とは無縁の人々である。

われわれが語ろうとする野蛮人は、われわれのあいだで暮らしている。彼らが住み、集まっては殺人や盗みをたくらみ、犠牲者たちから奪ったものを分配しあう悪の巣窟に足を踏み入れれば、われわれは彼らと擦れちがうことができるのだ。

この男たちは彼らに固有の風習と女をもち、彼らに特有の言語を話す。それは不吉なイメージと血の滴るような隠喩に満ちた、謎めいた言葉である。(p.31)

ここで「未開の」、「野蛮人」と訳したのはそれぞれ《sauvages》、《barbares》という言葉である。文字どおり、「文明」の恩恵に浴さない、あるいは文明の外に生きる呪われた者たちを指し示す言葉だった。「われわれ」パリの住民のなかに棲息する現代の「野蛮人」と言うとき、もちろん「われわれ」は文明の側に位置する。しかも当時、「野蛮人」という言葉は犯罪者という特殊な集団を指すだけでなく、もっと広く都市の場末で生きる貧しい労働者や職人を示してもいた。現代人の感覚からすれば、露骨な差別用語以外の何ものでもないが、当時はかなり広く流布していたイメージだった。

実際この時代には、犯罪を貧困と結びつけ、都市の底辺にうごめく民衆を社会にとっての脅威とみなす言説が形成されていたのである。そうした言説によれば、民衆の貧困は経済的、政治的な問題ではなく、民衆自身の倫理的な問題にほかならなかった。貧困は社会構造によって説明される現象などではなく、個人の悪徳ゆえに生じる情況であり、人が貧しく惨めなのは不道徳で頽廃的だから、ということになる。貧しい民衆はキリスト教的な徳を実践することによって、みずからの生活状態を改善できるだろう、というわけである。政治的な問題を倫理的な問題にすりかえようとするこの言説は、都市の場末に生きる民衆の相貌を、古代ローマ帝国に侵入した蛮族＝野蛮人の姿に重ね合わせる。一八三二年、『ジュルナル・デ・デバ』紙がすでに警鐘を鳴らしていた。一八三二年といえば、パリでコレラが発生して二万人近い犠牲者を出し、それが原因で貧しい階層と豊かな階層のあいだに緊張が昂じた年であり、他方では共和派の反乱が勃発し、鎮圧された年でもある。

社会を脅かす野蛮人たちは、コーカサス山脈やタタール地方の平原にいるのではない。彼らは、われわれの工業都市の場末に住んでいるのだ。

民衆の運動や蜂起はかくして、不正を是正するための社会的な闘争ではなく、文明にたいする野蛮の挑戦、文化にたいする自然の異議申立てと見なされてしまう。働く階級は「危険な階級」と同一視されたのである。

シューのテクストは、この『ジュルナル・デ・デバ』紙の警鐘と見事に共鳴している。実際『パリの秘密』には数多くの泥棒、殺人者、詐欺師、売春婦と、その哀れな犠牲者たちが登場するし、彼らが群がる怪しげな酒場、暗い地下室、監獄が特権的な物語空間をなしているからだ。要するに、『パリの秘密』は危険な階級の生態について証言してくれる貴重な小説であり、十九世紀前半の犯罪と社会をめぐる重要なテクストなのである。

シューの同時代人たるバルザックもまた、犯罪の闇世界に無関心ではなかったことをここで想起しておきたい。彼は、稀代の犯罪者ヴィドック（後年は警察組織の一員になる）をモデルとするヴォートランという作中人物を創り上げた。ヴォートランは元徒刑囚であり、頻繁に名前を変え、巧みな変装にまぎれておのれの素性を隠蔽し、首都パリの犯罪者仲間のあいだではカリスマ的な影響力をもつ怪人物だ。『パリの秘密』と張り合うかたちで執筆された『娼婦盛衰記』（一八四七）は、このヴォートラン一味と治安警察のスパイたちの抗争を語る暗黒小説の雰囲気を色濃くただよわせるバルザックの傑作だが、そのなかに次のような一節が読まれる。

売春婦と泥棒と人殺しの世界、徒刑場、そして牢獄は、男女あわせておよそ六万から八万人の人間を含んでいる。現代の風俗を描き、現代の社会状態を正確に再現しようとするとき、この世界をないがしろにはできない。（第四部）[12]

フレジエとビュレ

「危険な階級」とは、フランスの社会史家ルイ・シュヴァリエの名著『十九世紀前半のパリにおける働く階級と危険な階級』（一九五八）によって有名になった表現だが、シュヴァリエ自身はそれを一八四〇年に刊行された一冊の著作から借用している。著者はセーヌ県庁の役人だったフレジエ、著作は『大都市住民の危険な階級と、その階級を改善する手段について』と題されている。そしてこの本は、シューみずからが『パリの秘密』第十部のある脚注において言及している本なのだ。前節で触れたサン＝ジャック界隈のカーニヴァルに集う民衆を描くページのなかで、作家は次のように記す。

パリ住民のなかでも、泥にまみれて悪臭を放つ滓《かす》のようなこの巨大な群衆は、ならず者と堕落した女たちから成っていた。彼らは日々、犯罪によってその日の糧を手に入れ、毎晩たらふく食らっては自分のねぐらに戻っていく。(p.1236)

この箇所に註を付したシューは、「社会の危険な階級を論じたすぐれた歴史家であるフレジエ氏によれば、パリには盗み以外に生計の手段をもたない人間が三万人いる」と指摘してみせる。事実フレジエは、著作の第一部の「危険な階級について」と題されたセクションにおいて、危険な階級は貧しい階級が生みだすものであり、娼婦とその愛人および女衒《ぜげん》、浮浪者、詐欺師、ペテン師、盗人から構成されていると述べる。そしてそれぞれのカテゴリーの実数を統計的に跡づけたうえで、それらをすべて合計すると、パリ住民のもっとも危険で、もっとも頽廃した部分はおよそ三万人に上るだろうと推測するのだ。[13] フレジエが列挙した危険な階級の構成要素は、いうまでもなくすべて『パリの秘密』に登場するカテゴリーである。

貧困、とりわけ都市の民衆の貧困は大きな社会問題だった。産業革命の進行にともなって農村地帯の人口が大量にパリに流入してきたからである。十九世紀初頭におよそ五〇万だった首都の人口は、世紀半ばには一〇〇万を超える。しかし首都には、急激な人口膨張を支えるだけの経済基盤と生活のインフラが整備されていなかった。当然、まっとうな生活を送れない者たちが増えて、貧民街が形成されていく。それが理由で、一八四〇年代初頭には労働者や民衆に関する社会調査にもとづく本がいくつか出版された。リールとルーアンでの調査にもとづくルイ・ヴィレルメの『綿、羊毛、絹工場労働者の肉体的、精神的状態』(一八四〇)、ウージェーヌ・ビュレの『イギリスとフランスにおける労働階級の貧困』（一八四一）とならんで、フレジエの著作はその代表的なものである。フレジエはおそらく初めて、貧困と犯罪を社会学的に接合させた。彼によれば、貧しい階層こそが大多数の犯罪者を世に出す。堕落した邪悪な人間は豊かな階層にも見られるが、そうした者が危険になるのは生計の手段を失い、しかも働く意欲をなくした場合だけである。彼らは社会に寄生するのであって、社会の基盤そのものを危機に晒すわけではない。それに反して貧困は社会秩序にとって脅威であり、怠惰な貧乏人はとりわけ社会の敵にほかならないとして、フレジエは次のように述べる。

1830年代パリの貧者たち。ホームレスであろう。

貧しく堕落した階級は常に、あらゆる種類の悪人をもっとも大量に生みだしてきた温床だったし、これからもそうだろう。そうした階級をわれわれとしては特に、危険な階級という名称で指し示すことにする。なぜなら、悪徳がかならずしも邪悪さを伴わないにしても、それが同一の人間にあって貧困と結びつくことにより社会にとって正当な不安の種となり、危険なものとなるからだ。貧しい者が悪徳によって、さらにもっと悪いことには怠惰によってみずからの状態をいっそう悪化させるにしたがい、社会の危険は増大し、ますます差し迫ったものになっていく。貧しい者が邪《よこしま》な情熱に身をまかせて働かなくなれば、まさしく社会の敵でしかない。労働という社会の至高の法をないがしろにするのだから。(14)

他方、フレジエの主張にたいして留保の念を隠さないビュレにしても、やはり犯罪の増加を都市の貧困に関係づけることをためらわない。ビュレは貧困のさまざまな様相とその原因を探った後に、それが結果として犯罪につながることを指摘する。ここでもまた、働く階級と危険な階級の境界線はいともたやすく越えられてしまう。労働者階級の特徴である貧困は、犯罪性の刻印を避けがたく押されてしまうのだ。

ある国の犯罪統計は、下層階級の精神状態を漠然と知るための手段の一つになる。大部分の犯罪は、社会の残滓であり、くずであるこの頽廃した住民によって犯されるからだ。(15)

そしてビュレの著作では、すでにわれわれがシューの作品の冒頭で確認したような、下層階級と「未開人」、貧困と「野蛮」が当然のことのように接合されている。彼によれば、極度の貧困とは野蛮状態に転落することであり、未開の生活に逆戻りすることにほかならない。

下層階級は文明生活の慣習と法からしだいに排除され、貧困の苦しみと窮乏を経て野蛮状態に引き戻されてしまう。貧困はまさしく社会的な禁治産に等しい。かつてサクソン人の群れはノルマン人による征服の束縛を逃れるために、森の木陰に潜んで自立した放浪生活を送ったものだが、現代の貧しい者たちはそのノルマン人の群れに似ている。彼らは社会と法の外で暮らす人間、アウトローであり、ほとんどすべての犯罪者は彼らのなかから生まれるのだ。ひとたび貧困が一人の人間に襲いかかると、その人間は貧困のせいで少しずつ萎え、性格がすさみ、文明生活のあらゆる恩恵を次々に失っていく。貧困はその人間に、奴隷や野蛮人にそなわる悪徳を擦り込んでしまう。(16)

貧困は人々の肉体を疲弊させるだけでなく、精神と人間性までも蝕《むしば》んでいく。その結果引き起こされるのが少年の非行、放浪、無知、売春、私生児の増加、不潔、泥酔（この時代、「アル中」はまだ医学的に認められた概念ではない）、そして犯罪である。

このように同時代の行政官や経済学者が行なった統計にもとづく社会調査と交差させながら読んでみると、『パリの秘密』はまさしく貧困と犯罪をめぐる社会の生理学であることが分かる。用いられている言葉も、基本的な社会観も、シューはビュレやフレジエと共有している。それは特異な世界の例外的な表象ではなく、多くの人々が気づき始めていた不安な現象にあざやかな文学的表現をあたえたものなのだ。

司法制度への異議申立て

しかしながらシューは首都パリの闇世界と犯罪者の生態を語ったとはいえ、興味本位でそうしたわけではない。ブルジョワ読者層が民衆の知られざる習俗に関心をそそられ、それが『パリの秘密』の成功をもたらした一因であることは否定できないにしても、作家は単なる観察者として振る舞ったのではなかった。第一部、第二部は風俗小説としての側面が強いが、シュー自身が社会と政治の問題に目覚めていくにつれて、作品には同時代の社会をめぐるさまざまな考察と批判が織り込まれるようになる。とりわけ司法と刑罰に関してそれが言える。

第八部で、フォルス監獄に収監されているピック＝ヴィネーグルとその妹ジャンヌのあいだで会話が交わされる場面がある。久しぶりに会った兄に、ジャンヌは自分の身の上を語って聞かせる。彼女の夫は怠け者で家を出てしまったが、彼女は自分と子供たちを養うため懸命に働き、いくらか蓄えもでき、まっとうな暮らしをしていた。そこに夫が戻ってきて、働きもせず酒と博打に入れ上げ、ジャンヌから金を巻き上げる。しかも情婦まで同じ家の中に住まわせ、ジャンヌが不満を洩らすと彼女を殴りつけた。やがて家財道具を売って金に換えては遊興に費やすようになり、ついには娘に売春までさせようという気を起こす始末。このままでは自分も子供たちも破滅させられると悟った彼女は、ある弁護士のもとに赴いて事情を説明する。

絵に描いたようなぐうたら亭主と家庭内暴力である。しかし相談を受けた弁護士の主張によれば、民法の規定により夫は戸主であり、夫婦の共通財産制の主として家庭の財産を自由に処分する権利があるという。不幸な事態には違いないが、妻としては甘受するしかない……。ただ、家に情婦を住まわせているという情況はあきらかに違反行為なので、妻としては別居と財産分離を請求できる。しかし訴訟を起こすために、少なくとも四、五百フランはかかるという。それはジャンヌが一年間に稼ぐ賃金に等しいほどの金額なのだ。ピック＝ヴィネーグルは、働き者でまっとうな母親が自分と子供たちを守ろうとしているだけなのに、法外な金が必要とされるのは理不尽だと憤る。

彼の憤りは作者シュー自身のものでもあって、ジャンヌの悲惨な境遇を語った後に彼は、貧困のせいで民衆は法の保護さえ正当に受けられない、として司法制度の不備を糾弾する。

民事裁判所で訴訟を行なうには、わずかばかりの報酬でかろうじて暮らしている労働者には払えないほど多額の費用がかかる。

常に犠牲となるこの階級に属する一家の母親あるいは父親が別居を望み、そのためのあらゆる権利をもっているとしよう……。

別居はできるだろうか。

否、である。

なぜなら、そうした判決を得るための手続きに必要な四、五百フランという大金を調達できるような労働者は一人もいないからだ。

しかも貧しい者には家庭しか生活の場がない。労働者家庭の戸主の素行が良いか悪いかは単に道徳性の問題ではなく、パンを口にできるかどうかの問題なのである。

われわれが描こうとした庶民の女性の運命は、夫の不行跡や不貞に苦しむ裕福な女性の運命ほど関心や保護に値しないとでもいうのだろうか。

しかしおそらく、魂の苦しみほど同情に値するものは何もない。

不幸な母親にとって、そうした苦しみに加えて子供たちが悲惨な境遇に陥った場合、母親が貧しいばかりに法の保護を受けられず、自分も家族も怠け者で堕落した夫のいまわしい虐待に抗うすべもなく晒されるというのは、おぞましいことではないだろうか。

そして、このおぞましい事態は現実に存在するのである。(p.982-83)

こうした情況を改善するために、シューは訴訟費用を弁済できない労働者のために「貧者の弁護士」を創設するよう提言する。シューは、貧困の問題をめぐって文字どおり社会改良家としての相貌をあらわにしたし、読者もまたそのように受けとめた。

ジャンヌのエピソードと作家の注釈を含む章が『ジュルナル・デ・デバ』紙に掲載されたのが、一八四三年六月二、三日のこと。よほど読者に強い印象をあたえたらしく、その数日後からシューのもとには、貧しい民衆と裁判の関係をめぐってコメントする読者からの手紙が届く[17]。諸外国では、シューの提唱する制度がすでに機能していたらしい。オランダ、ピエモンテ、サヴォワ(先に指摘したように、シューが晩年を過ごすこの地方は当時フランス領ではない)ではすでに「貧者の弁護士」が制度化されているとして、フランスの司法制度の不備を嘆く者がいた。

他方、『パリの秘密』のエピソードに疑問を呈する読者もいた。たとえばヴォージュ地方の町ミルクールの民事裁判長リムーズは、ジャンヌの場合、刑法の条文に照らし合わせれば、検事当局に訴え出れば夫の暴力と迫害から保護してもらうための措置を講じてもらえたはずだと言う。そして軽罪裁判所で判決が下されれば、その後別居を求める訴えも起こせたし、その際の費用はごくわずかで済んだだろう、[18]と。これにたいしてシューは六月十三日付けの『ジュルナル・デ・デバ』の紙面を借りて、反論を試みる。確かに刑法にもとづいて事を進めることは可能かもしれないが、別居訴訟を起こさざるをえないのは常に女性で、その際の費用が小額だとはいってもやはり一〇〇ないし二〇〇フラン必要である。一日にせいぜい三〇スー（一フランは二〇スー）しか稼げず、それで一家を養わなければならない母親にとっては、たとえ一〇〇フランであってもほとんど調達できない金額なのだ、[19]と。

裁判官が自由裁量権を行使して、暴力を振るう堕落した夫を夫婦の居所から排除するよう命じることができる、とシューに指摘する者がいた。それにたいしてもシューは応じる。それは一時的な措置にすぎず、法にもとづく最終的な別居は民事裁判所の判決がなければ承認されない。そしてその判決にたどり着くまでの費用を、貧しい者は負担できないのである、と。

こうしてシューは、『ジュルナル・デ・デバ』紙に宛てた書簡の最後を次のように結ぶ。

　この書簡を閉じるに当たってもう一度言わせていただきたい。法のいくつかの分野では改良すべき余地があるし、その改良は有益で、大がかりで、重大なものになるだろう。問題の件に関していえば、私は次のように主張する。

軽罪裁判所の判決が、妻にたいしてひどい暴力行為をはたらくと告発された男を有罪と判断した場合、明らかに貧しいと分かる妻の要請があれば、実質的に無料で別居を認めさせることはできないだろうか。

私はこの提案を識者の検討に委ねたい。[20]

監獄制度をめぐる論争

『パリの秘密』では、首都にあったいくつかの監獄で繰り広げられるエピソードが語られている。監獄は闇世界の物語にいかにも似つかわしい空間であろう。シューは収容されている囚人の種類に応じて、四つの監獄を描き分けている。

もともと修道会の建物だったものをフランス革命時に牢獄に転用し、女囚を専門に収容していたのがサン゠ラザール監獄である。ここでは被疑者、一年以下の懲役囚、売春婦などが服役し、さらには不品行ゆえに親の命令で預けられる少女たちを矯正する感化院を兼ねていた。小説では、街娼に間違えられたフルール゠ド゠マリーが一時期ここに収容される。塀で囲まれた中庭には池や、木立や、ベンチがあり、囚人たちはここで一日一回の散歩を許されていた。

鐘の音が休み時間のきたことを告げ、格子窓の嵌った分厚い扉が開くと、女囚たちはがやがやと中庭に出てきた。

女たちは皆一様に黒い頭巾をかぶり、青い毛織物の長い上っ張りを身につけ、それを鉄のバックルのついたベルトでしっかり留めていた。二百人ばかりの娼婦がいた。売春婦を管理し、一般の法の適用外に置く特殊な政令に背いたせいで有罪を宣告された女たちである。
一見したところ、彼女たちの容貌にはなんら特別なところがなかった。しかし注意深く観察してみると、ほとんどすべての女たちの表情に、無知と貧困が生みだす痴呆化と悪徳の消しがたい痕跡が認められるのであった。(p.617)

サン＝ラザール監獄の中庭

無知と貧困は、『パリの秘密』のなかで作家が繰りかえし指摘する民衆の情況である。淪落の淵に沈んだ女たちの生は、そうした情況がもたらした社会現象であった。

他方、盗みの廉《かど》で公証人フェランに告発されたフランソワはコンシエルジュリに投獄される。こちらはおもに男の囚人を収容した監獄で、パリ裁判所に付属する施設だった。裁判を待つ者、あるいは裁判途中の者が一時的にとどまった場所である。フランソワは恋人リゴレットに、収監されたときの印象を次のように手紙で書き送る。

昨日僕は、パリ警視庁の留置場と呼ばれる所に連行された。暗い階段を上って、鉄の格子窓のついた扉の前にやって来たとき、僕がどう感じたかはとても言葉では言い表わせない。その扉は開けられ、僕が中に入るとすぐにまた閉まった。

とても動揺していたので、初めは何も見えなかった。僕の顔に吹きつけてきたのは、なま暖かく臭い風だ。大きな話し声が聞こえ、ときどき不吉な笑いや、怒った声や、卑猥な歌が混じっていた。僕は身動きひとつせずに扉のそばに立ち尽くし、部屋の砂岩の床を見つめ、みんなにじろじろ見られてると思いながら前に進むことも目を上げることもできなかった。

誰も僕のことなど気に留めなかった。囚人が一人増えようが減ろうが、奴らにはどうでもいいことなのだ。僕はついに顔を上げた。ああ、なんと怖ろしい顔立ちだろう！　ぼろぼろの衣服！　泥に汚れたぼろ着！　悲惨と悪徳を示すあらゆる外見を備えているではないか。坐ってる者、立っている者、あるいはまた壁に固定されたベンチの上に横になっている者など、四、五十人いた。浮浪者や泥棒や人殺したちで、みんな前夜あるいはその日のうちに逮捕された者たちだった。（p.683）

シューが描写する三つめの監獄は、フォルス監獄である。マレー地区に位置していたが一八四五年に壊され、その跡地にマザス監獄が作られることになる。フォルス監獄は入念に管理された兵舎や工場に似ており、一般に人々が監獄というものから想像するきたならしく不健全で、暗い穴のようなイメージからは遠い。問題は内部構造にあって、ここでは多数の囚人が犯罪の種類や軽重に関係なく雑居房に収容されていたことである。飢えのあまりパンを一切れ盗んだ少年が、殺人や傷害などを犯した凶悪犯と同じ房で寝起きをともにすれば何が起きるか。少年は凶悪犯によって堕落させられ、更正の見込みのあった者でも筋金入りの悪党に成り果ててしまうことが多かったのだ。シユーはそうした弊害を是正するために、囚人を個別に収監する独房システムを提唱する。

フランスでは王政復古から七月王政期にかけて、監獄制度の改革が世論を賑わした。この点に関しては、ミシェル・フーコーが『監獄の誕生――監視と処罰』で詳しく論述したところだが、要点を示せば次のようになる。新たな懲罰の精神は、フランス革命時代にさかのぼる。一七九一年に革命政府が起草した刑法典によって、犯罪者を監禁することが懲罰のおもな形態と見なされるようになり、さらには労役も付帯的な措置として加えられたのである（それまで投獄は、ガレー船のオールを漕げない老人、病人、女性、子供などに科されていた）。犯罪者を閉じこめ、隔離することによって、一方で社会という共同体を保護し、他方で犯罪者を更正させられるだろうと期待されたのである。監獄は犯罪者を矯正する訓育機能をもっていると考えられたのだ[21]。

一七九一年の刑法は、「被疑者」と「受刑者」を区別し、受刑者にたいしては罪の重さにおうじて徒刑監獄、懲役院、感化院などを割り当てた。さらに一八一一年には、刑法の精神にもとづいてパリにいくつかの中央監獄を設置する決定が下された。ただ、警察や裁判所が厳しさを増すにともなって収監者の数が膨らみ、監獄の不衛生なども指摘されて、この時代に監獄制度の改革は大きな政治課題の一つになっていたのである。一八三一年から翌年にかけてアメリカを訪れ、帰国後に有名な『アメリカの民主主義』を著わしたのはトクヴィルだが、彼のそもそもの目的がアメリカの監獄制度の視察にあったことはあまり知られていない。

改革論議では三つの方向が模索された。

第一は、それまで行なわれていた雑居制を維持するというもの。ただしこれは、犯罪者同士が日夜接触するため、お互いますます堕落し、出所してから再会し、結託してまた悪事に手を染める可能性が高い。第二はそれと反対に、一日中囚人を独房に入れて孤立させるというやり方。フィラデルフィアで初めて適用され、その所在する州の名にちなんで「ペンシルヴァニア・システム」と呼ばれた。フランスでは特にトクヴィルが推奨したシステムで、シューもその支持者だった。第三は、独房に入れるのは夜だけ、あるいは短期間に限定し、あとは共同作業場で労役に従事させるという折衷案である。それが初めて有効性を発揮したとされるニューヨーク州のオーバン監獄にちなんで、しばしば「オーバン・システム」と呼ばれた複合システムである。

第一の雑居制に賛同する者はやがてほとんどいなくなるが、専門家と当局は第二と第三のシステムのあいだで意見が分かれ、論争は十九世紀いっぱい続いた。こうした時代背景を念頭におくと、『パリの秘密』の作家が監獄制度をめぐって積極的に発言したことも理解できる。雑居制だったフォルス監獄のエピソードを語るにあたって、彼は次のように書き記している。

腐敗した者たちを集めれば、彼らの堕落はいっそうひどくなり、矯正できなくなるということに気づくのに、数世紀も要したとは！

要するに、社会を脅かしている犯罪というあのはびこる災厄を防ぐための手段は一つしかないということを認めるのに、数世紀も要したとは……。

その手段とは独房である！

多くの声のなかでわれわれのか細い声が考慮されないまでも、少なくとも聞き取ってもらえれば、われわれとしては嬉しく思う。われわれの声より力強く雄弁なその声は正当にも執拗なまでに、独房制度を完全かつ絶対的に適用するよう求めているのだから。（p.958）

死刑制度の拒否

シューが描いた第四の、そして最後の監獄は死刑囚が刑場に引っ立てられる前に留まるビセートルである。第十部で、マルシアルの母親と妹カルバスがパリ南東の郊外にあったこの監獄で死の時を待つ。内部の様子は次のように描かれている。


ビセートルでは、暗い回廊を通って死刑囚が幽閉されている独房に向かう。回廊にはところどころ格子の嵌った窓があり、中庭の地面より少しだけ高い位置に設けられた地下窓のようになっている。

独房の明かりは、扉の上部に作られた広い差し入れ口から採るようになっており、その扉が薄暗い通路に向かって開く。

この監禁室は天井が低く、壁はじめじめして緑がかっており、床には墓石のような冷たい石が敷かれている。ここにマルシアルのおかみと娘のカルバスが収監されていた。（p.1219）

手を動かせないよう二人の死刑囚には拘束衣が着せられる。やがて、ギロチンがスムーズに作動するように髪を短く刈り込まれ、護送車に乗せられて刑場に連行される。当時、死刑のための断頭台が設置されたのは、パリ南部サン＝ジャック市門であった。死刑執行はほとんど国家行事、政治的なセレモニーであり、公開だったので刑場には多くの野次馬が詰めかけた。民衆にとっては、例外的であるがゆえに刺激的な、異様であるがゆえに興奮をさそうスペクタクルだったのである。したがってシューが処刑のエピソードをカーニヴァルの祝祭と並行させたのは、民衆のエネルギーを相乗的に表象するという意味できわめて巧みな物語の戦略と言えるだろう。

しかし『パリの秘密』の作者は、社会の底辺を語るための絵になる情景として死刑囚の挿話を持ち出したわけではない。望ましい監獄システムに関して意見が割れたように、死刑という制度の是非をめぐっても当時は賛否両論がするどく対立していた。ちなみに日本はアメリカと並んで、現在も死刑制度を維持している稀な先進国の一つである。被害者の家族の心情への配慮と、社会的道徳を理由に制度の存続を求める世論は強いが、他方で、冤罪の危険や残酷さを根拠にした死刑反対論、あるいは死刑が確定している者にも刑を執行しないよう求める動きも、無視しがたい。古くて新しい問題だ。

ヴィクトル・ユゴーと並んで、シューは強硬な死刑反対論者であり、そのことをいささかも隠そうとしない。シューによれば、悔悛の情と無縁な根っからの極悪人は死など恐れはしない。捕らえられて死刑を宣告されることも覚悟のうえだし、死刑の恐怖の前でたじろいだりしない。すべてに絶望し、世界から見捨てられた犯罪者にとって死はむしろ救済かもしれない。他方で、すでに十分悔い改めている者には、法の名において公衆の面前で命を断たれるのはあまりに過酷な運命である。

受刑者にたいして死刑がどのような影響を及ぼすか、考えてみたことがあるだろうか。
彼らは厚顔なまでに皮肉に、死刑など無視する。
あるいは、恐怖心のせいで半死状態となり、気絶したまま死刑を受け入れる。
あるいは、深く誠実に悔い改めつつ、首をギロチンの刃に差し出す。
ところで死刑は、それを愚弄する者たちには不十分な刑罰である。
すでに倫理的に死んでしまった者には、無益である。
衷心から後悔している者には行き過ぎた罰である。

（中略）

われわれの考えでは、死刑という刑罰はあまりに野蛮で、同時に十分な脅威になっていない。

（p.1229）

要するに、死刑は潜在的な犯罪者にたいする見せしめにはならないし、したがって犯罪抑止力もないということである。社会が殺人者を死刑に処するのは彼を苦しめるためでも、犠牲者に代わって復讐するためでもない。彼が二度とふたたび、他人に危害を加えられないようにするためなのだ。そしてその目的のためであれば、死刑が最良の方策ではない。

ここで独房システムを支持する態度と、死刑に反対する姿勢が結びつく。凶悪犯が死よりも怖れる長期にわたる独房への監禁のほうが、有害で危険な人間を社会から排除するという意味でも、犯罪者自身に罪を償わせるという機能を果たすという意味でも刑罰として十分に有効だと、『パリの秘密』の作者は主張するのである。

現在、牢獄と徒刑場にいる犯罪者の世代は、独房システムの適用を耐えがたい拷問と見なすことだろう。

雑居制度の頽廃的な喧噪になれている彼らは（中略）、再犯で捕らえられた場合、それまでは陽気に自分の罪を贖《あがな》っていた汚らわしい世界から切り離され、独房に入れられて過去の追想と向かい合わせになる怖れがあると知れば、独房というぞっとするような罰を思って憤慨するだろう。（p.1019）

手練《てだ》れの犯罪人にとって孤立ほど嫌悪を催させるものはなく、独房より死刑のほうが望ましいくらいだろう。脱獄の危険があるというのであれば、犯罪人の目を潰せばよい（作中でロドルフが「先生」に加えた罰である）。盲目にしたうえで独房に隔離すれば、もはや脱走することも他人に危害を及ぼす怖れもない。死刑という手段に訴えなくても、社会は十分に秩序と安寧を守ることができるはずだ。さらに終身刑によって、殺人者は後悔と悔い改めの長い時間を生きなければならず、それをつうじて罪を償うことになる。

フランスでは一八四八年に政治犯の死刑が廃止され、死刑執行の公開は一九三九年が最後となる。そして一九八一年、社会党のミッテラン政権の誕生とともに、死刑制度が全面的に廃止された。

第三節　社会小説としての『パリの秘密』

預言者の時代

『パリの秘密』は首都の危険な闇を描き、犯罪と刑罰の世界を物語っただけではない。都市の秩序を脅かす無定型な群衆の動きや、社会の辺境性をことさら強調することだけが作者の目的だったわけではない。作品を書きすすみ、それが『ジュルナル・デ・デバ』紙に日々掲載されて読者の側からの反応が沸騰するにつれて、作家は民衆の生活をより全体的に捉えようと決意する。こうして作品はシューの当初の意図を超えて、社会小説としての色彩を濃くおびることになった。

十九世紀前半に隆盛を誇ったフランス・ロマン主義文学は、きわめて政治的で、社会的な文学運動だった。「ロマン主義」というと、わが国では理性にたいする感情の優越、情念の支配、夢想の世界、愛を謳う文学といったイメージで捉えられがちだ。もともと「ロマン主義的な、ロマン主義に関係する」という意味の「ロマンチック」という形容詞が、日常の日本語では空想的、非現実的といった言葉の同義語として使われているのが、そのことをよく示している。しかし、感情、情念、夢想などはロマン主義文学の重要な次元にはちがいないが、その一面にすぎない。ロマン主義は同時にきわめて政治化した、イデオロギー的な文学運動でもあった。少なくともフランスに関するかぎり、革命とナポレオン時代の激動を経て誕生した文学は、政治的・社会的になることが避けられなかった。

バルザックやスタンダールの作品については贅言を要しないだろう。ユゴーは戯曲作品において民衆の高貴さを讃え、『死刑囚最期の日』（一八二九）では、ある死刑囚がビセートル監獄で過ごす最後の一日の苦悶を語りつつ、死刑制度を弾劾する。一八三二年に相次いで刊行されたジョルジュ・サンドの『アンディアナ』と『ヴァランティーヌ』は、強制された結婚制度に抗議しながら、情熱の名において不倫を擁護する。ヴィニーの歴史小説『サン＝マール』（一八二六）は、十七世紀フランスを舞台に主人公とリシュリュー卿の対立をとおして、貴族と王権の葛藤を描き出す。政治とはもっとも疎遠と思われがちなミュッセですら、戯曲『ロレンザッチオ』（一八三四）ではフィレンツェの腐敗した宮廷での主君殺しのドラマを展開してみせた。

それればかりではない。

ロマン主義のイデオロギーは作家（当時はしばしば「詩人」によって代表される）に、社会のなかで特権的な地位を付与する。時代の諸問題を把握し、それを表現し、ときには解決策まで提示することが作家に要請されていたのである。リベラルな哲学者や歴史家、カトリックの思想家、さまざまな傾向の社会主義者、そしてロマン派詩人は、作家には果たすべき使命があり、尽くすべき大義があると認める点で一致していた。文学史家ポール・ベニシューの言葉を用いるならば、作家が「預言者」であることを求められていた時代なのである。現在では望むべくもないことだが、文学が社会のありうべき未来の姿を示しうると考えられていた時代だったのだ。

ウージェーヌ・シューも例外ではなかった。彼はまさしく『パリの秘密』を書くことによって、ダンディな作家から預言者へと変貌していった。彼はいくつかの領域で、既存の社会制度に異議を申し立てた。作家が作品を生みだすと同時に、作品が作家を変えたのである。

犠牲者としての女性

主人公ロドルフはあらゆる階層を横断し、パリのあらゆる界隈に出没することによって同時代の諸問題を浮き彫りにしてみせる。その一つが、犠牲者としての女性というテーマで、二つの側面から光を当てられている。

まず女性が、結婚制度においてきわめて隷属的な地位に甘んじていることが指摘される。ブルジョワや貴族においては、結婚とは家柄や財産の釣合いを考慮して決定されるものであり、本人同士の意志で結ばれる関係ではなかった。バルザックの『谷間の百合』やサント゠ブーヴの『悦楽』など、不幸な結婚をした女の物語は当時の文学で枚挙にいとまがないし、だからこそ人妻と青年の恋愛が、ときには不倫にまで発展して大きなテーマになりえたのだ。結婚した女性は、旧姓を名乗ることができず、子供にたいする親権も認められなかったから、女性はきわめて不利な情況を強いられていた。女性がそうした立場を諦念をもって受け入れ、忍従できるうちは波風が立たなかっただろうが、もはや忍従できなくなったときに何が起こりえたか。

このケースを例証するのが、ロドルフの友人ダルヴィル侯爵夫妻である。不倫の罠にはまりそうになった自分の窮地を救ってくれたロドルフに、ダルヴィル夫人はみずからの生涯を語り聞かせる。愛する母の死、老いてから若い未亡人に籠絡され、彼女と再婚してしまう父、その継母の自分にたいする憎しみ……。若い妻に操られる父は、娘を厄介払いするためダルヴィル侯爵との早急な結婚を強いる。気の進まぬまま結婚をしてみれば、初夜のベッドで、夫は秘められた持病であるてんかんの発作を起こして新妻を唖然とさせ、生まれた娘にもそれが遺伝していた。

現代ならフランスでも日本でも、愛のない、あるいはもはや愛のない結婚は離婚によって合法的に解消できる。しかし当時のフランスでは、別居や財産分離はできても、離婚は認められていなかった。革命時代の一七九二年にいったんは法律で承認されたが、王政復古期の一八一六年にあらためて禁止されてしまったのである。政治家と法曹家たちの長く忍耐強い努力が奏功して、ふたたび離婚法が制定されたのはようやく世紀末の一八八四年のことだ（法案の起草者の名にちなんで「ナケ法」と呼ばれる[22]）。したがって十九世紀の大部分の時期にフランスでは離婚が認められていなかったということを、忘れてはならない。

ダルヴィル侯爵夫妻の場合も、もしそれが可能ならば不幸な絆を解消するためにもっとも有効な方策は離婚だったろう。ダルヴィル侯爵は高潔な人柄の妻クレマンスを敬い、愛しているが、彼女の愛が自分に向けられていないことを知っている。てんかんという呪われた病いの身でありながら、若きクレマンスを欺瞞的に娶ったことで後悔の念を感じてもいる。自分には彼女を幸福にしてあげることができない。侯爵は妻を愛するからこそ、妻を自由の身にしてあげたいと願う。法的に解消できない結婚という束縛から彼女を解放してやる唯一の手段は、自分がこの世から消え去ることだ。そこで彼は偶発事に見せかけて、ピストルの銃口をみずからに向ける。

かくして、ダルヴィル氏はこの偉大で、つらい自己犠牲の行為に出たのだった。
もし離婚が存在したなら、この哀れな男が自殺などしただろうか？
否！

結婚パーティならぬ「離婚パーティ」。1884年の離婚法成立の直後に発表されたカリカチュア。シューの時代にはありえなかった光景である。

> 彼は自分が引き起こした不幸の一部を償い、妻を自由にしてやり、妻が別の男と結婚して幸せになれるようにできただろう。（p.605-06）

シューはジョルジュ・サンドとならんで、もっとも徹底した離婚賛成論者である。サンドが結婚を、女を男と社会に隷属させるもっとも忌まわしい制度として告発したように、そして愛の名において不倫を正当化したように、シューは愛のない結婚を続けることが倫理に反することだと考えた。『さまよえるユダヤ人』には、今日の事実婚を積極的に擁護するような一文さえ読まれる。「もしわれわれ男女が永遠に愛し合うのなら、結婚という絆が必要だろうか？　またもし愛が終わったら、その絆が何の役に立とうか？」

社会における女性の劣等性を示す第二のケースは、男に誘惑され、棄てられた女の運命である。『パリの秘密』でそうした哀れな運命を体現しているのが、ルイーズ・モレルだ。ジャック・フェランのもとで女中奉公していた彼女は、彼女の美しさに目をつけた主人に阿片を飲まされ、眠っている間に凌辱されてしまう。その結果妊娠するのだが、もちろんルイーズはまっとうに子供を産んで育てるわけにもいかず、やがて月足らずの子を死産し、フェランの屋敷の庭に埋葬する。そして、それが露呈すると嬰児殺しで断罪されるのである。社会の審判者を認ずるロドルフはルイーズに同情し、法の不正を断罪する。

これは女性を汚らわしいやり方で乱暴に服従させることであり、野蛮でおぞましい隷属だ。女性はぞっとしながら主人の情欲に涙で応じ、触られれば嫌悪と恐怖のあまり身を震わせながら応えるしかないのだから。

それに、とロドルフは思った。女性にとってはなんと悲痛な結末だろう。その先に待っているのはほとんど常に堕落と、売春と、盗みにほかならず、ときには嬰児殺しなのだ！　それなのに、法はこうした点にはまったく関知していない！（p.525）

都市の庶民階級にとっては避妊の知識も実践もほとんど無縁だったし、そもそもカトリック当局は避妊を認めていなかった。望まぬ子を孕んだときでも、堕胎は犯罪だった。それでもひそかに、非合法的に堕胎するときは、いかがわしい医者や産婆の手を借りねばならず、妊婦はしばしば死の危険にさらされたのである。理由の如何にかかわらず、私生児を生んだ女性にたいして社会と法は寛容でなかった。原因となった相手の男がいるわけだが、当時の法律はこうした場合でも、もっぱら女の責任を問うた。そもそも民法の規定によれば、私生児が生まれた場合、誰が父親かを詮索することが禁じられていたのだ（民法三四〇条）。

さまざまな理由で捨てられる乳幼児を収容する施設

　私生児の多さ、嬰児殺し、幼児遺棄は大きな社会問題だった。とりわけ大都市の庶民階級においては、生まれる子供全体に占める私生児の割合がきわめて高かった。さまざまな理由から育てられない女性はしばしば乳幼児を遺棄してしまうのだが、その悪弊を防ぐために教会や公的機関で、女性の匿名性を守ったうえで乳児を引き取るシステムが設けられもした。遺棄や殺害よりは、第三者が育てるほうがいいという考え方である。しかしこうした制度にたいしても、それはかえって私生児の誕生を安易に助長する、男女間の性的風紀を乱すとして反対する者がいた。

結婚における女性の隷属にしても、誘惑された女性の哀れな運命にしても、女性はあらゆる権利を剝奪され、法的な保護を受けられなかった。そこでは女性の身体が、男性社会の原理によって翻弄され、犠牲にされた。身体にこそ、ジェンダー的な不平等がもっとも明らかに露呈していた。女性が自由と法的な平等を手に入れ、みずからの身体をみずからが処することができるようになるまでには、まだ長い時間を待たねばならないだろう。フェミニスト、ウージェーヌ・シュー? たしかにそうとも言える。少なくとも、彼は家庭と男女の繫がりをめぐる社会の矛盾をよく認識していた。

社会が犯罪を生みだす

前節で犯罪とそれに付随するテーマを論じたが、そもそもシューにとって犯罪は一部の集団に必然的な現象ではなく、社会によって生みだされるものだった。犯罪は社会秩序を脅かす、たしかにそうだ。しかしそれは、制度や法の不備にたいする異議申立てでもあった。保守的なブルジョワ層が信じたがっていたのとは異なり、犯罪は一部の階級の特殊な人間性に由来するのではなく、社会構造そのものにも責任がある。シューはここで本性か社会かという問いを提出しているわけで、十九世紀末に犯罪の原因をめぐって犯罪人類学者たちのあいだで繰り広げられることになる、「遺伝」か「環境」かという論争を先取りしている。先に言及した第十部のカーニヴァルのエピソードのなかで、場末に蝟集した胡乱な者たちの相貌を描いた後で、作家は次のように警告するのである。

この怖ろしい場面が、絶えず社会を脅かしている危険を象徴化してくれればいいのだが！　考えてほしい。こうした盗人と殺人者たちの種族が増殖し、結託して不安を引き起こしているのは、抑圧的な法の欠陥に対する一種の抗議そのものであるということを。それはとりわけ、あの棄てられた、あるいはひどい悪例のせいで堕落した不幸な者たちの群れを、子供時代から監視し、教化するための予防策や、先を見越した立法や、大規模な保護制度がないことに対する抗議そのものである。繰りかえし言うが、この恵まれない者たちにしたところで、神が他の者たち以上に邪悪な人間に仕立てたわけでも、より善良な人間に仕立てたわけでもない。ただ生まれついて以来這いまわっている貧困と、無知と、愚鈍の汚辱のなかで癒しがたいほどに頽廃し、腐敗していくのだ。（p.1238）

たしかに、貧しい民衆の一部はほとんど日常的に反社会的な行動に走るが、それは一部の人間の逸脱した行為にすぎない。問題にすべきは民衆が堕落していることではなく、そうした堕落を引き起こす社会のメカニズムにほかならない。犯罪は嘆かわしい現象には違いないが、それは抑圧すべき悪というよりも、むしろ治療すべき病いなのだ。民衆は都市から排除すべき集団なのではなく、その情況を改善したうえで都市に組み入れるべき集団なのである。こうしてシューは、犯罪の防止を社会の衛生学の視点から語っていくのだが、それはフレジエやビュレと通底する視点だった。

おそらくいつか、社会は認識してくれるだろう。悪は偶発的な病いであり、体質的な病いではないこと、犯罪はほとんど常に本能と性向が変質したために生じたものであり、その本能と性向は本質的には常に善良なのだが、無知、エゴイズム、あるいは支配者の無為のせいで歪み、堕落したものだということ、肉体の健康と同じように心の健康も、健全で保護的な衛生学の法則に厳密にしたがっているということを。

誰もが欲望をもち、幸福への期待をいだく。そうした欲望や期待はときに衝突し、対立することが避けられない。それを調整するのが社会の機能であり、為政者たちの任務なのではないか。

神はすべての者にひとしく、強靱な器官、激しい欲求、物質的な充足への欲望をお与えになった。そうした欲求を均衡させ、満足させるのは社会の役割である。

民衆の不幸の原因は「無知」と「貧困」である（この二つの言葉は、ライトモチーフのように『パリの秘密』のなかに頻出する）。それを撲滅するために必要なのは教育と、労働の正しい配分ということになろう。ここでもまたシューは、フレジエら社会改良家と同じ見解を表明する。

貧困と無知に蝕まれた不吉な地帯には、心のすさんだ病的な人々が住みついている。そうした汚水溜めを清潔にし、教育と、働くことの喜びと、公平な賃金と、正当な報酬をあたえてやりたまえ。そうすればたちまち病的な顔をした人も、心の萎えた人も生まれ変わって善をなすようになる。善こそは魂の健康であり生命なのだから。(p.958)

しかしながら当時の人々すべてが、こうした社会改良をめざす言説を十分に把握したわけではない。『パリの秘密』は、醜悪で倫理観を欠いた民衆を登場させ、あたかもそれがパリの民衆を体現しているかのように物語っている。例外にすぎないものを、まるで原則そのものとして提示しているではないか、という批判があった。その批判は、イデオロギー的にシューからけっして遠く隔たっていない作家たちの側からも、発せられることになる。ミシュレは『民衆』(一八四六)の序文(それは友人エドガール・キネに宛てられた書簡という形式をもつ)で、明らかにシューの作品を念頭に置きながら次のように書き記していた。「大きな才能を感じさせる、怖ろしいほどに幻想的な小説では、警察が前科者と解放された徒刑囚を集めたある地区の生活が、まるでフランスの都市一般の生活であるかのように語られている」。また一八四〇年代後半から田園小説の作家となったジョルジュ・サンドは、同じ年に刊行された『魔の沼』において、「貧困の汚辱」、「きわめて醜く、低劣で、ときには頽廃していて犯罪的な貧しさ」をことさらのように描く同時代の作家たちにたいして、不満を隠さなかった。[23]

民衆と貧困

社会の病弊を語るに際して身体の領域に属する言葉を用いるというレトリックは、当時しばしば見られた。社会問題は、衛生学や生理学のモデルにならって論じられたのである。そうした社会問題のなかでもっとも焦眉の課題だったのが、民衆の貧困であった。

文学には世紀によって、あるいは時代によって、支配的なテーマ系というものが存在する。各時代に固有の重要なテーマがあり、それは時が経つにつれて移り変わっていく。十八世紀文学の特権的な主題は、十九世紀になるとしばしば付随的なエピソードにすぎなくなるし、十九世紀の大きな主題も二十世紀にはもはや作家たちの想像力を刺激しない。二十世紀を特徴づけるいくつかの主題にしても、二十一世紀にはインパクトを失っていくだろう。

十九世紀フランス文学についていうならば、革命、ナポレオン神話、都市空間としてのパリなどと並んで、「民衆 le peuple」が中心的なテーマの一つであり、それをめぐって多様な言説が綴られ、数多くの物語が書かれることになった。そこで展開する主題と変奏は、民衆の現実と希望、その地位と使命についての議論が、十九世紀をつうじて執拗に続いたことを証言している。民衆という言葉は想像力と社会性、文学的・思想的表象と社会的な実践を接合させる概念、個人と集団が歴史と社会のなかにおけるみずからの位相を定義し、座標を定めるための概念にほかならなかった。その意味で、十九世紀の巨大な神話の一つだったのである。(24)

ユゴーやミシュレとともに、シューは十九世紀前半において民衆を表象した代表的な作家の一人だった。民衆と犯罪や暴力の結びつきについてはすでに述べたが、それは『パリの秘密』の重要なテーマではあっても、民衆がすべて犯罪者として描かれているわけではない。パリの労働者階級が一様に「野蛮人」で、「危険な階級」だったわけではない。シューの小説が成功を収めたのは、そのような集団と対比されるかたちで善良な民衆を登場させたからである。新聞小説のレトリックは、さまざまな社会階層における善と悪、美と醜を明瞭に際立たせることを要請する。上流階級においてはロドルフとダルヴィル侯爵夫人が善を、サラが悪を体現し、ブルジョワジーにおいてはフランソワが善、フェランが悪を代表するように、民衆の場合、「先生」や「みみずく」が邪悪さの権化だとすれば、モレルとリゴレットは庶民の廉直さをあらわす。性悪な民衆がいれば、善良な民衆もいる。その二元論はすがすがしいほどに明瞭である。

しかし、善良な民衆はほとんど常に貧しい。善良であるがゆえに貧困に陥りがちなのだ。ヴィレルメとビュレは、無知、怠惰、放蕩、飲酒、先のことを考えずその日暮らしをすることなどが労働者の貧しさの原因だとしたが、それだけではない。個人の生活態度とは無関係に、貧しさを生みだす要因があったのである。たとえば飢饉になれば物価が高騰し、普段であればなんとか生活している低所得者層の暮らしは逼迫する。不況の影響で失業したり、仕事量が減ったりしても同じような情況がおこる。いずれも一時的な貧しさの状態である。

それに対して、家族状況と産業構造それ自体から不可避的に生じてしまう貧困はほとんど慢性的で、経済事情が好転してもすぐに改善されはしない。都市労働者の貧困はしばしばそのケースに相当する。(25) 事情は他のヨーロッパ諸国でも似たようなもので、ビュレはフランスとイギリスの労働者階級の貧困を並行的に記述した。また同じ頃、作家フロラ・トリスタンは『ロンドン散策』(一八四〇)において、やはりイギリスの工場労働者の悲惨を叙述している。非衛生的な作業場に長いあいだ閉じこめられ、汚れた空気といっしょに木綿や亜麻の糸くず、鉄や鉛の粉を吸いこまされ、し

パリの住宅の断面図。貧しい労働者や学生は最上階の屋根裏部屋に住む。

ばしば結核に蝕まれた、痩せて青白い「現代の奴隷」たちだ[26]。後にエンゲルスの『イギリスにおける労働者階級の状態』（一八四五）があらためて喚起するテーマである。その関係をどのように規定するにしろ、民衆と貧困の接合は避けがたい主題だった。

シューの作品も例外ではない。シューの特徴は、貧困をもっぱら犯罪性と結びつけるという単純さに陥らなかったことである。貧困は否定しがたい現実であるが、しかしそれが民衆の存在を包摂するわけではない。『パリの秘密』のなかで貧しさにもかかわらず廉直であり続ける労働者、清貧を体現する労働者がモレルである。

第三部第十八章はまさしく「貧困」と題されており、モレル一家の窮状が描かれている。危険で不吉な階級としての民衆が、シテ島に住みながら闇夜のなかでうごめくとすれば、善良な民衆は夕ンプル通りに住み、その生活を描くページは朝の五時から始まる。そして一家が暮らす屋根裏部屋は次のように描写されている。

四角い小さな板の上に置かれた二つの木片が支えになっているろうそくが、黄色いどんよりした光で屋根裏部屋の闇をかすかに照らしていた。それは狭苦しく、天井の低い陋屋で、急勾配の羽目板が屋根からのびて床板と鋭い角度をなしていた。緑がかった屋根瓦の裏がいたるところに見えた。

古くなって黒ずんだ漆喰を塗り直した仕切り壁はあちこちに亀裂が走り、朽ちた木舞が見えていた。それが薄い壁板になっているのである。仕切り壁の一つに、はずれた扉が階段に向かって開くようになっている。

名状しがたいような色の床は臭くてぬるぬるしており、あちこちに腐った藁くずや、汚いぼろ布や、動物の骨が散らばっている。貧乏人は腐肉の転売人からそれを買って、骨にへばりついている軟骨をしゃぶるのである。

身の毛がよだつほどのこうした無頓着が告げているのはきまって放蕩か、あるいは清貧である。(p.420)

モレルはまじめで腕の立つ宝石細工職人だが、狭くじめじめした部屋で仕事台にかがみ込んで、研磨機を右腕で回しながら一日十五時間働くという生活が何十年と続き、栄養不良も作用してその身体は虚弱で、いくらか歪んでいる。しかも彼は妻、義母、そして五人の子供の生活を支えなければならない。妻は病弱で寝込むことが多く、義母は痴呆状態で暴れるし、四歳の末娘は結核を患っている。季節は真冬、外では雪が降り積もっている。飢え、寒さ、病気におそわれたこの一家は絶望的な悲惨のなかで生きている。寝藁を替えてもらえる家畜のほうが彼らより恵まれている、とさえ語り手は言う。長女ルイーズはフェランのもとで女中奉公をしていたが、彼に凌辱されて身ごもってしまったことは先に述べたとおりである。

今日もモレルは長い仕事の疲れのせいで、作業台に寄りかかってうとうとしてしまう。その彼を目覚めさせるのは飢えた子供たちの泣き声であり、苦しむ妻のうめきであり、狂った義母の喚きである。義母を鎮めるためには鞭を鳴らさなければならない。

モレル一家の窮状に追い打ちをかけるような出来事が起こる。あるときモレルはお客から預かった宝石の原石をなくし、それと同じものを買うためフェランから借金したのである。フェランは表向きは公証人だが、裏では法外な高利で金を貸し付ける副業を営んでいたのだった。当時の民衆にとって借金するというのは最後の手段で、返せない場合は監獄が待っていた。モレルにしても返済の期限が迫っているのだが、もちろん返済できる見込みはない。やがてフェランが債務不履行で訴え、警察の者がやって来てモレルを逮捕しようとするが、ロドルフがみずからの金でその場を救う。

こうした細部はたしかにメロドラマ的な道具立てには違いないが、当時の貧しい職人のなまなましい実態であることも事実であった。そしてシューの注釈によれば、モレルこそ、貧しさのなかで清廉さを失わず、欠乏の生活を宿命づけられながらも勤勉さを保ち、静かな諦念をもって生きている多くの人間たちを代表しているのだ。貧しい階級はかならずしも堕落を運命づけられていない、働く階級はかならずしも危険な階級ではない。危険な連中はいたにしても、貧困に耐える人々のほうが多数派だった。『パリの秘密』は犯罪の世界を活写すると同時に、善良な民衆の存在を強調することも忘れない。

力や恐怖ではなく、倫理的な良識が民衆という恐るべき大洋を抑止しているのだと考えれば、人は慰められるし、気高い感情をいだく。荒れ狂った海が防波堤や城砦を打ち砕いてしまうように、民衆という大洋が氾濫すれば社会全体を呑み込み、社会の法や力など無視するかもしれない！

だからこそ、これほどの不幸と健気さと諦念にたいしていくらかの光を求める寛大な知性の持ち主たちには、心の底から共感を覚えるのだ！（p.422）

「寛大な知性の持ち主たち」とは社会主義者たちを指している。シューが自分の作品の執筆をつうじて社会主義に接近したように、社会主義者たちは『パリの秘密』が労働者階級の現実にブルジョワ読者層の目を開かせ、社会福祉的な政策への関心を呼びさましたことを評価する。シューの小説はきわめて啓蒙的な物語だったのである。

フレジエやビュレは不備の多い行政的な統計資料にもとづいて、労働者階級を犯罪と堕落の温床のように描いたが、彼らには労働者の生活の実態が分かっていない、と同時代の民衆読者は感じていた。そうした読者から見れば、『パリの秘密』で語られているモレル家の運命こそはパリの労働者の正確な肖像であり、だからこそこのエピソードは圧倒的な支持と共感を得たのだった。識字率がきわめて低い労働者たちは、みずからの情況について語る能力も手段も欠いていた。当代の人気作家シューが新聞小説において首都の民衆の相貌を描出し、それが大きな反響を呼んだことで、民衆はみずからの代弁者を見出したのである。

第四節　ユートピアの諸相

ユートピアに向けて

シューは司法や監獄制度の改善を求め、労働者階級の困窮をまざまざと描破しただけではない。「私は社会主義者だ」と叫んで小説を書き始めた彼は、『パリの秘密』においてユートピア的な共同体を構想してみせた。パリ郊外ブクヴァルの農場である。このエピソードは第三部第六章で、農夫の一人シャトラン親父が良からぬ魂胆を抱いてブクヴァルにやってきた「先生」に解説するというかたちで語られている。

シャトラン親父の言によれば、ある日ロドルフは考えた。「私は裕福だが、裕福だからといって一日に二度も夕食をとるわけではない。それならまったく夕食を口にできない人々、あるいは十分に食べられない者たちが満足できるように自分の富を活用すべきではないか」。富める者が社会の弱者を救うために、みずからの富を利用しようというわけである。こうしてロドルフはブクヴァルにあった荒れ地同然の農地を買い取り、その経営をジョルジュ夫人に任せたのだった。この農場には、働く意欲があっても仕事にありつけない実直な者だけが雇われ、技術があっても意欲に欠ける者は受け入れてもらえない。

民衆は世の中に豊かな人と貧しい人がいることをよく知っている。階級の分化はきびしく、それを乗り越えることは不可能に近い。豊かになるためには、豊かに生まれなければならないというのが社会の掟ではないか。民衆は過酷な労働に耐え、苦しい貧困を甘受しなければならず、富がもたらす安楽という幸福など一生知らずに朽ちていく。これ以上働いたとて何になろう？　勤勉さえ自分たちの運命を改善してくれないではないか？　熱意や善行が報われないのであれば、熱意をもち、善行に励むことなど無益であろう。家畜のように忍耐強く、従順で、愚鈍であれば十分であろう……。

ロドルフが戒めようとしたのは、こうした民衆の諦念である。諦念から無気力までの径庭は小さく、無気力から悪徳への距離はさらに小さい。多くの人間はことさら善良でもなく邪悪でもないし、とりわけ悪事や善行を行なうわけでもない。そうした平凡な人々の状態こそ、まさに改善する必要があるとロドルフは確信するのである。

彼らが活動的で、賢明で、働き者で、教育をしっかり受け、義務に奉仕すれば、自分のためになるのだということを理解させよう。より良い人間になることによって、彼らは物質的により幸福になるのだということを示してやろう。そうすれば皆にとってためになる。立派な忠告が実を結ぶようにするため、正しい人々を天国で待っている幸福がどんなものか、いわばそれをこの地上でいくらか知らせてやろうではないか。（p.342）

このように決断したロドルフは近在の村長と司祭に問い合わせて、最良の男女を一定数集めてブクヴァルの農場に住まわせ、食糧を提供する。農作業にたいする報酬は十分に支払い、しかも収穫から得られる収入の五分の一は農民たちのあいだで均等に分割される。要するに、労働から上がる利潤を、労働者自身にできるかぎり享受させるというシステムが確立していたのだ。農民は二年までブクヴァルに留まることができ、その後は他の人々にチャンスをあたえなければならないが、五年経過すれば再び資格が付与される。ブクヴァルの農場は近在の農民にとってまさに夢の農場であり、それが彼らの心性まで変えていく。

活動的で、正直で、働き者になろう、行ないを正しくして注目されるようになろう。そうすればわれわれもいつかはブクヴァルの農場で雇ってもらえるだろう。あそこでは二年間、楽園のような暮らしができるし、仕事の腕前も上げられる。小金も貯まる。そのうえ、ブクヴァルを出た後は引く手あまただ。何しろここで雇ってもらうためには、立派な人間だという証明書が必要なんだから。(p.343)

ここで描かれているのは、民衆の善意と活動にもとづいた理想の農業共同体である。不毛の土地は改良されて見事な農場に変貌した。ブクヴァルは農民の倫理と向上心を高める人間教育の場であり、さらには生産と分配の正義を実践する近代空間として構想されている。こうしたシステムのなかには、十九世紀前半に隆盛をきわめた社会主義思想の反響を読みとることができよう。

実際、『パリの秘密』が『ジュルナル・デ・デバ』紙に連載されていた頃から、読者はそこに社会主義ユートピアの物語的な表現、とりわけフーリエ主義者たちの理想共同体「ファランジュ」の形象を認めたのだった。「ファランジュ」の主要産業は農業であり、そこで暮らす人々はおもに農作業に従事することになっていたからである。フーリエとその弟子たちが構想したファランジュの住居「ファランステール」は四階建てで、馬蹄形をし、建物の内部は冷暖房が完備され、共同の食

理想共同体「ファランジュ」の一プラン

堂や集会室や娯楽室が設けられ、中庭には樹木、池、花壇などが整然と配列されることになっていた。このユートピアに較べると、ブクヴァルの農場ははるかに小規模で単純な組織になっているが、シューが同時代の社会主義理論に通暁していたことは明らかであろう。

しかし社会主義にとってもっとも焦眉の課題は、都市住民や工場労働者の生活をいかに改善するかということだった。それもまた『パリの秘密』の作者の関心を惹いたことは言うまでもない。読者であった社会主義者たちは、シューが民衆の貧困、労働者階級の情況、「労働の組織化」（ルイ・ブラン）、労働者の社会福祉といった問題に世論の関心を向けさせたとして、高く評価したのである。フーリエ派の機関紙『平和的民主主義』は、シューの小説が新聞に連載中からしばしばその好意的な書評を掲載した。一八四三年八月二十日には長い批評が載り、そこでシューの作品は「プロレタリアの生活を語りつくした冒険物語である」と称賛されている。そしてまた『パリの秘密』が機縁となって、シューはサン＝シモン派の機関誌『民衆の巣箱』に寄稿するようになる。

彼らがシューに書き送った称賛の手紙が多数残されている。サン＝シモン派の領袖プロスペル・アンファンタンは「あなたが現在なさっていることはとても美しく、素晴らしいことです」（一八四三年七月二十日）[27]と讃えた。フーリエ理論の啓蒙書を刊行し、それを賛嘆と共感のしるしとしてシューに献呈したガティ・ド・ガモン夫人ゾエは、「私から見れば『パリの秘密』は、今日出版された書物のなかでもっとも深遠で、もっとも哲学的で、もっとも倫理的な書物の一つです」（一八四三年六月六日）[28]と述べている。カトリック的社会主義を代表する思想家フェリシテ・ド・ラムネーは、シューが社会の不幸と悪徳をあざやかに描破したと強調して、次のように書き記す。「あなたの作品はみごとで、道徳的で、有益です。愚か者や意地の悪い者には好きなように言わせておきなさい。作品はいずれ実を結ぶでしょう。あなたは眠っていた人々をふいに目覚めさせたのですから」（一八四三年九月七日）[29]。

シューの社会主義理論への関心を示すもう一つの例は、前章で簡潔に触れた「貧者の銀行」をめぐるエピソードである。モレル一家の窮状を目にして心を痛めたロドルフは、フェランに資金を提供させて貧しい庶民を救済するための銀行を創設する。モレルのように勤勉でまじめな労働者でも、なんらかの理由で一時的に職を失ったり、病いに倒れたりすることがある。そのとき彼がすがったのは、たとえ窮状が改善されないと分かっていても、高利貸しだった。この悪弊を防ぐために、「貧者の銀行」はそうした人のために無利子で、かつ担保なしに金を融通するという制度である。

このエピソードにたいする読者の反応は大きかった。一八四三年七月末にこのエピソードが新聞に掲載されると、その直後から賛同と称賛の手紙がシューのもとに寄せられた。そして、そうした制度がすでに存在することを指摘する便りも届いた。北フランスの町リールに住むマティルド・シャルロティという女性が、ベルギーのゲントの公営質屋はある司教の多額の寄付により、貧しい人々が質草を預けるだけで利息なしに金を借りられると指摘する（手紙、第一五三）[30]。南仏トゥールーズのある検察官は、「貧者の銀行」と同じ原理にもとづく「慈善貸付け協会」という制度がトゥールーズにあり、品行正しい労働者には無利子で三〇〇フランまで融資していると、シューに教える。篤志家たちの寄付によって創設されたこの協会の活動には市当局も同調し、市庁舎のなかに協会事務局を設置するまでになったという（手紙、第一五四）[31]。

理想の工場

『パリの秘密』で理想的な農業共同体を描いたシューは、次作『さまよえるユダヤ人』において、パリの近郊に「理想の工場」を設定している（第十四部第二、三章）。作中人物の一人アルディ氏が経営する工場である。

ときは産業革命の時代、すでに蒸気機関や鉄道が出現していた。農業人口が国民の多数を占めていたとはいえ、都市部では工業生産の割合が高く、職人や工場労働者の生活条件が大きな争点になっていたことは、あらためて繰り返すまでもない。社会主義ユートピアは、田舎の農業共同体と都市の工業共同体の二つを射程に収めていた。シューは二つの作品で、異なるユートピアを描き分けてみせたのである。
アルディ氏の工場では、資金を出す資本家と、工場の運営を託された技術者と、実際の作業にたずさわる労働者が調和ある共同体をかたちづくっている。工場とそこで暮らす人々の生活を司る原理はいくつかある。彼らに快適な環境を保証してやること、労働者に教育をほどこし、彼らが自分に自信をもてるようにすること、酒や賭博といった娯楽ではなく、知性と芸術の楽しみを教えてやること、幸福な生活をとおして人間を教化すること……。そうした彼らが住むのは、明るく、衛生的で、緑に恵まれた「共同の家」と呼ばれる建物である。

パリから一里、健康的でさわやかな場所にあるこの巨大な建物は、朝日を浴びて輝いていた。その場所からは、大都市パリを見下ろす樹木の植わった美しい丘陵が望まれる。労働者の共同の家ほど外観が質素で、陽気なものはない。赤い瓦で覆われた山小屋風の屋根が白い壁越しに張り出し、それを横切るように煉瓦でできた広い土台が見える。煉瓦の土台は、二、三階の窓を覆っているよろい戸の緑色と快いコントラストをなしている。これらの建物は南と東に面し、一〇アルパン〔一アルパンはおよそ五〇アール〕もある広大な庭に囲まれていた。庭には五の目型に木が植えられ、野菜畑や果樹園もあった。(32)

労働者が生産にたずさわり、日常生活を営む建物は快適で、ほとんど絵画的なまでに美しく、色彩豊かな様相を呈している。ここでもまた、フーリエ的なファランステールの影響があきらかに看取される。アルディ氏はフーリエやコンシデランの忠実な弟子なのである。この「共同の家」で、アグリコルという労働者は次のような住居で暮らしている。

その住居は三階に位置し、真南に面し、庭を見下ろせるようなきれいな寝室と小部屋からなっていた。樅の木の床は申し分なく真っ白で、鉄製のベッドにはとうもろこしの葉を詰めた布団と、気持のいいマットレスと、柔らかい毛布が備えつけられている。部屋は美しい壁紙とカーテンで飾られ、必要となればガス灯で照明が得られ、伝熱装置で快い暖をとることができる。整理ダンス、くるみの木でできたテーブル、数脚の椅子、小さな書棚、そうしたものがアグリコルの家具だった。[33]

『パリの秘密』で描かれていたモレルのみすぼらしい部屋とは、なんという違いだろう！ 暗く、不潔で、じめじめした陋屋が、明るく、清潔で、庭に面した部家に変貌したのだから。シューにとって理想の共同体は組織や制度の問題であるとともに、建築の問題でもあるのだ。生産と分配と消費の空間であると同時に、日常的な生活の空間なのである。

マルクスがシューを断罪する

『パリの秘密』で展開されている社会主義的な実践をめぐって作家に寄せられたのは、ほとんど称賛の手紙ばかりだった。フーリエやサン＝シモンの後継者たちという知識人だけでなく、首都や地方の労働者からも共感の手紙が寄せられた。この作品によって、シューは社会主義のイデオローグと衆目から認められることになった。しかしこの点でも、『パリの秘密』に対して批判の矢が向けられた。もっとも研ぎすまされた矢は、思想的立場も国籍も異なる二人の人間によって放たれることになる。

自由主義派の経済学者・ジャーナリストであるルイ・レボー（一七九九―一八七九）は、一八四〇年に『現代の社会改良家あるいは社会主義者に関する研究』を著わす。その後版を重ね、一八四三年に付け加えられた「社会と社会主義」と題する章では、フレジエやパラン＝デュシャトレの著作に言及しつつ、社会問題に深く関わっている作家としてジョルジュ・サンドとウージェーヌ・シューの名前を挙げることを忘れない。彼らに共通するのは、人間の悪や不幸をもっぱら社会のせいにして個人を免責していることだ、とレボーは語る。

激しい情動、ありえないような感情、呪詛、瀆神の言葉が、現在理解されているような物語作法において大きな位置をしめている。読者からもっとも強い支持を得ている考え方を刺激しているのは、社会への反抗である。小説はますます矯激で、全体的な抗議の性格をおびてきている。小説は結婚に抗議し、家族に抗議し、所有権に抗議する。もはや残されたのは、小説それ自体への抗議だけであろう。個人のあやまちを文明のせいにし、個人の義務を廃止してすべてを社会の義務として負わせようという主張が、いたるところで口にされている。小説家はそれを「時代に向けて問題を提起する」と呼ぶ。情念が何ものにも抑えられず、気まぐれが何ものにも束縛されないような世界をつくるとは、なんと奇妙な話だろう！　彼らに言わせれば、現代社会が情欲を完全に解放しないのは許しがたい誤りだ、ということになる。(34)

この一節に、サンドやシューの小説、そしてフーリエ主義への揶揄を読みとることはたやすい。引用文から分かるように、個人主義と社会主義、自由主義と社会主義の対立の構図は、十九世紀前半からすでに出来上がっていた。個人の自由と裁量を尊重するか、社会の組織化をめざすべきか、基本的なイデオロギーの違いはそこにある。結婚、家族、所有権といった社会の根幹をなす制度にたいする異議申立てのなかに、レボーは危険なにおいを嗅ぎとった。

ルイ・レボーはシューの小説があまりに過激で、常軌を逸しているとした。他方、『パリの秘密』で述べられている社会主義的な施策が不徹底で、現実的な有効性に欠けると批判したのがマルクスである。レボーにとってロドルフはあまりに社会主義的であり、マルクスにとってロドルフは十分に（あるいはまったく）社会主義的でない、ということになろう。

一八四四年に執筆され、翌年二月フランクフルトで刊行された『聖家族』は、直接的にはドイツの哲学者ブルーノ・バウアーとその一派にたいする批判として書かれた。エンゲルスとの共著だが、実際にはその大部分をマルクス自身が執筆している。(35)当時マルクスはパリに住んでいたから、シューの作品が巷間の噂になっていたことを知らないはずがない。バウアーの主幹する雑誌が『パリの秘密』を手放しで褒め讃えたのを逆手にとって、マルクスはその評価に反駁し、バウアー派を批判することをつうじてシューの作品の分析にまで深く立ち入っていく。その舌鋒は火を噴くように激越だ。

『聖家族』第八章では、『パリの秘密』の主要人物の行動原理が分析され、ロドルフとフーリエ学説との繋がりが論じられる。

国家は労働の組織化という問題に配慮し、資本と労働の「協同 association」（フーリエの用語）という見本を示さなければならない。この協同が聡明かつ平等な仕方でなされるならば、労働者の安楽が保証され、豊かな階層の利益も損なわれない。二つの階級は敵対することなく、国家は安泰でいられるだろう。しかし、七月王政の政府がこのような事業に取り組む気配はない。そこでロドルフは「貧者の銀行」を創設し、まじめで実直だが、家族をかかえて貧しい労働者を支援することを決断する。施しや質屋に頼らなくていいようにするためだ。年間の資金は一万二〇〇〇フラン、労働者一人に平均三〇フランを無利子で貸し付ける。借りる者は名誉にかけて返済を約束するだけでよい。当面は、労働者の数がもっとも多い区の一つ七区だけに「貧者の銀行」の活動は限定されるだろう……。

一人に平均三〇フラン貸し付けるとすれば、一時期にせいぜい四〇〇人にしか貸せない。当局の統計によれば、七区だけでも困窮を訴える労働者の数は少なく見積もっても四〇〇〇人はいるから、これでは七区の貧しい労働者の一〇分の一しか援助できない。しかもパリではいったん失業すると、それが平均して四ヵ月は続くから、その期間助けを受けるとして一日あたりせいぜい二七サンチームにしかならない。これは監獄の囚人一人あたりに使われる費用よりはるかに少なく、しかも数人の家族で分配しなければならない。ロドルフが創設した銀行の援助では、労働者とその家族は一日に必要なパンの四分の一も買えないとマルクスは指摘する。要するにマルクスによれば、この銀行は現実的には有効性のない、単なる気休め、あるいは空想の産物でしかない。

同じような断罪は、ブクヴァルの農場にも向けられる。フランス農民の一年間の平均収入は一二〇フランであるのに対し、ブクヴァルの農民はその四倍近い四五〇フラン手に入れる。しかも食糧と住居は農場が提供してくれる。彼らは一日に一リーヴル（およそ五〇〇グラム）の肉を口にするなど十分な食事を保証され、その代わり一般農民の二倍働く。フランス農民の勤勉さを考慮すれば、それだけでも超人的な労働である。そして、もしフランスの農民が全員一日に一リーヴルの肉を食べるとなれば、フランス全体が生産する以上の肉が農民だけに消費されてしまうことになる。

収入の五分の一は農場で働く者たちに分配されることになっていた。しかしマルクスによれば、収入の五分の一とは地代として本来、土地所有者に帰すべきものであって、ロドルフはそれを丸ごと農民に還元してしまっている。シャトラン親父は、ロドルフがこの方法によって確実に所得を増やしていると主張するが、経済学の原理からいってそれはありえない……。つまり、ブクヴァルの農場は現実性のないまぼろしにすぎない。その隠れた資金はブクヴァルの土地ではなく、裕福な大公ロドルフが持っている魔法の財布にほかならない、とマルクスは喝破する。ブクヴァルは生産的な農場ではなく、金持が慈善行為を巧みに隠蔽するための施設にすぎない[36]。

『聖家族』の著者に言わせれば、「貧者の銀行」も「ブクヴァルの農場」も経済的な不正義の問題を個人の善意の問題にすりかえたにすぎない。それは社会や経済の現実を神秘的な理想だけで改善できるとする楽天的な、あるいは空想的な思考である。マルクスはそこに、ブルジョワ作家シューの偽善を嗅ぎつけたのだった。

シューは経済理論家ではない。民衆の悲惨な現実を知らしめるために小説を書いたのであって、民衆を救済するための合理的で、有効な制度を理論的に考察するところまでは進まなかった。社会主義理論との交流は否定できないにせよ、国家の基盤そのものを根底から変えることにまで想到していなかった。革命の理論家マルクスには、そのことがあまりに微温的と思えたのだろう。しかし「貧者の銀行」や「ブクヴァルの農場」のエピソードが当時の読者の心情に強く訴えかけたのは、作家が民衆のなまなましい現実を熟知し、たとえユートピア的な装置としてであれ、それを改善するための機構を構想しえたからにほかならない。

ヒーローの相貌

ブクヴァルの農場も「貧者の銀行」も、設立の中心にいるのはロドルフだ。そして『パリの秘密』でさまざまな階層のなかに入り込み、あらゆる空間を横断できるのはただロドルフのみである。ほとんど神出鬼没とさえ言える主人公の彼は、存在そのものによって英雄性を体現している。それもまた、この作品にユートピア的な性格をもたらしている要素である。

大衆小説が幅広い読者層に支持される理由の一つは、並はずれた能力をもったヒーローが活躍することだ。グラムシやウンベルト・エーコは、そうしたヒーローたちが、ニーチェの「超人」や二十世紀大衆文化の英雄（たとえばターザンやジェームズ・ボンド）の先駆者だと主張しているくらいである。ロドルフもまた、ヒーローが備えるべきさまざまな資質に恵まれている。

大衆小説がほとんど常にそうであるように、『パリの秘密』は二元論の世界を提示する。善と悪、正義と不正、純潔と汚れ、富と貧困のコントラストが、あざやかに際立たなければならない。悪は懲らしめられ、不正は矯正され、汚れは贖われ、貧困は軽減される必要がある。かくして「先生」は目をえぐられ、フェランによって不当に苦しめられた人々は名誉を回復し、フルール＝ド＝マリーは宗教的な救済へと至り、モレル一家は助けられる。そのすべての場面にロドルフが介入し、彼は常に善と正義を体現するようになっている。善悪二元論の立場からシューがすべての人間を善と悪の固定観念にしたがって判断し、その結果として現実の人間を抽象的立場に変えているというマルクスの批判は、そこに由来する。(37)

悪と不正を正すのはヒーローの任務である。その意味で、大衆小説の主人公は悪を罰し、地上に正義をもたらす者でなければならない。しかもその際に、主人公は既存の制度を利用してそうするのではなく、みずからの力だけで、あるいは腹心の部下の助けを借りて行動する。世界の悪にたいして個人的な行動によって、社会構造そのものが生みだす不幸にたいして私的な行為によって対処しようとする。そうした個人的な行動や私的な行為は、時として法や倫理に反することがある。ロドルフが「先生」の目を潰すという仕打ちは、それによって罪深い者に悔悛させ、罪を償わせるためと彼が主張するにしても、それ自体は残忍で正当化しえない行為であろう。ただ大衆小説においては、目的（今の場合は正義の遂行）が手段を正当化してくれるのだ。

正義をもたらすための行動が法や制度の枠組みを外れてしまうのも、大衆文学の特徴である。『パリの秘密』には、社会において正義や法や秩序を代表するとされる集団も制度も登場しない。

警察、裁判官、弁護士、役人、軍人などはまったく姿を見せないのである。正義は既存の制度によってではなく、一人の私人によって体現されなければならない。それは主人公に大きな自由をあたえ、しばしば彼を全能の人間にする。ロドルフは警察当局の助力など当てにしないでみずから悪を罰し、行政など恃《たの》まずに貧しい者たちを救済しようと試みる。その点でロドルフは、デュマ作『モンテ＝クリスト伯』の主人公エドモン・ダンテスに似ている。いや、デュマの作品は『パリの秘密』よりも後に書かれたものだから、むしろダンテスがロドルフに似ていると言うべきだろう。ダンテスもまた、かつて自分を罠にはめた男たち（すなわち悪）をみずからの手で処罰することによって、正義を回復しようとするからである。大衆小説のヒーローはしばしば、法と制度を敢然と無視してはばからない反抗者の相貌をおびる。

法と制度をすり抜けるためには、匿名であるほうが都合がいい。あるいは、いくつもの顔をもっているほうがいい。悪事をなす者が正体を秘すように、悪を懲罰したり、正当な復讐を行なう者はみずからの真の相貌を隠蔽しようとするだろう。ゲロルスタイン大公ロドルフはパリの場末に仮寓しながら労働者として暮らすし、ダンテスは自分の敵に正体を見破られることがない。同じようなことは、推理小説の主人公についても当てはまる。ガボリオの作品の主人公ルコック探偵、ホームズ、そしてアルセーヌ・リュパンはいずれも変装の名人であり、仲間や身近の人間ですらその変装を見破れないくらいだ。

大衆小説の主人公は全能である。そしてほとんど不死身である。ロドルフは生命の危険を何度か逃れるし、ダンテスは長い牢獄生活に耐えぬき、麻袋に入れられて海に放り込まれても脱出して生き延びる。一度は死んだかに思われた主人公が、復活してくることも稀ではない（たとえばロカンボールやホームズ）。

しかしながら、ヒーローの全能性は彼の行動や不死性のみに表われるのではない。彼の知性もまた、人並みはずれて優れたものでなければならない。ヒーローがさまざまな謎を解明する人間であるのは、その意味で偶然ではない。謎の解明といえば推理小説の探偵が想起されるところだが、英雄的な人物には多かれ少なかれこの資質が備わっている。神話上の人物でテーバイの王オイディプス、国家の不幸の原因を探ることによって、自分の生涯の忌まわしい秘密を心ならずも暴露してしまうオイディプスが、最初の「探偵」と言われたりもするのはそのためである。

ロドルフもまた謎を解明する人間として振る舞う。そもそも彼が身をやつして場末に住んでいるのは、幼い頃生き別れになった自分の娘を探し出すためであった。いわば、闇に埋もれてしまった過去を再構成し、真実を明るみに出すことが彼の責務なのだ。その過程で彼は「先生」とジョルジュ夫人がかつて夫婦であったこと、フランソワが二人のあいだに生まれた息子であること、世間では律儀な公証人としてまかり通っているフェランがじつは非道な悪党であること、そして、娼婦に零落していたフルール゠ド゠マリーがわが娘、すなわち一国の皇女であることを発見する。大衆小説は謎と意外な真実に満ちあふれているのだ。

『パリの秘密』は、同時代がはらんでいた社会的な不正や不平等にたいして異議を申し立てる。大衆文学のヒーローは、読者の正義感を満足させなければならない。ロドルフの言動は、七月王政期のさまざまな社会・政治問題と共振しながら読者の良心を目覚めさせ、同時に明瞭な解決策を提示してみせる。しかし、そこには限界もある。ロドルフの活動はどれほど革新的であろうと、社会の体制そのものに対する根本的な異議申立てではなく、みずからの地位と富を保証してくれる制度のなかでの世直しである。ブルジョワ体制に取って代わるような対抗権力の可能性は、シューが模索するものではなかった。

いずれにしても、発表された年代からいって、『パリの秘密』の主人公が十九世紀から二十世紀に至るまでの大衆小説のヒーローの諸条件を備えている最初の作中人物である、という事実はあらためて強調しておきたい。デュマ、フェヴァル、ポンソン・デュ・テラーユ、ガボリオ、ルブランの主人公たちはみな、ロドルフの末裔なのである。

終章　大衆小説の射程

ウージェーヌ・シューの生涯を辿り、『パリの秘密』のエピソードを跡づけながらさまざまなテーマを素描し、それらの諸テーマをいくつかのカテゴリーに分類し、分析し終えた今、七月王政期に新聞小説が置かれていた情況をあらためて検証し、その文化的意義をより詳しく調べてみよう。新聞小説がもっぱら粗雑性と、すなわち美学の欠如と混同されるのを回避するためにも、それは必要な作業だと思われる。

概略はすでに第一章で示したとおりだが、新聞小説は文学形式の一つだったばかりでなく、社会現象としてジャーナリストが語り、政治問題として政治家が議会で論じる対象でもあった。その際に、代表的な書き手として取り上げられるのがウージェーヌ・シューであり、典型的な作品として言及されるのが『パリの秘密』なのである。また、作品が『ジュルナル・デ・デバ』紙に連載されているあいだ、多数の読者が作家に手紙を書いたのは、彼らが作中人物の運命に感動したり憤慨したり、物語の展開の妙に舌を巻いたからであり、さらには、そこにみずからが置かれている社会情況を認め、未来への希望を垣間見たからでもあった。すなわち、『パリの秘密』はきわめてイデオロギー的な構築物であり、そのようなものとして読み解かれることを要請しているのだ。文学史の狭い枠組みの内部にとどまっていては、この小説の諸相を正しく把握できないだろう。

国民国家論に新たな地平を切り拓いたベネディクト・アンダーソンによれば、ヨーロッパ近代に誕生した小説と新聞は同時代性をめざす言説であり、「国民という想像の共同体の性質を表示する技術的手段」[1]である。ここではナショナリズム論に立ち入ることは差し控えるが、小説と新聞に凝縮的に表われた「出版資本主義こそ、ますます多くの人々が、まったく新しいやり方で、みずからについて考え、かつ自己と他者を関係づけることを可能にした」[2]という『想像の共同体』の著者の主張には、われわれとしても賛同したくなる。そうだとすれば、新聞というメディアと小説という文学形式の結合である新聞小説は、十九世紀におけるすぐれて資本主義的な出版形式として、人々の集合表象が形成されるに際して大きな意義をもったはずだろう。新聞小説は、文学と読者の関係にそれ以前にはなかったような次元をもたらしたのである。

新聞小説をめぐる論争

ジャーナリスト、ルイ・レボーについては先に言及したが、彼は後に政治家・経済学者という肩書きもおびるようになる。一八四六年にはリベラル派の国会議員となり、一八四八年の二月革命後は保守派に転向した男である。ルイ・ボナパルトのクーデタ後は政界を退き、晩年には経済学の書物をいくつか刊行している。しかし今日彼の名前が記憶されているのは政治家や経済学者としてではなく、また社会主義に関する批判的著作によってでもなく、ほとんど筆の遊びで書いた一篇の諷刺小説『社会的地位を求めるジェローム・パチュロ』（一八四三）のおかげなのである。

この小説は、帽子職人の息子で目立った能力もなく、親の跡を継いでみずからも帽子職人になるべく運命づけられていた主人公ジェロームが、その運命から逃れようと悪戦苦闘するという物語である。彼はロマン主義的な詩人、サン＝シモン主義者、ジャーナリスト、小さな会社のマネージャーなどさまざまな経歴を試みるがすべて挫折し、最後にはもとの帽子職人に戻る。

このジェロームが手を出す活動の一つが新聞小説の執筆である。「新聞小説作家パチュロ」と題された第一部第七章では、まず新聞小説の流行ぶりが述べられる。主人公の妻マルヴィーナは、感傷的な恋愛小説で絶大な人気を誇っていたポール・ド・コックの熱烈な愛読者であり、いくつかの作品をまるごと暗記しているとさえ言明して憚らないほど。今や老若男女を問わず、人々は仕事のあいまに、あるいは家事のあいまに新聞に連載される小説を読み耽っている、と作者はいささか苦々しげに確認してみせる。

ルイ・レボー

現代の社会秩序において、新聞小説は少なくとも一杯のコーヒーやハバナ産の葉巻と同じくらい重要なものになった。恒常的な欲求、避けがたい消費物になったのである。もし万が一、明日の新聞が購読者に向かって、現在連載されている無数のアルチュールやマチルドの冒険の続編を止めると宣言したならば、スカートをはき、ナイトキャップを被った女性たち、さらには帽子を被った女性たちまでがたちまち叛乱を起こすだろう(3)。

「アルチュール」や「マチルド」は、言うまでもなくシューの同名の小説への明瞭な言及である。日々提供される新聞小説が、同じく日々消費されるコーヒーや葉巻のような嗜好品とまったく同等に不可欠の必需品になった、と作家は指摘しているのである。そしてその流行を支えていたのが、女性読者層の圧倒的な支持だった。

この現象を目の当たりにしたジェロームは、みずからも新聞小説の形式と創作技術について考察をめぐらせ、それにもとづいていくつか試作をしてみる。自分の作品が新聞小説というジャンルに革命的な刷新をもたらすほどの傑作だとする自負を隠そうとしない彼は、原稿を携えてある新聞社に足を運ぶ。そこで彼を待ち構えていたのは、この領域の奥義に精通している編集長の手厳しい反応だった。「芸術」の名においてジャンルを変革しようとするジェロームにたいして、編集長は、雑多で匿名の読者大衆を相手にするときは芸術など無用の産物だと切って棄てる。大衆にとって高尚な芸術論など関知するところではない、というわけである。「みんなに向かって語るときは、みんなと同じように語らなければならない(4)」。作家は、読者の欲求や期待の地平を無視することなど許されない。おのれの才能を恃んで、孤高の態度を持していけるような時代ではないのだ。「われわれは、ますます安物に熱中する国家のなかでブルジョワの世紀を生きているのだ」。すなわち、新聞小説はすぐれて民主主義的で、近代的な文学の形態ということになる。そして民主主義は文学の（より広くいって芸術の）商業主義を不可避的に招き寄せてしまう。

新聞小説が商業主義に毒されているという批判をしたのは、もちろん『ジェローム・パチュロ』の作者だけではない。すでに第一章で触れたように、サント゠ブーヴは新聞小説が誕生してまもない一八三九年に、「産業的文学」という言葉でこの現象に警鐘を鳴らしていた。その二年後の一八四一年十二月、当時もっとも重要な政治・文学雑誌だった『両世界評論』に掲載された文芸時評欄で、ガション・ド・モレーヌは次のように述べる。

『社会的地位を求めるジェローム・パチュロ』1846年版の扉絵

この世ではあらゆるものにおいて、葛藤する二つの原理がなければならない。文学において敵対する二つの要素とは産業と思想である。一方が成長すれば他方はその犠牲になる。産業が活発で騒々しくなればなるほど、思想は衰弱し弛緩する。そして認めざるをえないのは、最近わが国の作家たちのあいだで発展し、日々驚くほどの割合で増殖しているのが、産業的側面だということである。(5)

同時期の一八四三年六月、つまりちょうど『パリの秘密』が連載されていた頃、下院では反体制派の議員シャピュイ＝モンラヴィルが予算審議の際に当時の社会情勢に触れた演説をし、そのなかで文学の商業化を次のように指弾する。新聞小説の流行は政治的な問題ですらあったということだ。

口にするのも残念だが、しばらく前から人々はまじめなものを顧みずに軽薄なものだけを追い求めています。規律や節度のない想像力の産物がきわめて好意的に受け入れられているのです。その結果、商業的な貪欲さがあらゆる手段を用いてその産物を大衆にいきわたらせようと必死になりました。金儲けのためです。周知のように、投機行為は売る商品の精神的価値などほとんど無視します。商品がたくさん売れて、事業がうまくいけば、それによって公衆の健全さが増そうが損なわれようが重要ではありません。投機はその性質上、盲目的で無感覚であり、中国人には阿片を、フランス人には小説を売りつけているのです。(6)

「中国人には阿片を」というのは、イギリスと中国のアヘン戦争への言及である。フランスの政治家としては、ライヴァル国イギリスの軍事・外交政策を揶揄したくなったのだろう。

これらのテクストから数年後、新聞小説にかんする最初の体系的な研究書の著者であるアルフレッド・ネットマンもまた、論説ではなく広告と小説が新聞紙上で支配的な位置を占めるようになったせいで、ジャーナリズムの商業化が進行し、その結果としてジャーナリズムの質が下がり、文学が頽廃したと嘆く。かつて新聞は本質的に政治新聞であり、そこに掲載される論説や主張に賛同する者たちによって支えられていた。今は広告欄と小説によって新聞はかろうじて生き延びているではないか、と言うのである。文学は混乱し、無秩序に陥っているし、社会が堕落しているのもその責任の一端は文学に帰せられる。「混乱は思考や、感情や、風俗や、文学のなかに見られる」[7]。そしてほかならぬ新聞小説こそ、文学の混乱を凝縮的に露呈しているジャンルとされる。

第二の批判は倫理的なものである。文学が頽廃しているとすれば、それは社会全体が頽廃していることの現われにほかならない。新聞小説はことさらのように犯罪の世界を描き、下層階級の醜悪な習俗、嫌悪すべき情景、猥褻な場面を描いている。そこでは悪が美徳であるかのように語られ、堕落のなかに崇高さが、不純のなかに純粋さがあるかのように示される。美徳はもはや美徳ではなく、悪徳は社会が不可避的に生みだす突出物として免責されてしまう。犯罪でさえ宿命であるかのように弁明される。要するに、新聞小説は社会の病理を露呈させる徴候になっている。とりわけ、それは宗教の権威をないがしろにしている。司祭はすべて邪悪な人間であり、イエズス会は陰謀をたくらむ集団以外のなにものでもない（これは、『パリの秘密』と『さまよえるユダヤ人』にたいする明白な断罪である）。

こうした批判は二十世紀初頭になっても消え去ることがなかった。一九〇三年九月に、今や保守系の雑誌に変貌した『両世界評論』に発表された「新聞小説と民衆の精神」と題された記事のなかで、モーリス・タルメールは、この時期にあってもなおウージェーヌ・シューやデュマの作品が、あらためて新聞に連載されて好評を博していることを確認したうえで、新聞小説は宗教と秩序を危険にさらすと嘆いた。それはアナーキーと犯罪を称賛し、カトリック世界をことさらのように陰険な色彩に染め上げている……。新聞小説は本質的に不健全で、病的な世界を表象している、というわけだ(8)。

新聞小説の敵たちが持ち出す第三の論点、そしてわれわれの視点から見てもっとも肝要な論点は、そのイデオロギー的な次元に関わる。この論点は新聞小説というジャンルに適用されるばかりでなく、同時代のロマン主義文学全体の布置にも関係しているだけに注目に値する。たとえばネットマンに典型的に見られるように、保守層は新聞小説が社会の基盤と制度そのものにたいする異議申立てであると考えた。小説は単なる娯楽でも、無邪気な気晴らしでもなく、社会の秩序そのものを脅かしかねない危険なディスクールと見なされた。換言すれば、文学は読者の政治意識さえ変えうる力があるとされたのであり、その意味できわめて「革命的」な営みだったのだ。

このことはいくら強調しても足りない。わが国では新聞小説すなわち大衆小説、そして大衆小説といえば非イデオロギー的な娯楽文学にすぎず、十九世紀が生みだしたサブカルチャーという認識が根強い。そして大衆的な文学が一つの制度としてはっきり存在する日本と比較しながら、十九世紀半ばのパリと現代の東京がまるで同質の言説空間を共有しているかのように、時代錯誤的な議論を繰り広げる論者も少なくない。新聞小説はジャーナリズムと、出版資本主義と、読者層の拡大が相乗的に作用したところに生まれたものというわけで、あたかも肥大した現代ジャーナリズムを予告した現象であるかのように語られる。

しかし、それはあまりに偏頗な見解というものだ。新聞小説が大衆小説の大きな部分をしめていたのは否定できないにしても、その大衆性は娯楽性によってのみ支えられていたのではない。少なくともシューが活躍した七月王政期には、新聞小説はきわめて政治的で、イデオロギー的な実践であった。だからこそ、人々はそこに危険な萌芽を嗅ぎつけ、警戒の声を上げたのである。

文学とイデオロギー

一八三〇年の革命後に成立した七月王政は、近代ジャーナリズムが発展すると同時に、民主主義の政治的実践がしだいに確立していったという意味で歴史上の転換期だった。「名士の時代」と呼ばれ、たしかに選挙権も被選挙権も高額納税者にしか認められていなかったから、現実に政治を動かしていたのはごく限られた階層の人間たちではあった。しかし、七月王政を指導したギゾーやティエールなどの政治家も、フランス革命が封建的な特権を廃して近代民主主義への道を拓いたことは認めていた。彼らにしても国民の名において政治を語ったのであり、国民はすべて公事にかかわる権利があった。こうして一八四八年の二月革命直後には、男子だけとはいえ納税額とは関係なく二十五歳以上の者に選挙権をあたえる普通選挙が施行されることになる。

政治家たちはどのような陣営に属するにしろ、みずからの権力の正当性が言葉なき匿名の大衆によって保証されなければならないことを知っていた。新聞の発展は「世論」の形成を促進し、政治家はそうした世論を無視できない。ハーバーマスの言葉を借りるならば、新たな「市民的公共性」が成立しつつあったのである。(9)

新聞小説を含むロマン主義文学は、基本的には民主主義に賛同した文学と言えるだろう。思想的にフランス革命を継承した文学として、ロマン主義作家はみな多かれ少なかれ政治化していた。理性にたいする感情の復権、自然の賛美、感覚の解放、愛の称揚、幻想性といった側面もたしかにロマン主義の要素だが、しかしそれだけではない。おそらくそれらにもましてフランス・ロマン主義を特徴づけているのは、その政治性であり、イデオロギー性にほかならない。政治は、政治家にだけ任せておくにはあまりに重大なことがらであった。この世代の文学者たちは小説家も、詩人も、歴史家も、哲学者もみな例外なく、近代世界を解読し、社会を読み解き、歴史の流れの原理を探究しようとした。国民を教化し、民衆の導き手になれる、いやなるべきだという矜持の念を隠さなかった。ジョルジュ・サンド、バルザック、ラマルチーヌ、シュー、ユゴー、ミシュレ、ギゾー、コントらはいずれもそうした自負と野心を共有していた。その意味で、シューはミシュレや、ユゴーや、フーリエと同じイデオロギー風土のなかに棲息していたと言える。

だからこそ新聞小説にたいする批判は、政治的なニュアンスを帯びざるをえなかった。批判者は、新聞に連載される小説が単なる商業的文学ではなく、政治的・イデオロギー的なメッセージを伝達しようとしていることを認識していたからである。そのことをよく知っていたのは、すでに言及した『新聞小説論』の著者ネットマンであった。彼にとって、『パリの秘密』と『さまよえるユダヤ人』の作家は、新たな文学形式がはらむさまざまな問題を誰よりもあざやかに凝縮していた。

ここで改めて注意を喚起しておきたいのは、シューがバルザックやユゴーやサンドなどと同列に置かれ、論じられていたということである。現代ではこれらロマン派世代の大物作家たちに較べて、シューはつつましい位置しかあたえられていないが、七月王政期には彼らと並び称される作家だった。人気ある流行作家であると同時に、その作品が真摯に論じられる大作家の一人だったということである。

ネットマンは『新聞小説論』第二巻で、一八三〇年以降の小説ジャンルの推移をたどりながら、三人の作家を特権的に論じる。文学の流行は社会の状態や人々の精神情況と深いつながりがあり、七月王政期にはジョルジュ・サンド、バルザック、そしてシューがそれぞれ一世を風靡した。サンドはとりわけ女性たちの運命を語りつつ、魂と感情の深部を描いた。それは女性をとおして表象された個人の反抗の物語である。彼女は社会にたいする個人の、現実にたいする理想の大義を擁護しようとした。続いて登場したバルザックは、理想や個人の権利を主張するのではなく、観念にたいする社会的現実の勝利を物語る。彼は容赦なく、人間の飽くことなき欲望と社会の悪徳を描きつくした。

その後に文壇の寵児となったシューの作品はどうか。たとえば『マチルド』は、享楽しか考えず、倫理観の欠落した上流階級の世界を描く作品だが、そのなかで金銭と快楽を体現する作中人物はバルザック的であり、美徳や忍従を体現する女性はサンド的である、とネットマンは言う。シューの文学は、サンドとバルザックを統合した世界を提示してくれるのだ。

それだけではない。シューはサンドと異なり集団的な抗議を、バルザックと違って民衆の生態を語る。

それは社会状態に対する抗議だが、個人による抗議ではなく集団による抗議である。そしてそれが空想を好み、規則をないがしろにする人々の名においてではなく、社会を構成するもっとも多くの人々から成る階級の情念と利害の名において示される。改革の思考が詩と観念論の領域から、事実と政治という実際的な領域へと移ったのだ。新たな理想が求められ、提供されるのは、もはや個人のためではなく社会のためなのである。(10)

このようにネットマンは、シュー文学の意義をよく捉えていた。『パリの秘密』の作者は下層民の習俗や犯罪者集団の生態を精彩ある筆致で語ってみせたばかりではない。庶民階級の社会的要求がどのようにして醸成されたかということについても、深く思いを巡らせていた。一八三〇年の革命によって権力の座についたブルジョワジーは富と安楽を手に入れたが、革命のもう一方の担い手だった民衆はどうか？　彼らは新たな社会システムによってかならずしも恩恵を蒙っていない。だからこそ、ときには過激なまでの社会変革の思想が生まれたのである。実際すでに指摘したように、シューの作品と社会主義、とりわけフーリエ主義との密接な類縁は当時から周知のことだった。

ネットマンの限界は、そうした変革への意志は政治的・制度的なものではなく、たんに物質的なものだと主張した点にある。民衆が欲しているのは物質的な満足であり、肉体的な充足であって、政治的な理想などではない。彼らが望んでいるのは快楽であり、贅沢であり、諸権利の獲得ではない。ネットマンの議論には、『金色の眼の娘』（一八三五）のプロローグでパリ社会を構成する諸階級の差異を浮き彫りにしながら、すべての階級に共通しているのが「金と快楽」への渇望だ、と喝破したバルザックのそれを想わせるものがある。働く階級の物質的欲望を過剰なまでに刺激しているのが社会主義ユートピアであり、新聞小説だとネットマンは言う。

それなりの聡明さに恵まれた彼が理解できなかったのは、あるいはむしろ理解しようとしなかったのは、つつましい物質的欲求さえ満たすことのできない階級を前にして、その欲求の正当性を否定するのがどれほど偽善的かということだ。民衆の要求はたんに感覚的な、したがって低俗な欲望に依拠している、ブルジョワジーにたいする妬みにもとづいているにすぎないと言明することによって、彼はシューの作品の社会的・政治的なインパクトを減殺しようとしたのだろう。そこに透けて見えるのは、社会的な問いかけを道徳的な問題にすり替えようとする態度にほかならない。

メディアの商業化とそれにともなう文学の「産業化」、倫理的な断罪、政治的・イデオロギー的な不信感、公事をめぐっての政治家と文学者の競合関係、その競合を表現する手段としての新聞の役割、そうしたものが七月王政期において新聞小説にまつわる論争を先鋭化させた要因である。文学を流布させる新たなメディアとしての新聞小説は、同時代の文化風土にあって文学とイデオロギーが交錯する特権的な場をしめていた。

補遺　読者からシューへの手紙

本文で述べたように、『パリの秘密』が連載されているあいだ、そしてその後もしばらく、作者シューは読者から数多くの手紙を受け取った。その数およそ四〇〇通。現在はパリ市歴史図書館に保存されている。手紙自体の存在はかなり昔から知られていたし、研究書や伝記にいくつかの手紙の抜粋が掲載されることは、これまでにもあった。しかしその全体像は、フランスの大衆文学研究家ジャン＝ピエール・ガルヴァンが一九九八年に、『「パリの秘密」ウージェーヌ・シューと読者たち』（全二巻）を刊行することによって初めて明らかにされた(1)。

また他方で、一八四〇年代後半、『さまよえるユダヤ人』や『捨て子マルタン』を発表した当時のシューに寄せられた読者の手紙は、オルレアン市立図書館が所蔵している。こちらのほうは未刊だが、アラン・コルバン指導の下に七月王政期における小説の社会的位相に関する博士論文を提出したジュディット・リヨン＝カーンが、そのかなりの部分を論文の補遺に収めており、有益である(2)。

『パリの秘密』をめぐってシューのもとに寄せられた手紙の書き手は、じつに多岐にわたる。階層的にいえば、貧しい職人から裕福な銀行家まで、娼婦から公爵夫人まで、作家志願の無名の青年から著名な文学者まで、かろうじて字の書ける男から一国の君主まで、あらゆる社会階層を横断していた。職業的にみても、労働者、作家、ジャーナリスト、哲学者、商人、弁護士、法律家、医者、外交官、役人というように、あらゆる職業の人々が手紙の書き手となった。しかもそこに、地理的な多様性が加わる。読者の多くは首都パリの住人だったが、地方在住の読者も少なくなかったし、イギリス、ドイツ、イタリア、ベルギーなど外国に住む読者（フランス人あるいは外国人、手紙はいずれもフランス語で綴られている）もけっして例外ではなかった。

それはとりもなおさず、シューの作品に示されている同時代の表象のなかに、無数の読者がみずからの姿を認め、時代と社会の問題を読みとったからにほかならない。ルイ・ボナルドが主張するように文学が社会の表現であり、スタンダールが言うように小説が街路の様子を映し出す鏡であるとするならば、シューの小説以上にこの指摘が当てはまるものはない。公的な場で言葉を発し、文章をあやつることはいまだ恵まれた階級の特権であり、貧しい者や労働者や農民はそうした文化的営為からほとんど疎外されていた。したがって、みずからの現実について語ることは稀だった。そうした当時の情況において、この読者たちからの手紙は彼ら自身のなまなましい現実を伝えてくれるという点で、社会史的にも第一級の史料と言えるだろう。

手紙は一方通行ではなかった。シューは個人的に返事をしたためたり、『パリの秘密』が連載された『ジュルナル・デ・デバ』紙の紙面を借りて、公開書簡を発表したりした。読者からの示唆や提供情報にもとづいて物語のエピソードをふくらませたり（たとえば「貧者の銀行」の挿話）、恵まれない人々の窮状を救ってやったりもした。読者のなかには、主人公ロドルフが実在する人間だと素朴に信じていた者もいたようで、作家のほうもみずからが創造した人物に自分の相貌を重ね合わせたという面がある。

ある作家の作品がこれほど読者の側から熱狂的な反応を誘発し、しかも連載された一年半ものあいだ続いたこと、作家と読者のあいだにこれほど濃密なコミュニケーション空間が成立したことは、フランス文学史上おそらく前例がない。『パリの秘密』の発表が社会的な事件だったというのは、そういう意味である。現代の日本では、数百万部の発行部数を誇る大新聞に人気作家の小説が連載されるのだから、こうしたことは驚くに値しないかもしれない。しかし、一八四〇年代フランスでは有力な新聞でも発行部数は数万どまりだったから、これはやはり瞠目すべき現象だったのである。

およそ四〇〇通の手紙を内容の面からみれば、いくつかのカテゴリーに分類できる。

まず称賛と共感の手紙、いわばファンレター。熱狂的な読者のなかには『パリの秘密』に触発された詩や、曲の楽譜を送りつける者がいたり、自分が栽培するバラを「フルール゠ド゠マリー」や「リゴレット」と命名する者までいた。海外から手紙を寄せる読者は、オランダ、ドイツ、ベルギー、ピエモンテなどでシューの作品が大きな評判となり、翻訳や海賊版が出回っていると告げる。『パリの秘密』は、最初から最後まで文字どおり毎日連載されたわけではなく、各部のあいだには一カ月ぐらいのブランクが置かれた。物語の構想を練ったり、エピソードを考案したりするためにさまざまな調査や資料収集が必要だったからである。しかし連載の終盤になると読者の期待が沸騰し、シューは長いあいだ中断することができなくなっていく。

こうした手紙のなかには、称賛と同時にさまざまな提案や申し出をする手紙も散見される。作品に盛りこむべき挿話や出来事を示唆したり、監獄、精神病院、女性の法的地位などにかんして資料提供を申し出たりする読者がいた。多忙なシューのために執筆の手助けをしましょうという、厚かましい読者までいたくらいだ。シューはそうした提案にまったく冷淡だったわけではなく、興味深い指摘や示唆をふくむ手紙をチェックして、それらをファイルにまとめておいた。そして場合によっては、読者から提供された情報を自分の作品のなかで活用することもあった。

第二に、シューにさまざまな依頼をする手紙。ロドルフが貧しい者や虐げられた人々を助けるというエピソードは、強い共感を喚び起こした。『パリの秘密』を書くような作家は人道的で、同情心に富み、ロドルフのように裕福な人間にちがいないと多くの素朴な読者は信じた。ロドルフの慈善行為はシュー自身のそれの投射だろう、というわけである。こうして作家と一面識もない多くの読者が自分の窮状と不幸を切々と訴え、金銭的な援助や、仕事の斡旋や、精神的サポートを求めた。そしてシューはしばしばその願いにみずから、あるいは第三者を介して応えてやったのである。また当代随一の有名作家であるシューに自作を出版するための仲介を依頼したり、作家として売り出すための後援を頼んだりする作家の卵たちもいた。なかには『パリの秘密』が劇化されるというので、その切符を手配してほしいとか、シューの肖像画がほしいとか、会って相談にのってほしいとか、臆面もない嘆願の手紙も少なくない。

第三に、『パリの秘密』で語られている社会の諸問題をめぐって、作家がそのような問題を喚起したことに敬意を表しつつ、読者みずからが意見を述べているような手紙がある。労働者の実態、司法制度、質屋、監獄、病院、死刑制度にかんして読者からは数多くの手紙が寄せられ、地方や外国の現状が作家に伝えられた。とりわけ同時代の社会主義者たちは、シューの小説に熱いまなざしを注ぎ、それが貧困と労働の組織という問題に世論の関心を向けさせるのに計り知れない貢献をした、と評価したのだった。フロラ・トリスタン、アグリコル・ペルディギエ、ヴァンサール、アンファンタン、ラムネーなど社会主義の多様な潮流に属するひとたちが『パリの秘密』を絶賛し、それによってシューのほうも社会主義により接近した。

『パリの秘密』をめぐって作家が受け取った手紙は、まさに当時のフランス社会の状態にかんする診断書であり、処方箋の試みだったと言えるだろう。読者からみれば、シューの小説はたんなるフィクションであるどころか、まさに社会の現実をなまなましく露呈させたルポルタージュにほかならなかった。だからこそ読者との対話が生まれ、作家の創作活動を豊かにしていったのである。書簡の交換は、ともすれば隠蔽されがちな世界の現実を読み解くための手段、「秘密」にみちた社会の闇を照らし出すための公論の場として機能したのである。ハーバーマス的に言うならば、一つの連載小説をめぐって、一八四〇年代のフランスで新たな公共性の空間が成立したということだ。その点でも、これらの手紙は稀有のドキュメントと言ってよい。

以下では、それぞれのカテゴリーを代表するような手紙と、必要に応じてそれにたいするシューの返信を訳出して読者の参考に供したいと思う。出典は先に言及したガルヴァンの著作、手紙は書かれた年代順に配列した。差出人の後に（手紙　）で示したのは、ガルヴァンの著作中の手紙の番号である。

＊

（1）ウージェーヌ・シューからジョルジュ・サンドへ（手紙五九）〔パリ、一八四三年四月二十日頃〕

　あなたは『パリの秘密』にかんしてとても親切で、励みとなる言葉を述べてくださいましたので、私はこの作品を送らせていただきます。(3) お暇な折にでもどうぞ目をお通しください。この本にしかるべき形式や文体や抒情性がまったく欠落していることにあなたは気づくでしょうが、それはあらかじめお許しください。こうした稀な長所が私にはけっして備わることはないだろうと、ずっと以前から経験的に確信しています。私の作品に何か価値があるとすれば、それはおそらく有用性と、できるかぎり真実らしく表現しようとした幾人かの作中人物の描写にあるでしょう。

　私にとってもっとも大きな成功は、サンド大人があれほど輝かしく開拓した社会の道を、私がサンド夫人とともに歩いている（もちろんはるか後方からですが）と、ある新聞で読んだことでした。あなたの称賛は私の成功を確かなものにしてくれますし、それはとりもなおさず、あなたの称賛を私が重視しているということにほかなりません。この機会を借りて、私の賛嘆と敬意の念をあらためてお伝え致します。

ウージェーヌ・シュー

（2）ジョルジュ・サンドからウージェーヌ・シューへ（手紙六〇）〔パリ、一八四三年四月二十日頃〕

　あなたが送ってくださる巻は、もちろん興味深く読ませてもらいますし、心よりお礼申し上げます。あなたが言うように、あなたの作品にしかるべき形式が欠如しているかどうか私には分かりません。私は気づきませんでした。あなたの文体は明晰で、自然で、必要な場合には精彩に富んでいます。小説がそれ以外にどんな文体を必要とするのか、私には分かりませんし、私自身は内容が欠落しているときは、文体上のそうした魅力をあまり重視しません。『パリの秘密』を始めるに際してあなたは立派な考えをもっているように思われました。私がまだ読んでいない続巻でも、その考えを主張したことを願っています。私が思うに、評価に値する小説とは何らかの高邁な感情を弁護するものでなければならないし、良い小説が生まれるには、その弁護が全篇を貫いていて、しかも誰一人それに気づかないようでなければなりません。それこそが小説の奥義なのですが、私はまだそれを実現できていません。私が作品を執筆するときはいつも、弁護が小説を背景に押しやってしまうか、逆に小説が弁護を背景に押しやってしまうからです。技術の要点は（小説ほど重要でないことがらでも技術はありますから）、現実的な世界のなかで理想的な世界を具現することでしょう。それは難事業で、観察や、記憶や、文体や、創意以上のものが必要とされます。絵画の天分と同じで、それは定義しづらく、人に伝達できないある種の天分にほかなりません。そして、そのような天分が発現するためには、多くの能力と特質を兼備しなければならないのです。純粋さと詩情の象徴であるバラの木が枯れたのを見て、フルール＝ド＝マリーが涙に暮れるという章で、あなたは目的に達したように思われます。[4] 神話の愛好家ならば、華美な文体でこれこそ神話の一例であり、フルール＝ド＝マリーは一つの典型、理想的な人間、しかじかの寓意だ、などと言うでしょう。現実の愛好家、ポール・ド・コック[5]の愛読者たちもまた、「歌姫」〔フルール＝ド＝マリーの別称〕を精彩ある人物に仕立て上げている現実的な背景に熱狂することでしょう。私は瑣末的であると同時に素晴らしいこの物語を読んで、文字どおり泣きました。あなたはそこで街路の秘密と感情の秘密を融合させたからです。

　これまでどおりの方針を貫いてください。私はそれを確信していますし、お望みとあらば私の印象をすべて語りましょう。ただしそこには批判も含まれているかもしれないので、あなたに面と向かって語る権利は私にありません。そうしてもよいとあなたが許可してくださることが必要です。その場合でも、あなたも同じようにする、つまりあなたも私の作品について率直な意見を述べてくれるという約束がなければ、そうしようとは思いません。『コンシュエロ』[6]には一種の「歌姫」が登場して、すでに何巻も前から旅路にあります。われわれのヒロインがどちらも無事目的地に着けるよう、お互いに祈りましょう。私に言えることは、フルール＝ド＝マリーという作中人物ほど独創的で、大胆で、感動的な、しかも詩的な現代のヒロインは存在しないということです。

乱筆お許しください、体調がすぐれませんので。

敬具

ジョルジュ・サンド

（3）ゾエ・ガティ・ド・ガモンからウージェーヌ・シューへ（手紙八七）パリ、一八四三年六月六日

ヴォジラール通り六二番地

拝啓

フーリエ理論について書いた二冊の著作[7]を一部ずつ恵存させていただきます。あなたの作品にたいして私が感じている賛嘆と共感の証拠として、どうぞお納めください。私の考えでは、とりわけ『パリの秘密』は現代に書かれたもっとも深遠で、もっとも哲学的で、もっとも倫理的な書物の一つです。

敬具

ゾエ・ガティ・ド・ガモン

（4）デュラッツォ・デ・カンポモーロ伯爵夫人からウージェーヌ・シューへ（手紙九一）

〔モルターニュ、一八四三年六月七日〕

拝啓

田舎でしか暮らしたことのない人は、『パリの秘密』を際立たせている才能は認めるものの、この見事な作品がいくらか誇張された物語だと思っていますが、私自身はとても興味深く読んでおります。パリに生まれ、ほとんどずっとパリで暮らしてきた私としてはこれこそ真実だ、真実そのものだと断言できますから。というのも、私と私の家族の身には、あなたの素晴らしい作品のなかで描かれているいく

拝啓

あなたの知らない人、あなたが知ってはいけない人の称賛なぞは、きっとあなたにとってどうでもいいことでしょう。もっと雄弁で、もっとすぐれた称賛の言葉を受け取ることに、あなたは慣れていらっしゃるでしょうから。そう確信し、このような行為が場違いで、おそらく不謹慎なものであると思いもしましたが、あえて（もちろんずいぶん迷いましたけれども）試みることに致します。

と言いますのは、あなたのご著作（私はすべて読み、再読までしました）と、高貴で美しいあなたの思想は、私にとても強い印象をもたらしたからです。とりわけ、未完とはいえあなたの最新作を読んだ今、私にとってあなたはたんに有名作家であるに止まらず、神にも等しい存在です！　そうです、私はまさしくあなたに信仰を捧げたのです。あなたに対しては賛嘆以上のものを感じています。

あなたがめざしている目的はなんと美しいことでしょう！　あなたの美しい心の気高さをよく示しています。あなたは、もっとも利己的な人々にさえ善

つかの出来事と同じくらい信じがたいようなことが実際に起こったからです。しばらく前に『ジュルナル・デ・デバ』紙の投書を読みましたが、それによるとあなたは、資料を提供できそうな人は送ってほしいと依頼していましたね。私は、我が家の片隅で起こった怖ろしい悲劇をあなたにお伝えしたく思います。事件はつい最近終わったばかりですから、何もかも生々しい状態です。もしお許しいただけるのなら、奇妙で同時に悲痛な事件の素材をあなたに書き送りましょう。ただし、主な名前は私の一族の名前ですから、それは変更すると約束していただきたいのです。そうでなければ、あなたの才能であればそれにふさわしく活用できるような、さまざまな事実をお知らせすることはできません。

敬具

デュラッツォ・デ・カンポモーロ伯爵夫人

モルターニュ、一八四三年六月七日。お返事はこちら宛てにお願いします。

（5）B・L夫人からウージェーヌ・シューへ（手紙一〇九）

パリ、一八四三年六月二十四日

をなす気持を生じさせることでしょう。

あなたは不幸な者のために声高に、そして巧みに語っております。不幸な者たちがあなたの作品を読み、『パリの秘密』の素晴らしさを理解できたなら、あなたは祝福で満たされることでしょう。でもご安心ください。あなたは多くの人の心に反響を呼び起こしましたし、哀れな者たちはあなたに多くの恩恵をこうむっています。

もっとも高邁で、もっとも偉大な思想は、現在の法を改革するということです。あなたはどれほど偉大な立法者になることでしょう。悪を増大させるばかりでその根を断ち切ろうとしない法体系のあらゆる弊害を、あなたはじつによく理解されています。女としての私が法律にかんして知っていることと言えば、あなたと自分の良識から得たことしかありません。それでもあなたの作品を読めば、あなたの考えの正しさに驚かざるをえません。勇気をもって、あなたが着手したお仕事を続けてください。それは立派で高貴なお仕事です。そして人々の思いこみを揺るがすことによって、あなたは自分が決めた目的にかならずや到達するはず（もちろんまだ時間はかかりますが）の道を切り拓いているのだということを、どうぞ疑わないでください。

あなたを熱狂的に賛美しているという以外にいかなる権利もないのに、自分にとって大事なお願いごとをあなたにしようとしているこの私という女が誰か、あなたはけっして知ることはないでしょう。後生です、お願いがあります。涙ながらにお願いしたいのです。たとえ拒否なさっても相手が誰かあなたには分からないのですから、願いを叶えていただかなくてもそれはあなたの自由ですが。一言、たった一言でいいですから、あなたから手紙をいただきたいのです。私にとっては至福になりましょう。すでに申し上げたように、私にとってあなたは神であり、あなたがもし手紙をくだされば、私はそれを聖遺物のように保管して、幸福な気持でいられます。

どうぞ願いを叶えてくださいませ。そうすればすでに私があなたに抱いているさまざまな感情に、永遠の感謝の念が加わることになりましょう。　敬具
B・L夫人、局留

追伸　七月一日まで、私は毎日郵便局に人を遣って確かめることにします。返事をくださらないのであれば、もう何も期待することはありませんから。どうぞ願いを叶えてください。

(6) A・ド・レビンダー夫人からウージェーヌ・シューへ（手紙一四二）

〔パリ、一八四三年七月三十一日〕

拝啓

『パリの秘密』を読んで、この作品を書きつつあなたの祈りが向けられている高尚な目標が理解できました。私はあなたのご本を賛嘆と、深い慰めの念を感じながら読んでおります。あなたの心は気高く、他人の不幸に敏感であるにちがいないという感じも抱きました。それで私は信頼をこめて、あなたに手紙を差し上げる次第です。

手短に申しますと、私はとても辛い情況にあるので、私の周囲の人間よりも善良で、他人の苦しみにより同情的な人にそのことを語り、情け深い心から生まれる有益な忠告を得たいのです。

この手紙の不正確なフランス語からお分かりのように、私は外国人です。短い時間で結構ですから、どうぞ会ってくださいませ。このようなお願いをしてもけっして不謹慎ではないと思います。というのも、隣人愛と哀れな者への憐憫の情という神々しい輝きをそなえた人に不幸を訴えるとき、それは不謹慎ではありえないからです。

敬具

A・ド・レビンダー

(7) イジドール・ブルドンからウージェーヌ・シューへ（手紙一五八）

〔オートゥイユ、一八四三年八月十二日〕

あなたが私の名前に言及してくれたなら、私は嬉しく思ったでしょう、それは認めます。ただし場所と主題が適切でなければなりません。引用というのはたいへんな技術で、巧みさと名声を兼ね備えるあなたにふさわしい技術です。確かに記事に署名はありませんでしたが、ご存知のように、日刊新聞に掲載される重要な記事にはさまざまな理由から、書き手が自分の氏名をはっきりと署名しないものです。(8)

この表面的な禁欲は、ふつう謙虚さとはまったく関係ありません。書き手はほとんど常に、新聞の経営者の敏感な虚栄心に配慮して禁欲するのですし、ときにはみずからの保身本能にしたがって禁欲するのです。悪口を言えないようなことがらは、無理にでも丸くおさめる必要があります。著者は有力な人物かもしれないし、さまざまな批判の言葉を打ち明けられる人かもしれないのです。それでも数カ月過ぎれば、こうした慎重な禁欲はもはや義務ではありませんが。

ですから、親切なあなたが、私の表明した考えや指摘が引用に値すると考えるのであれば、それはまったくあなたの自由です。シャトーブリアン氏やラマルチーヌ氏がそうであるように、あるいはあなたの理性の厳しさに鑑みておそらく彼ら以上に、あなたの文名は将来も安泰で輝かしいことでしょう。賛同されれば誇らしく思える、あなたはそういう数少ない作家の一人であり、公共道徳の面ではフランスで唯一の文学上の審判者なのです。あなたの盛名は日々高まり、今やいかなる権力といえどもあなたの判決を破棄したり、変えたりできません。私はめったに小説を読まない人間ですが、それでも『火とかげ』や『アタール＝ギュル』は私の人生にとって大事件でしたし、作者であるあなたがこの世で高貴な運命に恵まれるということも予想できました。

『パリの秘密』のジャック・フェランの死は胸に迫るものがあり、同時に詩的です。私としては彼の死がもっと見せしめとなり、あなたの作品の見事な統一性にもっと合致してほしいと思いましたが。しかしこれは無署名の新聞記事のようなものです。自分が破壊する力にたいして、人は当然敬意を表すべきですから。

あなたのなさり方は正しいのです。私以上にあなたに共感を抱いている者はいませんし、あなたの功績を私以上に高く評価している者もいません。

イジドール・ブルドン

(8) ウージェーヌ・シューからフェリシテ・ド・ラムネー[9]へ（手紙二〇七）

〔パリ、一八四三年九月七日以前〕

この手紙の真率さがあなたの寛大さをもたらしてくれればいいのですが。あなたの不滅の著作の一つ（最新作）[10]のある箇所で、あなたは頽廃した社会の悲惨と悪徳を激しく呪詛し、永遠に断罪しています。それを読んだとき私は、才能はないにしても少なくとも良心をもって試みた本にたいする厳しい批判を見たように思い、したがってその批判に値するように思いました。あなたほどの方が拙著のように曖昧な作品のことを気にかけてくださると想像するのは、ずいぶん思い上がったことだと承知してはいます。もっとも、私の作品に価値はないかもしれませんが、現実に存在し、いわば束の間の評判を得ていることは確かです。もっとも偉大なものからもっとも矮小なものまで、今日の事物と人間をめぐるあなたの迅速でおそるべき分析において、私の作品が一時あなたの注意を引いたのでしょう。私たちの共通の友人ロマン氏[11]があなたに伝えるかもしれませんが、告白させてもらえば、私はあなたの意見だと考え、私自身も賛同した判断を知って辛い思いをしました。というのも、私にとってあなたの発言の権威は決定的であり、人類の神聖なる大義はあなた以上に強力な弁護者をもたないからです。私は有益だと考えていた自分の作品の意義について、まったく誤解していたと思いました。ですから、数日前ロマン氏から、あなたが私を非難するどころか『パリの秘密』のいくつかの箇所を是認していたと聞かされたとき、私の嬉しさと歓喜はいかばかりだったでしょう。あなたは分かってくださるでしょう、私の悲しみが大きかっただけに幸福感もひとしおであり、私にとってはこの上なく貴重で、私に向けられた多くの弾劾の慰めになってくれるあなたの支持に、お礼を言わずにいることは難しかったということを。

この機会を利用して、敬意と変わらぬ共感の意を表明させていただきます。

ウージェーヌ・シュー

（9）フェリシテ・ド・ラムネーからウージェーヌ・シューへ（手紙二〇八）〔一八四三年〕九月七日

私の意見などたいした意味をもちません。それなのにあなたが私の意見を重視してくださるのは、とても名誉に思います。最新作を刊行したとき『パリの秘密』は未読でした。その後読む機会を得ましたが、この小説から受けた印象はまさしくロマン氏があなたに言ったとおりです。あなたはまったく正当に、この作品を自慢できます。善を愛する者、偽善的でない者、あなたがあれほど正確に描いたひどい悲惨を衷心から癒そうと願っている者はみな、貧しい者や、弱い者や、他人に無関心で利己主義と腐敗のせいで愚鈍になった社会の哀れむべき犠牲者たちの名において、あなたの作品を祝福することでしょう。社会がその内部にはらんでいるさまざまな災禍にたいして敏感になるためには、あなたが示した勇気、そうした災禍を包み隠さず、ぞっとするほどあからさまに露呈させるという勇気が必要だったのです。そして現代人にふさわしい劇的な興味をつうじて、社会に災禍を直視させる必要があったのです。あなたが現代人に示したのはもっとも残酷な犯罪、もっとも汚らわしい悪徳であり、この悪徳は現われ方を除けばすべての階級に共通して見られるものです。この汚濁の底から、憐憫と優しさと美徳の芳香のようなものがただよい出て、それが萎えそうになる心を爽やかにし、元気づけてくれます。いわば宿命的な頽廃という外観の下に、最良の本能、人類が有するもっとも穏やかで、もっとも純粋な感情を見出して人は感動を覚えるのです。そうです、あなたの作品は素晴らしく、道徳的で、有益です。愚か者や悪意のある者には勝手に言わせておきなさい。あなたの作品はいずれ実を結びます。あなたはいわば寝ていた者を不意に起こしたので、彼らは眠りを惜しんでいるだけなのです。それだけのことですよ。彼らにとって、眠りはとても気持よく思えたのですから！　彼らは果たすべき義務を考えていたのではありません。

敬具

F・ラムネー

(10) フランソワ・バルテルミー・アルレス・デュフールからウージェーヌ・シューへ（手紙二四〇）

ライプツィヒ、一八四三年十月三日

拝啓

あなたはきっと称賛されることに慣れていらっし

ゃるでしょうが、私もまたやはりあなたに賛辞を呈さざるをえません。

一年前から、あなたに手紙を書こうともう十回もペンを手に取りましたが、ほとんどいつも、『ファランジュ』[12]紙が批判であれ称賛であれ、私の言いたいことを述べてしまいました。あなたに手紙を書こうと思ったのは、たんに書くためではありません。

春パリに立ち寄った際に、私は友人にして我が師アンファンタンに会いましたが、彼もまた私と同じくらいあなたの作品の意義に感動していました。彼と一緒にあなたに会いに行けなかったことがひどく悔やまれます。あなたに申し上げたいことがたくさんあるように思えましたから。

この一年でイギリス、スイス、ライン地方を訪れ、つい最近ミュンヘン、ベルリン、ドレスデン、ライプツィヒに滞在しました。そこで私があなたのおかげで感じた喜びのお礼を申し上げねばなりません。あなたの本が外国でどれほどの影響力をもっているか、おそらくあなた自身にもほとんど理解できないでしょう。断言しますが、その影響力は道徳的、娯楽的なだけでなく、社会的で政治的、大使館や外務省から出される報告の影響力よりもきっとはるかに政治的なのです。ええ、そうなのです、同じような目的で外交筋が発表するどんな文書よりも、あなたの著作は真のフランス思想、社会思想を流布させ、盛り立て、愛させることに千倍も貢献しているのです。

ライン川を航行する船の中で、私はポーランドの貴族やその奥方たちに会いました。彼らが言うところによれば、ワルシャワや貴族の城館では、かつてのナポレオン軍の報告書と同じくらいに、人々は『ジュルナル・デ・デバ』紙を待ち遠しがっているということです。

サロン、乗合馬車、宿屋、もっとも質素な定食のテーブルからもっとも洗練された定食のテーブルまで、とにかくいたるところで『パリの秘密』は話題になっています。そしてどこでも結論は、著者がヨーロッパ文学に甚大な影響を及ぼし、これまで知られていなかったような、あるいは無視されてきたような道徳的有用性の流れをヨーロッパ文学に刻印するだろう、というものです。

あなたの著作を攻撃する者はどこでも、あなたが描写したような悪徳に手を染めている者たちか、あるいは、あなたの著作をときには読みもせずにそうした者に追従して判断する愚か者です。著作は大成功を収めているので、全巻揃えば七ターレルで売られるブリュッセルで作られた海賊版のほかにも、ドイツで印刷された版がもう二つあり、こちらは三ターレル、あるいは二・五ターレル、つまり九フランで売られています。さらに翻訳が三種類あり、そのうちの一つは挿絵入りです。こうした情況を目にして私は、あなたが将来書く作品のために、友人の出版人からあなたに出版の提案をさせるということを思いつきました。あなたに好都合がどうかご検討ください。いずれにしても、将来あなたはドイツからなにがしかの利益を得ることができるし、またそうすべきです。

成功にともなう義務というものがあります。あなたのように確固たる意見をもっている場合はなおさらそうでしょう。今やあなたは社会的教化、ほとんど社会主義的教化とさえ言える道を歩み続けなければなりません。その道はきっと深遠な省察と奥深い研究を必要とするでしょうが、同時に筆舌に尽くしがたいほどの喜びも感じさせてくれるでしょう。

あなたが準備しているであろう著作のなかで、もし多くの罪の温床である遺産相続が何らかの役割を果たすのであれば、私はあなたに無数の情報を提供できます。[13] しかしそれまでにはパリに行く機会が出てくるでしょうし、その際は手紙に書けないさまざまなことがらを口頭であなたにお伝えできることを願っています。

もし私の友人にして師であるアンファンタンに会われましたら、彼の命令にしたがって今月九日にはリヨンの自宅に戻っているとお伝えください。敬具

アルレス・デュフール

(11) L・ブランコおよびM・ブランコからウージェーヌ・シューへ（手紙三四一）

ハンブルク、〔一八四三年〕十二月三十日

若い女性は好奇心が強いものですから、友人と私

は『パリの秘密』の著者の肖像画を手に入れたいと強く望んでおります。ところが町中の店を巡り歩いてみたものの、どこにも見つかりません。そこで敢えてこの手紙を認《したた》め、肖像画を送ってくださるようあなたにお願いする次第です。

それに、もしあなたご自身の手になるお手紙を添えていただければ、友人と私は喜びのあまり有頂天になりましょう。手紙は二つに分けて、それぞれが半分ずつ保管することになります。どうぞ私たちの願いを叶えてくださいませ。そうすれば一生恩にきます！　それにもし叶えてくださらなければ、私たちはあなたに大量の手紙を送りつけますので、あなたはきっと終いには私たちの願いを叶えてくださると思いますわ。

どうぞお返事をくださいませ。　敬具

L・ブランコおよびM・ブランコ、ハンブルクにて

(12) アグリコル・ペルディギエ[14]からウージェーヌ・シューへ（手紙三四五）　パリ、一八四四年一月六日

拝啓

あなたの『パリの秘密』が不道徳な作品だとして、下院で弾劾されました。弾劾したのは民主主義者、あるいは自称民主主義者のシャピュイ＝モンラヴィル氏[15]です。もっとも進歩的な新聞ですら、『パリの秘密』を同じように冷遇しました。そして労働者が執筆し、労働者の精神的・物質的利益を代弁する機関紙であり、私も創刊者の一人にして、執筆者の一人であるあの『アトリエ』紙も、あなたにたいしては厳しい評価を下し、あざ笑ったのです。

これほど顰蹙を買い、これほど怖れられている『パリの秘密』がどういう作品なのか私は知りたくなり、あなたを非難しようと思いました。まずあなたの作品を読み、自分の目で判断することが義務と考えましたので、実際に読んで判断しました。私が手ごわい男だとしても、あなたに言いましょう。なにも心配しないでください、私はあなたの味方です、と。

ええ、そうです。私はロドルフや、「歌姫」や、「お突き」や、「先生」のような人物を知っています。あなたの描写は力強く、真実味にあふれていて、そ

こからしばしば恐るべき教訓が生まれます！　人々が少し驚いてくれればいいのですが！　そしてあなたやあなたの作品を嘆くのではなく、あなたが大胆にも暴露した数多くの根深い災禍を癒そうと努力してくれればいいのですが！　あなたは解決策を提出していますから、人々があなたの言葉に耳を傾け、感謝してくれればいいのですが！　あなたの解決策がすべての人を満足させるものでないことは、私も分かっています。各人が慈善によってではなく、権利によって生きるべきだというのも確かでしょう。しかしそれでも、あらゆる進歩が達成されても、さまざまな貧困は存在するのですから慈善は常に必要なのです！　善良な人たちが熱心に慈善を行なうことをけっしてやめないでほしいものです。

ここで思い出すのは、ジョルジュ・サンド夫人が『フランス遍歴職人たち』〔一八四〇〕を刊行したとき、もっとも民主的な新聞が彼女と彼女の作品をもっとも激しく攻撃したということです。この作品を不道徳で、危険で、あらゆる点で偽りだと見なしました。たんなる職人にすぎない主人公たちはあまりに教育があり、あまりに理屈っぽく、とりわけあまりに偉大で寛大だ、職人はそんなふうじゃない、これは職人じゃない、これは民衆じゃない、と言われました。

ジョルジュ・サンドは主人公たちに媚びすぎた、彼らにあまりに華美で、正確で、詩的な言葉を語らせすぎた、彼らを現実の情況よりあまりに高めすぎた、というのです。そして喧《やかま》しい議論になりました。あなたもまた民衆から、しかももっとも卑しい輩から主人公たちを選び取り、たとえば「お突き」をわれわれ読者の前に登場させました。お突きは神によって創造されたときは立派な本能を有していたのに、汚濁のなかで生きているうちにみずからも汚れるしかなかった人間です。彼のような、底辺で澱み、汚濁の中から救ってあげられるような人間がどれほどいることでしょう。どれほど多くの「歌姫」が不幸に打ちのめされていることでしょう。手当を施し、死の腐敗を漂わせる大気を浄化すれば、どれほど多くの病人を治してあげられることでしょう……。あなたは社会の下層から主人公たちを選び、彼らに自分が熟知している言葉を語らせました。すると人々はあなたに向かって声高に叫ぶのです。この言葉はおぞましい、あなたの教訓は有害だ、あなたの作品は不道徳で危険だ、あなたは民衆を中傷している、民衆はあなたが描いたようなものではない、と。

サンド夫人もあなたも、確かに例外的な人物を描いたのでしょう。しかしどんな作品であれ、主要人物はそんなものです。主要人物は美徳や犯罪、あるいは才能や力において強烈な個性でなければなりません。彼らの性格には何かしら常軌を逸したところがなくてはなりません。彼らはいくらか衝撃を与え、人々を驚かせる必要があります。そうでなければ、物語の興味はありません！……　演劇であれ、詩や小説であれ、ありふれた凡庸な人物、みんなに似ていて、みんなと同じことをする人物は端役にしかなれず、背景に押しやられます。それ以外の所では、場違いなのですから。

以上が私の理解したところです。私は学もなく、これまでずっといわゆる肉体労働をしてきた人間です。芸術家、文学者、作家たちはきっと私などよりもよくそれを理解できるでしょう。それなのになぜ彼らは、この点にかんして無知を装っているのでしょう。なぜあなたを断罪するのでしょう。まったく、私にはよく理解できません。

『パリの秘密』と『フランス遍歴職人たち』はずいぶん異なる作品です。しかしどちらにも労働者が登場し、どちらも民衆の習俗と運命を改善するのが目的です。どちらの作品にも、作者の高邁な意図が各ページに感じられます。ところが批評家たちがもっとも激しく非難したのが、この二作でした。そして作品を攻撃すると同時に、作者にもその矛先が向けられたのであり、これはとても辛いことです。

しかし、いずれ裁きの日がやってくるでしょう。もうきた、と言えるかもしれません。というのも、あなたの敵は多いが、あなたの味方はそれ以上に多いのですから。味方の声が敵の声と同じくらい騒々しいければ、あなたの耳には称賛の言葉しか聞こえてこないでしょう。とにかく、あなたがすべてを聞き取るのは悪いことではありません。われわれに害をなそうとする者が、ときには意図せずに、われわれに多くの利益をもたらしてくれることもあるのです。

私はまだ、あなたの作品全体を読んだわけではありません。私から見れば、挿絵入り版の刊行は遅いのです！　でも我慢しましょう。そしてまだ私が読んでいない部分がすでに読んだ部分に見合うことを期待します。そのときは、あらためてあなたの優れた作品にお礼を述べましょう。

いかなる深刻な非難も免れている、純血のプロレタリアからの感謝と敬意の気持をお受け取りください。

敬具

アグリコル・ペルディギエ（指物職人）

(13) ウージェーヌ・シューからアグリコル・ペルディギエへ（手紙三四六）

〔パリ、一八四四年一月十二日〕

あなたが書いてくださった親切で、共感に満ちた手紙を受け取り、感謝の念に堪えません。ずっと以前から、私はあなたの性格と著書を存じ上げておりました。ですから、あなたの支持は私にとって貴重なものたらざるをえません。誠意ある人たちの評価と激励は、今や私が放棄できない、また放棄すべきでない道をこれからも歩み続ける勇気を与えてくれるでしょう。私が有益な真実をいくらか語り、ずっと昔から人々が目にしながら残酷なほど冷淡に対処してきた不幸と悲惨に、この世の恵まれた者や利己主義者たちの注意を向けさせたのであれば、私の仕事は十二分に報われたことになりましょう。心を込めてあなたと握手し、あらためてあなたの手紙に感謝することをお許しください。さようなら。

ウージェーヌ・シュー

(14) アレクサンドル・ヴァグラム公[16]からウージェーヌ・シューへ（手紙三九三）

〔パリ〕火曜日〔日付なし〕

親愛なるシュー殿、私のいとこで現在パリにいるマックス・ド・バヴィエール公が、あなたにお会いし、お近づきになりたいと強く願っております。私があなたと知合いだということを知った公から、あなたと面会できないかどうか尋ねてほしいと頼まれました。彼が訪問してもあまりお邪魔でないようならば、明日の三時頃、公を連れてそちらに伺います。公は気さくで、衒《てら》いのない、一緒にいればすぐうち解けられるような青年です。私の依頼が不謹慎なものでなく、明日の都合がつくようならば、どうぞ短い手紙でそのようにお伝えください。

敬具

A・ヴァグラム公

あとがき

本書は私にとって、個別の作家に関するはじめてのモノグラフィである。第一章「新聞小説の時代」は、次の三つの論考をベースにして議論をふくらませた文章だが、それ以外はすべて新たに書き下ろした。

「ウージェーヌ・シュー　社会派大衆小説の先駆者」『週刊朝日百科　世界の文学』第十六巻、朝日新聞社、一九九九年、一七二―七五頁。

「メディアと一九世紀フランス」『岩波講座　文学』2「メディアの力学」（小森陽一ほか編集）、岩波書店、二〇〇二年、八三―一〇三頁。

「娯楽とイデオロギー――一九世紀フランスの新聞小説」『文学』二〇〇三年一・二月号「新聞小説の東西」、岩波書店、五六―五九頁。

いつ頃からウージェーヌ・シューという作家に興味を抱くようになったのか、今となっては正確に思い出すことさえ難しい。私の最初の単著となった『19世紀フランス　夢と創造』（一九九五）のなかで、すでにシューの作品に数ページを割いているから、もう十年以上前に遡ることは確かだろう。

「新聞小説」の代表的な書き手として、生前は同時代のバルザックやユゴーやデュマと並び称されるほどの名声、あるいは彼ら以上の名声を得ていたシュー、社会派大衆小説の先駆者と見なされ、現在でも文学史ではこのジャンルの代表として特記されるシュー。しかしわが国では（そして本国フランスでも）、シューの作品が本格的に論じられることは稀である。『パリの秘密』や『さまよえるユダヤ人』は多くの人が知っている表題であるが、読まれることの少ない作品だ。そして読まれることなく語られ、論じられる前に断罪されてしまう（粗雑で通俗的な大衆小説にすぎない……）という不幸な情況が続いてきたのである。

おもにフランス十九世紀の小説と文化史を研究領域としてきた私は、新聞小説の技法とレトリックをおおきく規定し、同時代や後世の作家に甚大な影響をおよぼしながら、今や忘れられた作家たるシューに好奇心をそそられた。とりわけ彼の代表作『パリの秘密』は新聞に連載中から伝説化していた小説で（その伝説のいくつかには本文で言及しておいた）、その伝説が逸話として語り継がれるにともない、いわば作品の本質が伝説に隠蔽されてしまった。そうした夾雑物を剥ぎ取ったとき何が見えてくるか——本書の出発点にあったのはそうした問いかけにほかならない。

書き進めるにつれて、シューの作品は単なる大衆小説として片づけるにはあまりに豊かで、同時代の問題とあまりに深くつながっていることを認識せざるをえなかった。そして文学のみならず、現代の「大衆文化」全体に通底するような主題とレトリックをシューが先取りしていたことを知って、快い驚きを覚えた。ルイ・シュヴァリエやミシェル・ヴィノックといった現代フランスの歴史家が、『パリの秘密』の社会史的な意義を強調し、マルクスが緻密に読み解き、グラムシとウンベルト・エーコという二人のイタリア人がシューを大衆文学の祖型と見なし、フーコーが注目したのはけっして偶然ではないのだ。

新曜社編集部の渦岡謙一さんとは、『文学をどう語るか』(共著、一九九六)、『歴史と表象』(一九九七)に次いで、これが三度目の共同作業になった。私の記憶に間違いがなければ、渦岡さんにシュー論の漠然とした構想をはじめて語ったのは一九九八年初夏のことである。著者がしばしば用いる常套的な言い訳に倣うならば、他の仕事に忙殺された時期もあって執筆作業は遅々として捗《はかど》らなかった。その間に、シューが受け取った読者からの手紙という貴重な資料が公刊されたのはありがたかったが、その分準備にはより多くの時間を要することになってしまった。また私事にわたるが、私は二〇〇三年四月から慶應義塾大学文学部で教鞭を執るようになった。慣れない職場ではじめは戸惑うこともあったが、他方で慶應の図書館はみごとな蔵書を誇っており、とりわけ十九世紀の社会科学関係の文献からは大きな恩恵を受けた。勤務先の宣伝めいて恐縮だが、ここに一言記しておきたい。

完成まで辛抱強く待っていただいた渦岡さんには、感謝以外に向ける言葉がない。

今年はウージェーヌ・シュー生誕二百年にあたる。執筆が遅滞したという偶然が作用しただけとはいえ、その記念すべき年に本書が刊行されることに、筆者としてはいくらかの感慨を禁じえない。自国の作家や芸術家の生誕、没後の節目を祝うことの好きなフランス人のことだから(フランスでは文化は政治の一部である)、これを機にフランスではシンポジウムや展覧会が催され、彼の作品が復刊されたり、研究文献が出版されたりするだろう。シューの書簡集が出版されるとも仄聞する。本書が日本におけるシュー再評価のきっかけになってくれれば、筆者としてこれにまさる喜びはない。

二〇〇四年正月

小倉孝誠

1842-43 『ジュルナル・デ・デバ』紙に『パリの秘密』が連載され、空前の成功を収める。	
1844-45 『コンスティチュシオネル』紙に『さまよえるユダヤ人』が連載されて、前作に劣らぬ成功を博し、シューの名声が頂点に達する。	1844-47 バルザック『娼婦盛衰記』 1844-45 デュマ『三銃士』 1844-46 デュマ『モンテ＝クリスト伯』
1845 ソローニュ地方のレ・ボルドに居を構える。	1845 マルクス『聖家族』
1846-47 『コンスティチュシオネル』紙に『捨て子マルタン』を連載。	1846 ミシュレ『民衆』
1848 共和派に与し、総選挙に出るが落選。	1848 二月革命、第二共和制成立。
1850 パリの選挙区から下院議員に選出される。この頃から創作力に翳りが見え始める。	1851 ルイ・ボナパルトのクーデタ。
1852 ナポレオン三世の帝政を嫌って亡命し、サヴォワ地方のアヌシーに住む。	1852 第二帝政成立。 ユゴー『小ナポレオン』
1853 ソルムス伯爵夫人と出会う。最後の恋。	
1856 『民衆の秘密』を完成する。	
1857 アヌシーで死去。享年53歳。	1857 ボードレール『悪の華』

関連年表

シューの生涯と作品

1804 外科医を父にパリで生まれる。

1826 軍医として海外に旅する生活が始まる。アメリカ、カリブ海、ギリシアなどに赴く。

1830 父の死。遺産を相続し、軍隊生活を放棄して文学の道に入る。

1831 『プリックとプロック』、および『アタール゠ギュル』を刊行して、フランスにおける海洋小説の先駆者となる。以後、上流階級のサロンの常連となり、ダンディ作家として成功を博す。

1837-39 『プレス』紙に『アルチュール』を連載

1838 精神的な危機。一時期、社交生活を離れる。

1841 『マチルド』
五月、フュジェールの家で労働者階級の現実に触れ、社会主義に目覚める。

社会・文化

1815 王政復古

1830 七月革命、つづいて七月王政成立

1832 ジョルジュ・サンド『アンディアナ』
パリで共和派が蜂起する。

1836 ジラルダン『プレス』紙を創刊し、小説を連載する。その嚆矢はバルザックの『老嬢』。以後、新聞小説が発展する。

1839 バルザック『村の司祭』

1840 サンド『フランス遍歴職人たち』一八四〇年代、ルルー、コンシデラン、カベなど社会主義思想家が活躍。サン゠シモン主義、フーリエ主義などが広まる。

刺している。

(11) イポリット・ロマン (1808-?)。劇作家。ラムネーの親しい友人で，彼の新聞『未来』紙の劇評欄を担当していた。

(12) フーリエ派の機関紙。

(13) 遺産相続の廃止は，サン＝シモン派の基本綱領の一つ。後にシューも，『捨て子の悲惨』などで遺産相続の弊害を告発することになる。

(14) フランスの政治家・作家 (1805-75)。もともと指物師としてフランス国内を遍歴する職人だった。1839年に『職人遍歴の書』を発表して文名を獲得し，労働者階級の象徴的存在になった。ジョルジュ・サンド作『フランス遍歴職人たち』の主人公ピエール・ユグナンのモデルであり，シューの『さまよえるユダヤ人』に登場するアグリコルも彼をモデルにしている。

(15) フランスの政治家・下院議員 (1800-68)。下院の議場で数度にわたって「新聞小説」の弊害を断罪した。この点については，本書の終章を参照のこと。

(16) ナポレオン帝政期の有名な元帥の家系につらなる貴族 (1810-87)。1830年代の一時期，シューの狩猟仲間だった。

（6） Chapuys-Montlaville,《Discours à la Chambre des députés》, 13 juin 1843, dans *La Querelle du roman-feuilleton*, p.81.
（7） Alfred Nettement, *op.cit.*, t.1, p.46.
（8） Maurice Talmeyr,《Le Roman-feuilleton et l'esprit populaire》, *Revue des Deux Mondes*, sep. 1903.
（9） ハーバーマス『公共性の構造転換』細谷貞雄訳，未来社，1973年，を参照。
（10） Alfred Nettement, *op.cit.*, t.2, p.41.

補遺　読者からシューへの手紙

（1） Jean-Pierre Galvan, *Les Mystères de Paris. Eugène Sue et ses lecteurs,* L'Harmattan, 2vol., 1998.　この著作の序論で，読者からの手紙が保存され，パリ市歴史図書館が所蔵するにいたった歴史的経緯が説明されている。
（2） Judith Lyon-Caen, *Lectures et usages du roman en France de 1830 à l'avènement du Second Empire*, thèse de doctorat, Université de Paris I, 2002.　なお，この博士論文はまもなく刊行される予定である。
（3） この時点でシューは，最初の５巻だけ送った。
（4）『パリの秘密』第１部第８章「散策」。
（5） フランスの作家，1794-1871。感傷的な大衆小説で人気が高かった。
（6） ジョルジュ・サンドの小説で，『独立評論』誌に1842年２月から1843年３月まで連載された。主人公コンシュエロは美声に恵まれた女性で，一時期ヴェネツィアのオペラ劇場に歌手として雇われた後，放浪生活を送る。
（7）『フーリエとその思想体系』（1838）と『シャルル・フーリエの理論にもとづく社会共同体の実現』（1840）。著者はベルギー生まれの女性作家で，彼女の著作は女性たちのあいだにフーリエ理論を普及させるのに大きく貢献した。
（9） 手紙の書き手ブルドンは医師で，当時の病院にかんする記事を匿名で『コンスティチュシオネル』紙に発表していた。シューは『パリの秘密』連載中にこの記事に言及したので，ブルドンはそのことをめぐってシューに手紙を送ったのである。
（9） 社会主義に接近したカトリックの思想家（1782-1854）。
（10）『アムシャスパンとダルヴァン』（1843）。ペルシャを舞台にした神話風の物語のかたちを借りて，ラムネーは同時代の社会と政治家を辛辣に諷

社，2000年。Geneviève Bollème, *Le Peuple par écrit*, Seuil, 1986; Nelly Wolf, *Le Peuple dans le roman français de Zola à Céline*, PUF, 1990; Alain Pessin, *Le Mythe du peuple et la société française du XIXe siècle*, PUF, 1992.

筆者は文学作品における歴史の組み込みという観点から，このテーマを論じたことがある。小倉孝誠『歴史と表象』新曜社，1997年，第５章。

(25) Cf. André Gueslin, *Gens pauvres et pauvres gens dans la France du XIXe siècle*, Aubier, 1998.

(26) フロラ・トリスタン『ロンドン散策　イギリスの貴族階級とプロレタリア』小杉隆芳・浜本正文訳，法政大学出版局，1987年，第７章「工場労働者」を参照のこと。

(27) Jean-Pierre Galvan, *op.cit.*, t.1, p.313.

(28) *Ibid.*, p.214.

(29) *Ibid.*, p.427.

(30) *Ibid.*, p.334.

(31) *Ibid.*, p.336.

(32) Eugène Sue, *Le Juif errant*, Robert Laffont, coll.《Bouquins》, 1983, p.676.

(33) *Ibid.*, pp.676-77.

(34) Louis Reybaud, *Etudes sur les réformateurs ou socialistes modernes*, Slatkine Reprints, 1979, t.Ⅱ, pp.53-54.

(35)『聖家族』執筆の経緯に関しては，良知力『ヘーゲル左派と初期マルクス』岩波書店，1987年，265-74頁を参照願いたい。

(36) マルクス/エンゲルス，前掲書，340-45頁。

(37) 同上，334頁。

終章　大衆小説の射程

(1) ベネディクト・アンダーソン『増補 想像の共同体』白石さや・白石隆訳，NTT出版，1997年，50頁。

(2) 同上，64頁。

(3) Louis Reybaud, *Jérôme Paturot à la recherche d'une position sociale* (1844), Belin, 1997, p.95.（邦訳：ルイ・レーボー『帽子屋パチュロの冒険』高木勇夫訳，ユニテ，1997年。ただし第一部のみの邦訳である。）

(4) *Ibid.*, p.99.

(5) Gaschon de Molènes,《Revue littéraire》, *Revue des Deux Mondes*, 15 dec. 1841, dans La *Querelle du roman-feuilleton*, *op.cit*, p.157.

（7）*Paris ou le livre des Cent-et-Un*, 15vol., Ladvocat, 1831-34, t.Ⅲ, 1832,《La Nuit de Paris》.

（8）Théophile Gautier, *op.cit.*, t.3, p.158.

（9）Anne Martin-Fugier, *La Vie élégante, op.cit.*, ch.4.

（10）Cf. François Gasnault, *Guinguettes et lorettes. Bals publics à Paris au XIXe siecle*, Aubier, 1986.

（11）Scipio Sighele, *Littérature et criminalité*, V. Giard et Brieve, 1908, ch.2.

（12）Balzac, *Splendeurs et misères des courtisanes, La Comédie humaine*, 《Pléiade》, t.Ⅵ, 1977, p.831.

（13）H.-A.Frégier, *Des Classes dangereuses de la population dans les grandes villes et des moyens de les rendre meilleures*, Bailliere, 2vol. 1840, t.1, p.58.

（14）*Ibid.*, t.1, p.7.

（15）Eugène Buret, *De la misère des classes laborieuses en Angleterre et en France*, Paris et Leipsig, Jules Renouard et compagnie, 2vol, 1841（再版は，Scientia Verlag Aalen, 2vol., 1979），t.1, p.402.

（16）*Ibid.*, t.2, pp.1-2.

（17）『パリの秘密』連載中にシューが受け取った読者からの手紙は，およそ四百通残されており，現在では次の刊本で読むことができる。Jean-Pierre Galvan, *Les Mystères de Paris. Eugène Sue et ses lecteurs*, L'Harmattan, 2vol, 1998. 以下の記述で引用する読者からの手紙はこの刊本にもとづく。

（18）*Ibid.*, t.1, p.219.

（19）*Ibid.*, t.1, p.223.

（20）*Ibid.*, t.1, p.227.

（21）ミシェル・フーコー『監獄の誕生――監視と処罰』田村俶訳，新潮社，1977年，第２部第２章。

（22）離婚の是非をめぐる論争と，離婚法成立の経緯については次の書物に詳しい。Francis Ronsin, *Les Divorciaires*, Aubier, 1992.

（23）Jules Michelet, *Le Peuple*, Flammarion, 1974, p.61; G. Sand, *La Mare au diable*, Garnier, 1962, p.9.

（24）「民衆」は近代フランスの文学史，思想史，社会史において重要なテーマであり，かなりの研究がある。すでに言及したルイ・シュヴァリエ，ピエール・ミシェルの著作のほかに次のような書物が上梓されている。喜安朗『パリの聖月曜日』平凡社，1982年。谷川稔『フランス社会運動史』山川出版社，1983年。木下賢一『第二帝政とパリ民衆の世界』山川出版ゆりえ・谷川多佳子訳，平凡社，1993年。
(10) ダニエル・アラス『ギロチンと恐怖の幻想』野口雄司訳，福武書店，1989年。
(11) 喜安朗・川北稔『大都会の誕生　出来事の歴史像を読む』有斐閣選書，1986年。アラン・フォール『パリのカーニヴァル』見富尚人訳，平凡社，1991年。
(12) マルクス／エンゲルス『聖家族』石堂清倫訳，岩波文庫，1953年，303頁。

第四章　『パリの秘密』の社会史

(1) 文学作品におけるパリの表象については，数多くの著作がある。総合的な研究としては，Pierre Citron, *La Poésie de Paris dans la littérature française de Rousseau à Baudelaire*, Minuit, 2vol., 1961; Marie-Claire Bancquart, *Paris des surréalistes*, Seghers, 1973; *Images littéraires du Paris《fin-de-siècle》*, Editions de la Différence, 1979; *Paris《Belle Epoque》par ses écrivains*, Adam Biro, 1997. 石井洋二郎『パリ　都市の記憶を探る』ちくま新書，1997年。もっとも最近の成果としては，Karlheinz Stierle, *La Capitale des signes. Paris et son discours*, Edition de la Maison des sciences de l'homme, 2001.

　また，個別的な作家がどのようにフランスの首都を語り，描いたかという問題については，たとえば次を参照のこと。吉田城『「失われた時を求めて」草稿研究』平凡社，1993年，第四章「都市・書物・神経症」。出口裕弘『帝政パリと詩人たち　ボードレール・ロートレアモン・ランボー』河出書房新社，1999年。
(2) Edmond Texier, *Tableau de Paris*, 2vol., Librairie de l'Illustration, 1852-53,《Introduction》, p.Ⅱ.
(3) Roger Caillois, *Le Mythe et l'homme*, Gallimard, 1972.（邦訳：ロジェ・カイヨワ『神話と人間』久米博訳，せりか書房，1986年。）
(4) Pierre Citron, *op.cit.*, ch.Ⅸ.
(5) *Les Mystères de Paris*, Robert Laffont, coll.《Bouquins》, 1989. 以下，『パリの秘密』からの引用はこの版にもとづき，本文中では引用文の後にページ数だけを記すことにする。
(6) Cf. Simone Delattre, *Les Douze heures noires. La Nuit à Paris au XIXe siècle*, Albin Michel, 2000, p.459 sqq. パリの夜と闇をめぐる見事な文化史的研究である。

(26) *Ibid.*, p.109.
(27) Jean-Louis Bory, *op.cit.*, p.27.

第三章 『パリの秘密』の情景

(1)「顔」をめぐっては哲学，社会学，人類学，美術史などさまざまな領域で，少なからぬ論考が発表されているし，「顔学」という学問まである。顔と犯罪の関係については次の著作を参照願いたい。Alain Corbin, 《Coulisses》, *Histoire de la vie privée*, Seuil, t.4,1987, pp.430-436；Didier Blonde, *Les Voleurs de visages*, Métailié, 1992；小倉孝誠『近代フランスの事件簿』淡交社，2001年，254頁以下。
(2) 地下世界の表象をめぐっては次の著作が有益である。ロザリンド・ウィリアムズ『地下世界　イメージの変容・表象・寓意』市場泰男訳，平凡社，1992年。高山宏『テクスト世紀末』ポーラ文化研究所，1992年，第9章。
(3) Cf. Jean-Louis Deaucourt, *Premières loges. Paris et ses concierges au XIXe siècle*, Aubier, 1992.
(4) Cf.Renée Bonneau, *Carnets de bal. Les Grandes scènes de bal dans la littérature*, Larousse, 2000.
(5)「女中」に関する体系的な研究としては次の著作がある。Anne Martin-Fugier, *La Place des bonnes, la domesticité féminine à Paris en 1900*, Grasset, 1979.
(6) マリオ・プラーツはセシリーを「宿命の女」の系譜に位置づけている。『肉体と死と悪魔』倉智恒夫ほか訳，国書刊行会，1986年，258-261頁。
(7) 犯罪人類学と骨相学あるいは観相学の結びつきについては，次の著作に詳しい。ピエール・ダルモン『医者と殺人者』鈴木秀治訳，新評論，1992年。ルース・ハリス『殺人と狂気　世紀末の医学・法・社会』中谷陽二訳，みすず書房，1997年。

人間の相貌と犯罪性の繋がりをまことしやかに主張する言説は，19世紀末にイタリアのロンブローゾとその一派によって，「生来性犯罪者理論」という科学的な装いの下にあらためて持ち出されることになる。シューは犯罪人類学の先駆者と言ってよい。
(8) Cf. Michel Foucault, 《Eugène Sue que j'aime》, *Les Nouvelles littéraires*, n°2618, janvier 1978.
(9) ヤニック・リーパ『女性と狂気　19世紀フランスの逸脱者たち』和田

1958（邦訳：ルイ・シュヴァリエ『労働階級と危険な階級』喜安朗ほか訳，みすず書房）；Pierre Michel, *Un Mythe romantique. Les Barbares 1789-1848*, Presses Universitaires de Lyon, 1981.

（11）Félix Pyat, dans *Revue de Paris et de Saint-Petersbourg*, 15 fevrier 1888. 次の著作に引用されている。Jean-Louis Bory, *Eugène Sue, dandy mais socialiste*, Mémoire du Livre, 2000, p.294.

（12）Alexandre Dumas, *op.cit.*, pp.1341-1342.

（13）Ernest Legouvé, *Soixante ans de souvenirs*, Hetzel, t.1, 1886, p.337.

（14）Théophile Gautier, *op.cit.*, t.3, p.161.

（15）Balzac, *Lettres à Madame Hanska*, Les Editions du Delta, t.2, 1968, p.511. なおこの手紙を含むバルザックの手紙は部分的に邦訳されている。『バルザック全集』第26巻『書簡集』伊藤幸次・私市保彦訳，東京創元社，1976年。

（16）Alfred Nettement, *Etudes critiques sur le feuilleton-roman*, Lagny, t.1, 1847, pp.61-62.

（17）シューと第二共和制の関わりについては次の著作が参考になる。Pierre Chaunu, *Eugène Sue et la Seconde République*, PUF, 1948.

（18）Raymond Aron, *Les Etapes de la pensée sociologique*, Gallimard, 1975, p.275. また二月革命の思想史的背景については，河野健二編『資料 フランス初期社会主義』平凡社，1979年を参照のこと。

（19）こうしたロマン主義文学の思想性を読み解いた代表的な文学史家が，ポール・ベニシューである。Cf. Paul Bénichou, *Le Temps des prophètes*, Gallimard, 1977.

（20）Alexandre Dumas, *La Comtesse de Charny*, Editions Complexe, t.1, 1989, pp.8-11.

（21）Michel Foucault,《Eugène Sue que j'aime》, *Les Nouvelles littéraires*, n°2618, janvier 1978, p.3. 次の書に再録。*Dits et écrits*, Gallimard, t.Ⅲ, 1994, pp.500-502.

（22）筆者はかつてこの点について論じたことがある。小倉孝誠『歴史と表象――近代フランスの歴史小説を読む』新曜社，1997年，第１，２章。

（23）Jean-Louis Bory, *op.cit.*, p.450 に引用されている一節。

（24）同上に引用されている。p.464.

（25）次の著作中に引用されている手紙の一節。Nora Atkinson, *Eugène Sue et le roman-feuilleton*, Nemours, André Lesot, 1929, p.109.

で，読者論や物語論の観点からしばしばシューを論じている。『物語における読者』篠原資明訳，青土社，1993年，90頁以下。『エーコの文学講義』和田忠彦訳，岩波書店，1996年，196-99頁。

（10）エミール・ガボリオの文学史的位置と彼の作品の特質については，拙著『推理小説の源流』（淡交社，2002年）を参照していただきたい。

（11）Emile Zola,《La Presse française》, *Œuvres complètes, Cercle du livre précieux*, t.14, 1969, pp.278-279.（邦訳：ゾラ『時代を読む 1870-1900』小倉孝誠・菅野賢治編訳，藤原書店，2002年，86-87頁。）

（12）Anne-Marie Thiesse, *Le Roman du quotidien. Lecteurs et lectures populaires à la Belle Epoque*, Le Chemin Vert, 1984, p.79sqq.

第二章　生の軌跡

（１）Eugène Sue, *Atar-Gull*（1831）, Slatkine Reprints, 1992, p.1.

（２）《Eugène Sue vu par Alexandre Dumas》dans *Les Mystères de Paris*, Laffont, 1989, p.1327. 編者は明示していないが，次の著作に収められているシューに関する章を採録したものである。Alexandre Dumas, *Les Morts vont vite*, 1879.

（３）Anne Martin-Fugier, *La vie élégante ou la formation du Tout-Paris 1815-1848*, Fayard, 1990.（邦訳：アンヌ・マルタン＝フュジエ『優雅な生活』前田祝一監訳，新評論，2001年。）

（４）Sainte-Beuve,《M.Eugène Sue》, *Revue des Deux Mondes*, 15 septembre 1840, p.870.

（５）*Ibid.*, p.872.

（６）*Ibid.*, p.873.

（７）Cuvillier-Fleury,《M.Eugène Sue》, *Journal des Débats*, 14 juin 1842. 次の著作に収録されている。*La Querelle du roman-feuilleton*, textes réunis et présentés par Lise Dumasy, Grenoble, ELLUG, 1999, p.76. この著作は新聞小説が巻き起こした文学的，政治的論争を証言する興味深いテクストをまとめたものである。

（８）Théophile Gautier, *Histoire de l'art dramatique*, t.2（1859）, Slatkine Rcprints, 1968, p.276.

（９）Madame de Girardin, *Lettres parisiennes,* Mercure de France, t.2, 1986, pp.51-52.

（10）Cf. Louis Chevalier, *Classes laborieuses et classes dangereuses à Paris*, Plon,

注

プロローグ

（1）E・A・ポー『マルジナリア』吉田健一訳，『ポオ全集』第3巻，東京創元新社，1990年，686頁。

（2）ヘンリー・ミラー『わが読書』田中西二郎訳，新潮社，1966年，179頁。

（3）小倉孝誠「ウージェーヌ・シュー　社会派大衆小説の先駆者」『週刊朝日百科　世界の文学』第16巻，1999年，172-75頁。

第一章　新聞小説の時代

（1）本田康雄『新聞小説の誕生』平凡社，1998年，156頁。なお日本の新聞小説に関するもっとも体系的な研究は，高木健夫『新聞小説』（全4巻，国書刊行会，1974-81年）である。

（2）アントニオ・グラムシ『グラムシ選集3』「Ⅷ　文学批評」池田廉ほか訳，合同出版，1962年。

（3）マーシャル・マクルーハン『メディア論』栗原裕・河本仲聖訳，みすず書房，1987年。

（4）Balzac, *Illusions perdues, La Comédie humaine*,《Pléiade》, t.Ⅴ, 1977, p.114.

（5）Max Milner, *Le Romantisme Ⅰ 1820-1843*, Arthaud, 1973, p.32.

（6）Robert Mandrou, *De la culture populaire aux 17e et 18e siècles*, Stock, 1975.（邦訳：ロベール・マンドルー『民衆本の世界』二宮宏之・長谷川輝夫訳，人文書院，1988年。）

（7）Sainte-Beuve,《De la littérature industrielle》, *Revue des Deux Mondes*, 1er septembre 1839.

（8）Cf. Martyn Lyons, *Le Triomphe du livre*, Promodis, 1987, p.58; Roger Chartier/Henri-Jean Martin, *Histoire de l'édition française*, Fayard, t.3, 1990, p.194. および山田登世子『メディア都市パリ』青土社，1991年。

（9）グラムシ，前掲書，162頁以下。および Umberto Eco, *De Superman au surhomme*, Grasset, 1993. ウンベルト・エーコはこれ以外にも自分の著作

『文学』1993年春号，特集「メディアの政治学」岩波書店。
『文学』2003年1/2月号，特集「新聞小説の東西」岩波書店。
本田康雄『新聞小説の誕生』平凡社，1998年。

（Ⅵ）書物，出版，ジャーナリズムの歴史

Roger Bellet, *Presse et journalisme sous le Second Empire*, Armand Colin, 1967.
Roger Chartier/Henri-Jean Martin, *Histoire de l'édition française*, Fayard, t.3, 1990.
Martyn Lyons, *Le Triomphe du livre,* Promodis, 1987.
Martyn Lyons, *Readers and Society in Nineteenth-Century France,* New York, Palgrave, 2001.
鹿島茂『新聞王ジラルダン』筑摩書房，1991年。
宮下志朗『読書の首都パリ』みすず書房，1998年。
山田登世子『メディア都市パリ』青土社，1991年。

（Ⅶ）フランス文学史

Max Milner, *Le Romantisme Ⅰ 1820-1843*, Arthaud, 1973.
Claude Pichois, *Le Romantisme Ⅱ 1843-1869*, Arthaud, 1979.
辻昶・稲垣直樹『アレクサンドル＝デュマ』清水書院，1996年。
ジャン＝マリ・トマソー『メロドラマ　フランスの大衆文化』中條忍訳，晶文社，1991年。
平島正郎・菅野昭正・高階秀爾『19世紀の文学・芸術』（新装版），青土社，2000年。
古屋健三・小潟昭夫編『19世紀フランス文学事典』慶應義塾大学出版会，2000年。

（Ⅷ）歴史的研究

Louis Chevalier, *Classes laborieuses et classes dangereuses à Paris pendant la première moitié du XIXe siècle*, Plon, 1958. 邦訳：ルイ・シュヴァリエ『労働階級と危険な階級』喜安朗ほか訳，みすず書房，1993年。
Simone Delattre, *Les Douze heures noires. La Nuit à Paris au XIXe siècle*, Albin Michel, 2000.
Anne Martin-Fugier, *Les Romantiques 1820-1848*, Hachette, 1998.
Michel Winock, *Les Voix de la liberté. Les écrivains engagés au XIXe siècle*, Seuil, 2001.

Anne-Marie Thiesse,《L'Education sociale d'un romancier, le cas d'Eugène Sue》, *Actes de la recherche en sciences sociales*, n° 32, avril-juin 1980.

（V）新聞小説，大衆文学に関する研究

Marc Angenot, *Le Roman populaire. Recherches en paralittérature,* Montréal, Les Presses de l'Université du Québec, 1975.

Noël Arnaud（sous la direction de）, *Entretiens sur la paralittérature*, Plon, 1970.

Lise Dumasy（présentation）, *La Querelle du roman-feuilleton*, Grenoble, ELLUG, 1999.

Europe, n° 542, juin 1974,《Le Roman-Feuilleton》.

Europe, n° 575-576, mars-avril 1977,《La Littérature prolétarienne en question》.

Régis Messac, *Le "Detective Novel" et l'influence de la pensée scientifique*（1929）, Genève, Slatkine Reprints, 1975.

Michel Nathan, *Anthologie du roman populaire*,《10/18》, 1985.

Michel Nathan, *Splendeurs et misères du roman populaire*, P.U. de Lyon, 1990.

Alfred Nettement, *Etudes critiques sur le feuilleton-roman*, 2vol, Lagny, 1845-46.

Yves Olivier-Martin, *Histoire du roman populaire en France de 1840 à 1980*, Albin Michel, 1980.

Lise Queffélec, *Le Roman-feuilleton français au XIXe siècle*,《Que sais-je?》, 1989.

Romantisme, n° 53, 1986,《La Littérature populaire》.

Romantisme, n° 80,《L'Edition populaire》, 1993.

Anne-Marie Thiesse, *Le Roman du quotidien. Lecteurs et lectures populaires à la Belle Epoque*, Le Chemin Vert, 1984.

Jean Tortel,《Le Roman populaire》, *Histoire des littératures*, Gallimard,《Pléiade》, t.3, 1978.

Jean-Claude Vareille, *Le Roman populaire français（1789-1914）: idéologies et pratiques*, Limoges, PULIM, 1994.

Jean-Claude Vareille（responsable）, *Crime et châtiment dans le roman populaire de langue française du XIXe siècle*, Limoges, PULIM, 1994.

「岩波講座　文学」『２メディアの力学』岩波書店，2002年。

アントニオ・グラムシ『グラムシ選集３』池田廉ほか訳，合同出版，1962年。

セシル・サカイ『日本の大衆文学』朝比奈弘治訳，平凡社，1997年。

進藤鈴子『アメリカ大衆小説の誕生』彩流社，2001年。

（Ⅳ）シューとその作品に関する研究（部分的にシューを論じているものを含む）

1．単行本

Nora Atkinson, *Eugène Sue et le roman-feuilleton,* Nemours, André Lesot, 1929.

Jean-Louis Bory, *Eugène Sue, dandy mais socialiste,* Mémoire du Livre, 2000.

Pierre Chaunu, *Eugène Sue et la Seconde République,* PUF, 1948.

Berry Palmer Chevasco, *The Receptiom of Eugène Sue in Britain, 1838-1860,* Peter Lang, 2003.

Umberto Eco, *De Superman au surhomme,* Grasset, 1993.

Europe, n° 643-644, novembre-décembre 1982,《Eugène Sue》.

Jean-Pierre Galvan, *Les Mystères de Paris. Eugène Sue et ses lecteurs*, 2vol, L'Hamattan, 1998.

Hubert Juin, *Lectures du XIXe siècle*,《10/18》, 1976.

Judith Lyon-Caen, *Lectures et usages du roman en France de 1830 à l'avènement du Second Empire,* thèse de doctorat présentée à l'Université de Paris I, 2002（directeur de thèse: Alain Corbin）.

Pierre Macherey, *A quoi pense la littérature?*, PUF, 1990. 邦訳：ピエール・マシュレ『文学生産の哲学　サドからフーコーまで』小倉孝誠訳，藤原書店，1994年。

Pierre Michel, *Un Mythe romantique. Les Barbares 1789-1848*, Presses Universitaires de Lyon, 1981.

Alain Pessin, *Le Mythe du peuple et la société française du XIXe siècle,* PUF, 1992

マルクス/エンゲルス『聖家族』石堂清倫訳，岩波文庫，1953年。

2．論文

Michel Foucault,《Eugène Sue que j'aime》, *Les Nouvelles littéraires*, n° 2618, janvier 1978.

René Guise,《Des *Mystères de Paris* aux *Mystères du peuple*》, *Europe*, mars-avril 1977.

Michel Nathan,《Délinquance et réformisme dans *Les Mystères de Paris*》, dans *Paris au XIXe siècle, aspects d'un mythe littéraire*, P.U. de Lyon, 1984.

Marcelin Pleynet,《Souscription de la forme. A propos d'une analyse des *Mystères de Paris* par Marx dans *La Sainte Famille*》, *La Nouvelle Critique*, 1968.

Sainte-Beuve,《M.Eugène Sue》, *Revue des Deux Mondes*, 15 sep. 1840.

参考文献

以下の文献目録は網羅的なものではない。本文や注で言及した文献はかなり省略した。

（Ⅰ）ウージェーヌ・シューの作品

Œeuvres complètes, 26vol., Genève, Slatkine Reprints, 1992.

Le Juif errant, Robert Laffont, coll.《Bouquins》, 1983.

Les Mystères de Paris, Jules Rouff, s.d.

Les Mystères de Paris, Robert Laffont, coll.《Bouquins》, 1989.

（Ⅱ）おもな邦訳

『巴里の秘密』原抱一庵訳，冨山房，1904年。

『巴里の秘密』武林無想庵訳，改造社，1929年。

『パリの秘密』関根秀雄訳，東京創元社，1957年。

『パリの秘密』江口清訳，集英社，1971年。

『さまよえるユダヤ人』小林龍雄訳，角川文庫，1951年（再版は1989年）。

（江口訳を除けば，あとはすべて大幅な抄訳である。）

（Ⅲ）同時代人の証言

Honoré de Balzac, *Lettres à Madame Hanska,* 4vol., Les Editions du Delta, 1967-71．邦訳：『バルザック全集26　書簡集』伊藤幸次・私市保彦訳，東京創元社，1976年。

Alexandre Dumas, *Les Morts vont vite*（1879）, Monaco, Ed.du Rocher, 2002.

Théophile Gautier, *Histoire de l'art dramatique,* 6vol., Hetzel, 1859（Genève, Slatkine Reprints, 1968）.

Delphine de Girardin, *Lettres parisiennes,* 2vol., Mercure de France, 1986.

Ernest Legouvé, *Soixante ans de souvenirs,* Hetzel, t.1, 1886.

Louis Reybaud, *Jérôme Paturot à la recherche d'une position sociale*（1844）, Belin, 1997.

マ　行

ラ　行

タ　行

ナ　行

ハ　行

人名索引

著者紹介

小倉孝誠（おぐら・こうせい）

1956年生まれ。

1987年，パリ第４大学文学博士。1988年，東京大学大学院博士課程中退。現在，慶應義塾大学文学部教授。専門は近代フランスの文学と文化史。

著書に『19世紀フランス　夢と創造』（1995），『19世紀フランス　光と闇の空間』（1996），『19世紀フランス　愛・恐怖・群衆』（1997，いずれも人文書院），『歴史と表象　近代フランスの歴史小説を読む』（新曜社，1997），『〈女らしさ〉はどう作られたのか』（法藏館，1999），『近代フランスの事件簿　犯罪・文学・社会』（2000），『推理小説の源流』（2002，いずれも淡交社）。

共著に『文学をいかに語るか』（新曜社，1996），『いま，なぜゾラか』（藤原書店，2002），『フランスを知る』（法政大学出版局，2003）など。

訳書にフィリップ・ルジュンヌ『フランスの自伝』（法政大学出版局，1995），フローベール『紋切型辞典』（岩波文庫，2000），バルザック『あら皮』（藤原書店，2000），ルイ・アルチュセール『フロイトとラカン　精神分析論集』（共訳，人文書院，2001），アラン・コルバン『風景と人間』（藤原書店，2002）などがある。

新曜社

『パリの秘密』の社会史
ウージェーヌ・シューと新聞小説の時代

初版第１刷発行　2004年２月20日©

著　者　小倉孝誠
発行者　堀江　洪
発行所　株式会社　新曜社
〒101-0051 東京都千代田区神田神保町2-10
電話(03)3264-4973・FAX(03)3239-2958
e-mail : info@shin-yo-sha.co.jp
URL　http://www.shin-yo-sha.co.jp/

印刷　光明社
製本　光明社
Printed in Japan
ISBN4-7885-0886-9 C1098

関連書より

小倉孝誠 著
歴史と表象　近代フランスの歴史小説を読む
バルザック、デュマ、フロベール、ゾラらの傑作に時代と社会的想像力を読む。
四六判320頁
本体2800円

大浦康介 編／小倉孝誠ほか著
文学をいかに語るか　方法論とトポス
文学をいきいきと語り合うための理論と技法を実践的かつ多面的に提示する。
四六判564頁
本体4500円

ジャン゠ジョゼフ・グー 著／土田知則 訳　残部僅少！
言語の金使い　文学と経済学におけるリアリズムの解体
ジッド『贋金使い』を題材に金本位制と言語・主体・遠近法の密接な関係を抉出。
四六判296頁
本体2800円

山田広昭 著
三点確保　ロマン主義とナショナリズム
近代に固有の現象としてのロマン主義からナショナリズムに至る道を開示する。
四六判328頁
本体2800円

ファルジュ、ルヴェル 著／三好信子 訳
パリ1750——子供集団誘拐事件の謎
大革命へと蓄積されてゆく都市の緊張、群衆の行動を推理小説のように解読。
四六判184頁
本体1800円

紅野謙介 著
投機としての文学　活字・懸賞・メディア
文学が商品と見なされ始めた時代を戦争報道、投書雑誌、代作問題などを通して描出。
四六判420頁
本体3800円

（表示価格に税は含みません）